教育·心理研究与探索丛书

丛书主编●赵国祥 刘志军

U0141053

反对的力量

新课程实施中的教师阻抗

张新海◎著

科学出版社

北京

图书在版编目（CIP）数据

反对的力量：新课程实施中的教师阻抗/张新海著 . —北京：科学出版社，
2011.4

（教育·心理研究与探索丛书）

ISBN 978-7-03-030696-8

Ⅰ. ①反…　Ⅱ. ①张…　Ⅲ. ①课程-教学研究-中小学　Ⅳ. ①G632.3

中国版本图书馆 CIP 数据核字（2011）第 055456 号

责任编辑：付　艳　王昌凤 / 责任校对：何艳萍
责任印制：赵德静 / 封面设计：无极书装
编辑部电话：010-64035853
E-mail：houjunlin@mail. sciencep. com

科学出版社 出版
北京东黄城根北街 16 号
邮政编码：100717
http://www.sciencep.com

铭浩彩色印装有限公司 印刷

科学出版社发行　各地新华书店经销

*

2011 年 5 月第 一 版　开本：B5（720×1000）
2011 年 5 月第一次印刷　印张：17 1/2
印数：1—2 500　　字数：244 000

定价：52.00 元
（如有印装质量问题，我社负责调换）

"教育·心理研究与探索"
丛书编委会

丛书序

preamble

　　关于心理学的出身，学界公认的观点是：哲学是其母体，自然科学研究方法是其催生的力量。由于出身的这种特殊性，心理学诞生后百余年来，一直在"亦文亦理"的道路上摇摆前行。其间，心理学与教育又结下了不解之缘，形成了教育心理学、学校心理学等以教育问题为直接研究对象的分支学科和领域，还有发展心理学、心理测量学、社会心理学等为实施教育提供依据和指导的学科，当然还有最新的认知神经科学，其成果和研究进展都会直接触动教育改革与发展，更新教育观念。可以说，心理学中的若干分支学科的发展与研究成果为教育问题的科学解决起到了不可替代的作用。在教育问题"心理学化"的同时，教育学的发展也在拉动心理学的成长。教育不仅是心理学展示价值的重要领域，也是心理学研究的问题源。在一定意义上，教育学的问题直接影响到心理学若干领域研究的方向、研究的内容以及研究成果的价值。总而言之，教育与心理应该是密不可分的"好朋友"，应该携手而行。河南大学教育科学学院策划出版"教育·心理研究与探索"丛书，集中展示近年来该院在全国著名高校获得博士学位的教育学、心理学年轻教师的科研成果，不仅反映出该院教师队伍建设成效颇显，同时再次表明教育与心理相辅相承的密切关系。

　　该丛书冠以"研究与探索"，直接反映了该丛书的基本特点。即丛书内容是作者深入思考、严密论证、实验求解的结果。每本书不仅是一个领域或一个专题的系统解读，同时还蕴寓有对该领域或该专题的展望。在这个意义上，该丛书的成果有一定创新性。

既然称之为丛书，各册之间应有逻辑关联，应构成一个相对完整的知识体系。这套书仅从题目看，似乎有点散，但实际上还是有一条主线的，只不过是条"暗线"，即主要还是围绕人的发展而展开的。

第一是学生成长的环境——学校，即《反思与前瞻：学校发展变革研究》，向读者展示了学校作为一种社会组织的形成与发展历程，以及当前面临的挑战和走向。第二是学生成长中的重要他人——教师，即《反对的力量：新课程实施中的教师阻抗》，教师作为课程改革实施主体，直接决定着新课程改革的实效，进而影响着学生发展。作者分析、研究了教师在"课改"中的阻抗情况。对深入推进"课改"有直接指导意义。第三是技术，即《现实、历史、逻辑与方法：教育技术研究范式初探》，作者探讨了教育现代化中的关键环节"教育技术"，从学派差异与学科差异两个角度对教育技术学研究范式进行了阐释，为科学理解和运用教育技术、研究教育技术提供了参考。第四是学生，涉及教育中最基本的问题，即《教育学视阈中的人：基于马克思主义人学的思考》关于"人"的看法，直接决定着教师素质中最为关键的成分即"学生观"。该书以马克思主义人学为指导对该问题进行了深入、系统探讨，对提高广大教育工作者的理论水平有重要帮助。同时，关于学生的发展还包括两个最常见、也是一直以来人们比较关注的问题，即《解密学业负担：学习过程中的认知负荷研究》和《中学生的写作认知能力及培养》，这两本书的作者都是从心理学，更确切地说是从认知及认知发展角度入手，吸纳先进"思维理论"和"认知加工理论"，对研究的主题进行了实证研究，从"过程"揭示了问题实质所在。最后，该丛书还有两本探讨公众生活中最为常见的社会心理现象，即《解读述情障碍：情绪信息加工的视角》和《理解·沟通·控制：

公众的风险认知》，对科学认识心理现象与心理问题是有意义的。

我们常说：开卷有益。在今天全球化、信息化的时代，知识经济日益凸显其主导地位，构建学习型社会、学习型组织正为世界各国所重视。"开卷"读书不仅是必须、必要的，开系列之卷，更为重要。

北京师范大学发展心理研究所所长

申继亮

2010年6月于北师大

目 录

contents

第一章 导 论

　　时代的发展、科技的进步、社会的变革使得教育改革风起云涌，成为 20 世纪世界教育的永恒主题。纵观 20 世纪初的进步主义教育改革、20 世纪五六十年代的"学科结构运动"和 20 世纪 80 年代以来持续不断的基础教育改革，课程改革始终是教育改革的核心问题。作为课程改革理论与实践研究的重要内容的课程实施如何应对这些挑战，尤其是在我国第八次基础教育课程改革的背景下，课程实施如何有效地保证新课程的推进，是值得我们认真研究的重要课题。

第一节　课程实施问题简介

一、课程改革实践与理论的发展对课程实施研究的呼唤

20世纪注定是一个"骚动的百年"（陆有铨，1997）。在这个世纪，各种思想观点交相辉映，社会改革、经济改革等此起彼伏，形成了颇为壮观的图景。教育作为社会发展的核心，必然要与社会、经济的发展遥相呼应，教育改革自然是风起云涌、一浪高过一浪。概括起来，20世纪的世界教育出现了三次大规模的改革浪潮。

第一次改革浪潮是20世纪初的进步主义教育改革。20世纪初的进步主义教育改革批判了传统教育的课堂中心、课本中心、教师中心，提出了活动中心、儿童中心、儿童的兴趣中心的主张，采纳了杜威（Dewey）的"教育即生活"、"学校即社会"的教育观点和"从做中学"的教学原则，强调课程设置必须考虑适应社会生活的需要，课程内容必须与儿童生活经验相联系。进步主义教育改革影响了美国教育几十年，同时也影响到了世界各国。进步主义教育改革由于降低了学生基础知识的水平、放纵了学生，从而导致了教育质量的下降，受到永恒主义和要素主义课程学派的强烈反对，于20世纪50年代宣告结束（张华等，2000）。

第二次改革浪潮是20世纪五六十年代的"学科结构运动"。20世纪50年代后期，美国学术界许多人士对"生活适应"的功利主义教育提出了强烈的批评，认为当时的课程内容只反映了19世纪的科学成果，没有反映20世纪科学技术所取得的成就，强烈要求改革。1957年，苏联第一颗人造地球卫星的成功发射，引起美国各界人士

的极大震惊。1958年，美国国会通过了《国防教育法》，提出加强数学、科学、现代外语三门基本课程，于是出现了新数学、新物理等一系列新教材。这些教材由于太深太难，不能为教师和学生所接受，到20世纪70年代初就被弃之不用，但它对世界各国的教育改革影响深远。

第三次改革浪潮是20世纪80年代以来世界范围内持续不断的基础教育改革。科学技术的迅猛发展、生产方式的不断变革、经济竞争的日益激烈、社会变革的深化等外部因素，以及中等教育的普及、终身教育思潮的兴起、中小学教育质量的下降等内部因素，导致从20世纪80年代中期开始，一场大规模的课程改革运动席卷了许多发达国家，20世纪90年代以来已逐渐形成一股强劲的跨世纪的教育改革大潮。新型课程方案的设计面向21世纪，立足于培养跨世纪的人才，成为世界性的教育改革趋势。如由美国科学促进会（AAAS）于1985年制订的"美国2061计划"，其目标是用最新的教育思想和教育内容培养美国的儿童，即21世纪的公民，使他们适应2061年哈雷彗星再次临近地球时科学技术和社会生活的巨大变化。1993年4月22日，美国联邦教育部部长理查德·W.赖利代表克林顿总统向国会提交了新的教育改革提案《2000年的目标：美国教育法》，该提案反映了美国当局对美国教育改革的看法，把课程改革列为重要内容，要求每个州的教育改革计划中包括建立课程内容的标准，如在一定教育阶段，儿童在英语、数学和其他科目中应掌握哪些知识，以及如何评估学生所学得的知识。各州还要制定教师培训标准、学习机会的标准，以利于孩子们达到教育目标（白月桥，1996）。1988年，英国颁布《1988年教育改革法》，即所谓的"国家课程1号"（MK1G），其目标是使课程、评价和教学方面满足"后福特主义"工业生产的需要，以此来提升国家的经济水平。该法案在提高科学和数学方面教学的努力，尤其明显地反映了教育与不断变化的工业生产方式之间的密切关系。《1988年教育改革法》实施以后，在英国教育界引发了诸多问题和争论。首先，因各门科目的成绩目标和教学大纲过于详细，使人们担心会扼杀教师的积极性和创造性。其次，学校和教师认为政府推动的各阶段的全国统一考试是官僚阶层对教师自主权的一种不能容忍的干涉，教师对于政府设立学校成绩排行榜的举措表示强烈反对，因为各学校社区在环境和生源背景上存在巨大差异，考试成绩排行榜并不能反映各学校和地区在教育上的成绩。1990 年后，英国实施国家课程新一轮改革，即所谓的"国家课程 2 号"（MK2G），针对"国家课程 1 号"（MK1G）的不足，提出了如下改革措施：第一，强调基础知识教育；第二，裁减国家课程内容，增加多样性和灵活性的选择；第三，简化评价的范围和方法；第四，建立统一的课程管理和协调机构；第五，设立增值指标（value-added indicator），科学评判学校的表现（斯蒂芬·J. 鲍尔，2002）。1987 年 10 月，日本内阁会议提出了《关于当前教育改革的具体方略——教育改革推行大纲》，1988 年 12 月 6 日，日本文部科学省相中岛在向日本内阁会议提交的教育白皮书《我国的文教政策》中提到，要面向 21 世纪推进教育改革，实现终身学习体系的转变，重视个性，实现适应国际化、信息化等时代变化的教育。该白皮书指出："强调培养能够适应社会变化的、情操高尚的人；强调重视基本技能、基础知识和重视个性的教育。"（白月桥，1996）在韩国，1995 年 5 月至 1997 年 6 月的总统教育改革会议，发表了一系列教育改革的计划，目的在于进行教育改革，建立一个新的教育体系，以迎接 21 世纪的挑战。在新加坡，1986 年，新加坡政府的经济委员会报告引发了重要的教育改革措施。他们要求新加坡进行大量的教育扩张和改革，以便在激烈的环境中促进经济的发展。1991～2000 年，新加坡推行了许多教育新措施，进一步提升教育系统的品质（郑燕祥，2005）。在我国台湾，从 1994 年的第七次教育会议后，"教育改革委员会"便提出了改革计划。教育部门于 1995 年提出教育报告书，自此之后，便制定了一系列政策，以改变教育，迎接 21 世纪的到来。1998 年 9 月，我国台湾颁布《国中小九年一贯课程总纲》，2001 年 8 月，国小开始实施九年一贯新课程（刘和然，2006）。在我国香港，1984～1997年，教育委员会提出七份政策报告书，教育署课程发展处推出了《校本课程剪裁计划》和《学业成绩卓越学生校本课程实验计划》（李子建，2002）。所以，为了应对21世纪所面临的社会、经济挑战，教育改革成为世界各国的首选目标。

20世纪的三次教育改革浪潮均发端于课程改革，并以其为核心（顾明远，2001）。在这些改革中，始肇于美国、影响至全球的"学科结构运动"无疑最引人注目。当时美国投入了可观的资金用于课程开发工作，着重设计对任何教师都有效的课程，设计的许多课程改革方案看起来的确很好，但未能获得预期的成效，以失败而告终。于是人们怨声载道，纷纷谴责"学科结构运动"的失败。但是，在深入研究、系统反思这场课程改革运动的过程中学者们发现，许多重大的课程改革之所以总是"轰轰烈烈开幕，凄凄惨惨收场"，其主要原因在于这些改革的倡导者过多地沉迷于描绘改革的理想蓝图，过度关注课程方案的设计是否科学，很少关心课程改革在现实中遭遇的问题，很少关注课程实施过程，从而使得许多改革方案并未在教育实践中得到广泛采用，运作的程度也不够理想，课程方案中的许多因素根本就没有实施，或者在实施中走了样，有些甚至还只停留在口头上、文件中，根本没有被采用或实施（钟启泉，2003a）。正如古德拉德（J. I. Goodlad）所说："改革很多时候被视为失败，其实不然，因为它们从来就未得到实施。"（Jackson，1992）至此，那种认为"只要课程变革计划完善就可以自然在实施过程中达到预期结果"的假设受到普遍质疑，20世纪60年代末，学者们开始关注课程实施问题的研究。

进入20世纪70年代，兰德变革动因研究（the Rand change agent study）进一步引发了人们对课程实施的关注，有关课程实施的研究不断增加。时至今日，课程实施已经成为课程研究中的一个非常活跃的领域，其研究者几乎覆盖了西方各主要国家和地区，如加拿大的富兰

(M. Fullan)、利斯伍德（K. A. Leithwood）、哈格里夫斯（A. Hargreaves），美国的麦克劳夫林（M. W. McLaughlin）、利伯曼（A. Lieberman）、霍尔（G. E. Hall），荷兰的范登堡（R. van den Berg）、范德伯（R. Vanderberght），英国的皮尔斯（I. S. Peers）、菲尔丁（M. Fielding），澳大利亚的沃夫（R. F. Waugh）、马什（C. Marsh）等。

在中国台湾，针对九年一贯制课程改革，各种反思和检讨的呼声日渐高涨。在中国香港，继 20 世纪 90 年代目标为本的课程改革之后，跃进学校计划、优质学校计划、大学与学校协作伙伴关系计划等大型改革项目纷至沓来。在 21 世纪初，香港课程发展议会又公布了《学会学习：课程发展路向》、《基础教育课程指引》等一系列指导文件，全面推动课程改革。课程实施在香港地区也得到了广泛的探讨。

变革是一个过程，而不是一个事件（迈克尔·富兰，2005）。课程改革是一项复杂的系统工程。从纵向结构上看，课程改革由设计（规划）、实施和制度化（常规化）三个阶段构成。设计是规划课程改革的蓝图；实施是把蓝图付诸行动的过程；制度化是课程改革所追求的结果。所以，课程实施是联结设计与制度化的桥梁，是将课程理论转化为课程实践的活动，是决定课程改革成败的关键环节。迈克尔·富兰（2005）认为，教育变革的成功 25％来源于课程方案的设计，75％来源于课程实施。因此，关注课程实施是近半个世纪以来人们对课程改革失败反思的一个必然结果。

二、第八次基础教育课程改革对课程实施研究的诉求

21 世纪之初，新中国成立以来的第八次基础教育课程改革以令世人瞩目的迅猛之势在全国全面推进。这次改革，重视程度之高、步伐之大、速度之快、难度之大，都是前七次改革无法比拟的。1999 年召开的第三次全国教育工作会议，做出了《中共中央国务院关于深化教育改革，全面推进素质教育的决定》，颁布了《面向 21 世纪教育振兴

行动计划》。2001年召开的全国基础教育工作会议，做出了《关于基础教育改革与发展的决定》，同年6月，经国务院批准，教育部正式颁发《基础教育课程改革纲要（试行）》，并相继出版了20个学科的课程标准（实验稿），同时针对这20个学科编写了49种教科书。2001年9月，全国38个国家级课程改革实验区首先开始实施基础教育新课程，截至2005年9月，新课程在全国小学和初中普遍推行。2007年9月，广东、山东、海南和宁夏4省（自治区）完成了首轮高中新课程实验，2010年在全国范围内推行。

　　在新课程的实施过程中，一方面，国家级课程改革实验区的教学改革取得了一定的成绩，"为了每一位学生的发展"的新课程理念在实践层面得到了体现；由传统的知识性教学转向现代的发展性教学；新课程的实施有力地促进了教师的专业化成长（余文森，2003；石鸥，2005）。另一方面，新课程在实施过程中，从宏观层面、中观层面到微观层面都遇到了问题。从宏观层面上看，从观念到体制、机制都不能适应，课程改革面临重重困难（钟启泉，2005）；从中观层面（学校改革层面）上看，总体虽有进展，但差异却很大，且步履艰难，与期望目标的距离尚远（叶澜等，2004）；从微观层面上看，课程改革还远未深入最基本的教育活动核心领域——课堂教学中，致使教学中存在许多问题，有些改革实践确实丢了精神而流于形式。例如，把"对话"变成"问答"；为夸奖而夸奖；把"自主"变成"自流"；有活动无体验；合作有形式而无实质；探究的"泛化"与"神化"；贴标签式的情感、态度、价值观教育（余文森，2003；石鸥，2005）。就总体而言，呈现的情况大致是，年级越高，问题越多。相对而言，小学的课堂教学改革进展比初中好一些，初中又比高中好一些。高中越接近高三，问题越严重。高中几乎把高三当作一次"战役"来打。走进高三的教室，学生书桌前堆的书高过坐下来以后的学生，这已不是罕见的现象。课堂中教师教、学生听，教师问、学生答依然是相当普遍的教学形态；大量的练习和记忆性作业，依然是大多数学生所必须完成的作业形态（叶澜等，2004）。因此，新课程实施的总体情况是成绩显著，但问题多多。

同时，课程改革不断遭到来自社会各界的质疑、批评、鞭挞甚至痛骂。为什么新课程实施起来困难重重、举步维艰，不但没有解决许多"旧问题"，反而滋生更多"新问题"，而且甚至致使许多"旧问题"更严重（姜得胜，2006）？为什么人们会得出"革新课程实验之难成"（单文经，2004）、"我们正在进行着一场最终毫无结果的艰难的战斗"（迈克尔·富兰，2000）的结论？为了避免我国新一轮课程改革重蹈覆辙，课程理论工作者应该走进新课程，了解新课程在课堂教学中的实施情况、新课程给学校教育以及师生带来的变化、促进或阻碍新课程实施的因素有哪些，探讨推动新课程改革深入进行的有效策略和措施。因此，加强对课程实施理论与实践的研究成为我们义无反顾的任务和必然的选择。

第二节　课程实施研究的主要领域

课程实施理论经过 30 余年的发展，已经形成一个规模庞大、内容众多的知识体系，涉及方方面面的问题。中国香港学者张善培（1998）曾经将课程实施研究的知识体系概括为四个主要问题：①课程实施过程理论；②课程实施的测量与评定；③影响课程实施的因素；④比较不同实施策略的成效。课程实施理论内部的谱系结构如图 1-1 所示。

由图 1-1 可知，课程实施研究包含很多具体的研究课题，面临复杂的问题。面对这样一个复杂的知识体系，我们显然无法对所有问题都展开研究，只能选择其中的重要方面进行比较深入细致的探讨。毫无

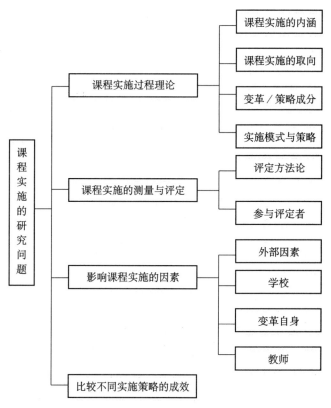

图 1-1　课程实施谱系图

疑问，在新课程实施的背景下，测量和评定新课程的实施程度，研究和探讨影响新课程实施的因素，对新课程的顺利推进尤为重要。因此，本书将重点研究和探讨课程实施过程理论、新课程的实施程度以及影响新课程实施的因素。

一、课程实施过程理论的研究

　　课程实施是课程论和教学论研究领域的重要课题。从课程论角度，可以将课程实施视为课程开发过程中一个重要的环节，而在教学论意义上的课程实施，至少包括教学设计和教学过程。20 世纪 70 年代以来，随着课程改革的不断深入，课程实施受到研究者越来越多的关注，逐步成为课程改革中的一个相对独立的研究领域。如何理解课程实施、如何正确地认识与课程实施有关的各种因素，使新课程实施更加合理有效，是当前新课程改革面临的重要课题。

课程实施取向是指对课程实施过程中本质的不同认识以及支配这些认识的相应的课程价值观（张华，2001）。它集中表现在对课程计划与课程实施过程之间关系的不同认识上。课程实施取向主要有富兰和庞弗雷德以及辛德等提出的忠实取向、相互调适取向和课程缔造取向，对课程、知识、改革过程、教师角色以及研究方法论等问题持不同的主张（Snyder et al. , 1992）；豪斯（House）提出的技术取向、政治取向和文化取向，从不同的学科视角出发审视课程实施的结果；哈格里夫斯等提出了课程实施的后现代取向。

课程实施取向对课程实施研究具有全局性的影响。首先，课程实施取向影响着课程实施策略与模式的选用。其次，课程实施取向直接影响着研究者判断课程实施成功与否的标准，并且影响着研究者如何测量、评定或理解课程实施。再次，课程实施取向所关注的影响因素也有所区别。最后，课程实施取向影响着对不同实施策略成效的评定。因此，课程实施取向已经成为我们进行课程实施研究时的首要问题。我们可以依据不同的实施及其研究取向对新一轮课程改革的实施成效和影响因素进行研究，从而寻找促进课程改革的建议和对策。

二、课程实施程度的研究

界定课程实施程度，是课程实施研究的重点。研究者的立场、观点不同，对于课程实施过程中所发生现象的理解或者判断也不一样。

20 世纪 70 年代至今，大部分研究者依据课程实施的忠实取向来研究课程实施程度。富兰和庞弗雷德认为，"课程实施程度"是指某新课程的实际使用与原本计划使用互相符合的程度（Fullan and Pomfret,

1977)。Scheirer 和 Rezmovic（1983）则认为，"课程实施程度"是在某一时刻已发生改变的程度，而改变方向是朝着完全和恰当地使用某新课程。因此，课程实施不是全有全无的现象，在有无之间，可划分为不同的程度。

课程改革由发起、实施与制度化三个阶段组成，改革方案由开始实施到最终制度化一般需要 3～5 年的时间。尽管较大规模的课程改革总是由国家、地区或学校发动，但实质性的转变总是发生在教师个体水平上。迈克尔·富兰（2005）根据教师改变的程度，认为新课程实施程度应至少包括使用新的教学材料、运用新的教学手段以及拥有新的教育观念等三个高低有别的层次和类型。而霍尔和霍德依据人们在变革中的行为变化把新课程实施水平分为不实施、定位、准备、机械实施、常规化、精致加工、整合、更新等八个级别或层次（吉纳·E. 霍尔和雪莱·M. 霍德，2004）。新一轮基础教育课程改革从 2001年 9 月开始实施，距今已有 10 年了，新课程的实施究竟达到（推进到）了哪一层次？达到了什么水平？这是社会各界普遍关注的问题，也是分析和探讨新课程实施中教师阻抗（impedance）所要首先回答的问题。

三、教师阻抗的研究

阻抗是指由主、客观因素引起的，对教师实施新课程起阻碍作用的心理状态或外在行为表现。教师阻抗新课程实施的原因是多方面的，既有改革本身的客观原因，如改革成本太高、利益分配不均衡、实施过程不合理、保守的学校文化等，也有教师本人的主观原因，如教师个人的惰性、害怕改革失败、害怕失去既得利益等。毫无疑问，教师的阻抗会延缓或阻止课程改革的进程，使新的课程计划步履蹒跚甚至落空，具有一定的消极作用。但是事情总是两方面的，如同有时需要摩擦力一样。阻抗的存在可以使我们更好地审视我们的改革。因此，"抵制改革，应该得到理解和赞扬，而不是轻率地取缔。当政策可能误入歧途时，有效地阻止实施是件好事情"（本杰明·莱文，2004）。

教师对于新课程的态度和行为表现分为坚决支持、支持、观望、反对和坚决反对等五个水平层次，新课程实施 10 年来，教师阻抗的程度如何是我们关注的核心问题。

四、教师阻抗的影响因素研究

课程改革是一项复杂的系统工程。众多因素影响着新课程的实施，从横向结构上看，课程改革由教育行政人员、课程理论工作者、校长、教师和学生等内部人员组成，课程改革要想取得成功，必须得到他们的认同和积极配合。同时，外部人员如学生家长、社区人士等也在或多或少、或虚或实地影响着课程改革的进程。但是，在所有人员中，教师是执行新课程改革计划或理想课程的主体或主角，是课程改革付诸实践的关键所在，并且最终决定着课程改革实施的走向。国际 21 世纪教育委员会在《教育——财富蕴藏其中》的报告中曾指出："教师作为变革的因素，其重要性不仅体现在教师是改革不可或缺的力量，同时也来自于变革的时代导致教师本身也已经成为改革的对象。"（联合国教科文组织，1996）在此意义上，与其说是改革课程、课程改革，还不如说是改革人、是人的改革，特别是教师的改革。新课程实施成功与否，与教师息息相关。因此，教师是影响和制约新课程实施的最为重要的因素，要保证新课程价值的最大实现，就必须加强对教师与新课程实施之间关系的研究。

"教育变革的成功取决于教师的所思所想，事实上就是如此简单，也是如此复杂。"（迈克尔·富兰，2005）在教育史上，许多富有创意的教育改革，由于得不到教师的理解和认同，遭到教师的抵制或阻抗，最终流于失败。詹纳斯（M. Janas）指出，教师阻抗变革其实是整个变革过程中自然出现的伴生物，是知识与实践、理想与现实之间差距的集中体现。课程改革作为一种革新的过程，教师可能由于对新课程的合理性与可行性心存疑虑、知识素养不足、教学信念滞后、缺乏学校领导和同事的支持等诸多方面的原因而阻抗新课程的实施。在新一轮基础教育课程改革中，到底有哪些因素导致了教师对新课程的阻抗或抵制，影响了新课程的推行和实施，这是社会各界最为关注的问题，也是亟待研究和解决的问题。

只了解导致教师阻抗新课程的因素是不够的，还必须明确每一因素对于新课程实施程度的影响高低、贡献大小。我们只有明确每一因素对于新课程实施程度的影响高低、贡献大小，才有可能提出符合实际、具有针对性的政策建议。

民族的才是世界的。鲜活的课程改革实践是天赐良机，使我们有条件对教师阻抗与各因素之间的相互关系进行探讨，对课程实施程度与各因素之间的关系进行解析，进行富有中国特色的本土化研究，从实践中发现问题，验证、发掘和整理课程理论，可以为课程实施理论的发展尽微薄之力，为世界课程理论的发展做出我们应有的贡献。

本书可以帮助我们了解和把握新课程在实际教育教学中的真实情况，发现课程实施中存在的问题，使我们对新课程的实施状况有一个比较全面的、清醒的认识；了解教师对新课程实施的阻抗的大小、人数的多少，促进我们对新课程推进和实施的反思；知晓影响课程实施的真实变量，明确课程方案在不同情境中运作的可能状况，确定哪些变量可能是制约课程实施的关键，构建教师阻抗的动力机制，探讨消解教师阻抗的方略，以便为教育主管部门进一步的合理决策提供现实的基础，从而促进新课程改革的顺利实施；帮助教师解决所面临的实际困难，获得实施新课程的教学理念和教学技能，学会应对变革的技能和技巧，建立与健全吸纳教师参与课程改革的决策与激励机制，实现课程改革革新人（教师）的目的，使学生成为最大的受益者。新课程改革是以培养学生的创新精神和实践能力、促进学生身心健康、培养良好品德、满足每个学生终身发展的需要为重点，新课程改革成功与否，直接影响着课程改革目标的实现与否。

第三节　课程实施研究的构思与方法

本研究的主题是新课程实施中的教师阻抗问题，即哪些因素影响和制约着教师阻抗、这些因素对新课程实施的影响和制约程度如何。作为一个实证研究课题（项目），首先，研究者必须有一个清晰的研究框架，明确研究对象是谁、研究内容是什么、研究内容之间的因果关系如何；其次，必须对每一个研究内容的理论基础进行研究和分析，以便找到一套科学的观测方法，对研究内容进行准确的量化。

一、教育研究中的分析单位和研究内容

1. 分析单位

分析单位是研究者所要调查和描述的对象，它是研究的基本单位，研究的最终目的是将这些分析单位的特征汇集起来以描述由它们组成的较大集合体或解释某种社会现象（袁方，1997）。

一般来说，分析单位等同于抽样单位。例如，要描述学生的思想状态可抽取一个个学生，要描述学校的思想政治工作可抽取一个个学校。但有时分析单位与抽样单位可能不一致。例如，要分析家长对子女的态度，这时，分析单位是家长，而抽样单位可能是"户"。教育研究中的分析单位主要有个人、群体和组织三类。

个人是教育科学中最常用的分析单位，大部分教育研究都要通过分析个人特征来解释和说明各种教育现象。但教育科学不像生物学、

心理学、生理学或医学那样，侧重于分析人类所共有的特征，而是重点分析在不同社会环境、不同社会制度和不同文化中的具体特征，即分析各种社会角色的特征，如家长与子女、学生与教师等。此外，教育研究一般不停留在个人层次，因为它的主要目的是描述或解释由个人或个人行为组合而成的教育社会现象。

群体主要指具有某些共同特征的一群人，如教师、学生、家长等。他们可以作为教育研究独立的分析单位。群体特征不同于个人特征，如家庭的特征包括家庭规模、形式、高档消费品的拥有量等。但有些群体特征可由个人特征汇集并抽取而来，如家庭的经济状况是由每个家庭成员的收入决定的，家庭的社会地位取决于家长的职业和声望。班级的学习成绩是由每个学生的成绩决定的。群体成员特征的平均值也可以用来描述群体特征，如工人的平均文化程度、知识分子的平均收入等。

组织是指具有共同目标和正式分工的一群人所组成的单位，如学校、班级、党组织、共青团组织、少先队组织等。组织是社会的基本构成单位，是教育研究的重要对象。教育研究一般是分析某一组织在教育系统中的位置与功能、与其他部门的联系以及组织内部的结构等。

本研究既要把握教师阻抗和新课程实施的总体情况，又希望探索不同性别、年龄、教龄、学校、地区等的教师群体的实施情况。因此，本研究的分析单位应该以个人、群体为主，同时辅以学校。

2. 研究内容及其因果关系

研究内容是指分析单位的属性和特征，是研究者所要调查和描述的具体项目或指标。研究者一般是根据研究课题和研究假设的要求，确定出主要想了解的项目或指标。分析单位的属性特征可以划分为状态、意向性和行为三类（袁方，1997）。

状态是一些客观指标，通过它们可以描述分析单位的基本状况。如教师个人的状态包括年龄、性别、职务、职称、文化程度、婚姻状况等。研究者可根据研究假设选择其中某些指标。例如，要研究人们的政治态度受哪些因素影响，可选择个人的年龄、职业、文化程度、经济收入等状态变量作为主要影响因素。状态变量一般可作为研究自变量，它对人的态度、行为等都可能有重要影响。

意向性是分析单位的内在属性，它是一种主观变量。意向性包括态度、观念、信仰、个性、动机、偏好、倾向性等。意向性具有内隐性，很难直接观测，研究者通常是设计一组题目来描述态度、观念和行为倾向的不同类别或不同程度。意向性既可以作为研究的自变量，又可以作为研究的因变量。例如，个人的宗教信仰、政治观点或世界观都会影响他的行为。同时，不同年龄、职业、文化程度的人的信仰、价值观等可能有所不同。

行为是一种外显变量，是研究者可直接观察到的各种社会行为和社会活动。一般说来，行为通常是研究所要解释的因变量，它受状态变量和意向性的影响。同时，社会行为之间还存在着相互作用和相互影响，如一个人的行为会导致另一个人的相应行为，反之亦然。此外，对行为有影响的因素还包括社会结构、社会制度、社会关系变量、社会环境、历史、文化等变量。影响人的行为的因素如图 1-2 所示（袁方，1997）。

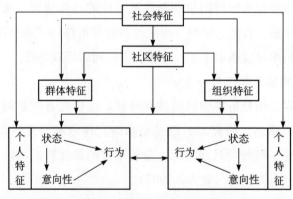

图 1-2　影响个人行为的因素

二、基本框架

由上面的分析可知，就个体的状态、意向性和行为而言，个体的行为必然受到个体状态和意向性的影响和制约，而意向性又受到个体状态指标的影响。同时，个体的行为也受到他人行为和周围环境的影响和制约。本研究的主要目的是探讨教师对新课程实施的阻抗，具体说就是要研究和探讨教师知识、教师认同、教师信念以及学校文化等因素对教师阻抗和新课程实施的影响程度，从而寻找降低教师阻抗、提高新课程实施程度的具体的和有针对性的建议。就研究内容来说，性别、年龄、教龄、职称、职务、学校类别和学校所在地区等是状态变量；教师知识①、教师认同以及教师信念是意向性指标；学校文化则是环境变量；教师阻抗是意向性和行为的复合体；新课程实施程度是行为指标。要确立研究的基本架构，必须弄清楚它们之间的相互关系。

1. 状态变量与教师阻抗和课程实施的关系

教师的性别、年龄、教龄、学历、职称和职务等个体指标，以及教师所在学校的位置、层次、类型和地区等整体指标，在一定程度上决定着教师知识、教师对新课程的认同、教师信念和学校文化的基本状况，同时也在一定程度上影响着教师阻抗，制约着新课程实施程度。因此，状态变量在本研究中作为研究的自变量。

2. 教师知识与教师阻抗和课程实施的关系

教师知识是教师从事教学工作的重要基础，在教师的教育实践中具有重要作用。"人们所有有目的的实践行为都是受知识支配的，或者说，是由知识建构的。一种有目的的实践行为背后就有一套系统知识

---

① 在本书中，我们把教师知识作为意向性指标，主要是出于这样的思考：知识从表面上看是一个状态变量，由个人学历和所学专业决定。其实，教师知识是一个内隐性变量，受个人的兴趣、爱好、信念等因素的影响，尤其是有关教育目的和价值的知识。教师新课程实施程度虽然作为一个行为变量，但其中含有众多的意向性的成分。

基础的存在。不存在没有任何知识基础的有目的实践行为。"（石中英，2002）教师有什么样的知识基础，就会有什么样的教学行为。"教师的知识和认知影响到教师教育教学的各个方面，如教师对课堂的理解、对教科书作用的认识、对学生的看法、与学生的关系等。"（陈向明，2003）教师知识对教学实践的作用主要体现在以下几个方面：首先，教师知识具有强大的价值导向和行为规范功能，它在很大程度上反映了教师的教育哲学，虽然大部分教师对自己所拥有的知识缺乏明确的意识，但它实际上影响着教师对有关问题的看法和做法，指导甚至决定着教师的日常教育教学行为。其次，教师知识具有定型作用，它内化为教师解释、认识、评价事物的框架或模型，并以这种框架或模型去分析、说明、论证、评价教育现象和教育问题，以至成为看待教育的普遍原则与方法。再次，教师知识具有激励和支撑作用，教育教学是一种特殊的实践活动，具有高度的丰富性、复杂性和情境性，普遍的教学理论和原则并不能完全有效地指导纷繁复杂的教学活动，必须有教师知识的支撑。最后，教师知识具有筛选作用，对新的教育理念或外界信息起着过滤作用，它不仅对教师所际遇的知识进行筛选，并在教师解释和运用此类知识时起着重要的引导作用。总之，教师知识影响着教师对知识的学习和运用，支配着教师的日常教育教学行为，也是教师从事教育教学工作不可或缺的重要保障（姜美龄，2006）。

从世界各国教育改革的实践来看，教师能否真正承担起改革的重任，其知识可以说是课程改革的核心问题。教师是课程的诠释者与实施者，教师的知识结构及观点往往影响其对课程诠释的结果，教师如何解释课程直接影响着实际教育的运作结果。教师如果没有与新课程相适应的知识，就会产生阻抗并影响新课程实施。因此，教师知识是影响和制约教师阻抗和新课程实施程度的原因变量。

在课程改革中，一方面，教师知识影响和制约着教师信念、教师认同和学校文化的发展；另一方面，教师知识在对阻抗和新课程实施的作用过程中也受到教师信念、教师认同和学校文化的过滤。

3. 教师信念与教师阻抗和课程实施的关系

大量的文献支持这样的观点：信念影响着课堂实践；当教师与孩子们和主观事件进行互动时，教师信念成为对他们的经验进行解释和意义归因的漏斗。但是，同时，许多教师的信念和观点似乎源于课堂经验或者是由课堂经验建构的。通过与周围环境互动，与它的要求和问题进行互动，教师通过对行为的感知和反思性评价，理解他们的相关信念（谢翌，2006）。库斯和鲍尔指出，影响教师所认定的信念与教学实践之间一致性的因素包括以下一些：①社会背景，即它所强加的限制和赋予的机会。其中包括价值，信念，学生、家长、年轻教师、行政人员等的期望，评价的实践；②与环境之间的互动；③教师信念被测量的方式；④政策气候；⑤成功实施某一教学模式的大量的必需知识（谢翌，2006）。因此，教师教学信念影响教学实践，但并不必然决定着教学行为，教师信念与教学实践并不具有必然的一致性。因为课堂生活的复杂性会限制教师依据自己的信念进行教学实践的能力，许多教师会基于师生关系、课堂教学常规、不同层次学生的需要、学校教育的脉络、教师的生理状态、教科书等现实的因素来选择教学行为。然而，不管怎样，信念反映了教师的期望以及他们的价值取向，它们构成了教师行为、目的、观念、对某一特定的课堂情境的解释，以及教师对该情境所采取的一系列行为的基石。

斯沃福特（Swafford）认为，教师知识、教师信念与教师行为之间的关系存在这样一种共识：一是教师信念具有过滤作用，即教师知识是通过他（她）自己相关的信念系统的过滤转化为实践的；二是信念对于实践具有倾向性的支配作用，信念一定驱动行为，而经验和行动又会修正信念；三是教师的知识、行为、信念三者之间均存在双向互动的关系，共同建构成教学实践情境，作为教师行为的重要背景。因此，教师信念在一定程度上决定着教师阻抗的大小和课程实施程度的高低，是教师阻抗和课程实施的原因变量（谢翌，2006）。

4. 学校文化与教师阻抗和课程实施的关系

文化是课程改革的一个背景，是课程政策和课程制度的"土壤"。诸多关于学校发展以及教育改革成功案例的研究，使我们得以窥视学校文化在学校发展过程中的作用。罗蒂和罗森霍尔兹等通过实证研究得出结论，以开放与合作为规范的学校文化促进了学校改进；富兰在其关于学校改革的研究中也发现学校文化是学校教学成功与否的关键因素。在考察诸多失败的教育改革的基础上，富兰认为这些自上而下进行的教育改革失败的根本原因，就在于教育改革过程中"没有找准正确的事情——课程和教学的文化核心"。同时，在考察有限的暂时成功的教育改革的基础上，罗蒂和罗森霍尔兹发现，"在结构的变革和思想的变革之间有一种相互关系，当教师和行政人员开始用新的方式工作时，不料却发现学校的结构不符合新的发展趋势而必须改变，然而这种结构却非常有力"。因此，学校文化对于教师在新课程实施中教育教学行为有着深远的影响，对于新课程的实施起着至关重要的作用，是教师阻抗的原因变量。

教师信念和价值观的改变是教师改变的焦点问题，甚至是更深层次的问题。原因有：首先，教师信念作为"过滤器"，自动地对教师的学习内容进行筛选，教师对与自己信念一致的内容感兴趣；反之，就可能对学习内容进行"回避"、"误读"、"曲解"。其次，从教师变革的层面来看，信念的变革是深层次的变革，没有基于信念变化的教师行为是表层的变革。教师信念的变化才是真正的教师变革。再次，从教学实践来看，教师信念在很大程度上影响教师对教学情境的认知、课程与教学的决策和教学方法的选择。因而，只有教师信念发生了变化，才能引起教师真正的变革，进而可能引发课堂教学的变革（林一钢，2005）。而教师信念是通过学校文化适应和教师个体建构而形成的，即教师在生活中通过观察、参与、模仿等方式同化个人世界中的各种文化因素的过程。这一过程可能是无意识的，也可能是有意识的，正规的或非正规的教育过程。促成这一过程顺利实现的主要条件即在于学校文化的创建。因此，学校文化对教师信念的形成起着重要的作用。

同时，教师信念在学校文化中处于十分重要的位置，它是联结个人基本假设与个人价值观和实践的关键。教师的信念往往影响着教师的价值取向和实践，学校教师全体共享的信念是学校文化的重要基础。同时，教师的实践和价值观反过来又会影响、修正教师的个人信念。因此，理解学校文化须从教师的教育信念入手。正是这些弥漫于所有的教育活动之中的信念才构成了学校文化的主要灵魂。

5. 教师认同与教师阻抗和课程实施的关系

理性行动理论（theory of reasoned action）认为，就态度和行为的关系来说，人们的行为取决于人的态度；人通常以理性的方式行事，行为意向是行动的直接决定因素；而行为意向则取决于个体"对行为的评价"、"主观标准"和"感受到的行为控制"三项要素。近期的研究指出，态度和行为之间的关系并非单向的，而是一种互为影响的关系，即个体不仅会把态度作为行为的基础，还会依据某种行为形成相应的态度。此外，个体在执行某种行为时"感受到的行为控制"也是行为意向的决定因素之一，它意味着如果现实的支持条件不足，即使改革符合教师的主观标准、教师对改革具有正面评价，他们也很难表现出积极的行为反应。实际上，态度与行为之间的关系是十分复杂的。

课程改革是一个从理念到行动、从抽象到具体的过程，其成功的关键在于教师能否对其有充分的理解和认同，并成功将其转化为自身的日常工作行为。学者伯曼（Berman）等指出，教师对课程改革的态度很重要，因为如果没有对课程改革这项活动的"专业关切"，教师将不会为课程改革付出额外的努力（钟启泉和张华，2000）。尽管对课程改革的认同态度或许不能精确地预测改革的实施（考虑到态度与行为之间可能会出现不一致），但教师的认同感对改革成败而言非常关键。教师积极认同改革，课程改革就更有可能取得预期的效果。然而，由于众多因素的影响，改革倡导的理念和行为并不能自然而然地被教师接受。因此，改革的领导者和促进者若想使教师积极投入变革，首先必须理解教师对改革的反应。所以，教师对新课程的认同在一定程度上决定着教师阻抗和新课程实施，是一个重要原因变量。

同时，教师对于新课程的认同与教师知识、教师信念和学校文化之间存在着复杂的相互影响和相互作用的关系。

6. 教师阻抗与课程实施的关系

如前所述，阻抗是指"由主、客观因素引起的，对教师实施新课程起阻碍作用的心理状态或外在行为表现"，因此，它必定是影响因素的因变量。同时，教师的消极态度和行为表现必然会影响到新课程实施程度，教师阻抗又是影响新课程实施程度的自变量。所以，教师阻抗是联结影响因素和新课程实施的重要桥梁。

7. 研究变量之间的关系

通过对研究变量的粗略分析可知：性别、年龄、教龄、职务、职称、学校层次、学校类别、学校位置、学校所处地区等状态变量直接影响教师阻抗和新课程实施程度，是研究的自变量；教师知识、教师信念、学校文化和教师认同既受状态变量的制约和影响，又对教师阻抗和新课程实施发挥作用，因此，既是因变量，又是自变量；教师阻抗和新课程实施程度则是研究的因变量。因此，要对新课程实施中的教师阻抗进行研究，应该明确这些变量之间的相关关系或因果关系。它们之间的相互关系可以用图 1-3 来表示。

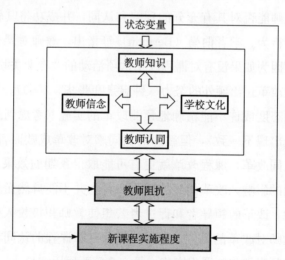

图 1-3 研究变量之间的关系图

三、基本方法

目前，教育研究的范式主要有量的研究和质的研究两种类型，有人也称其为科学范式和自然范式。量的研究是一种对事物可以量化的部分进行测量和分析，以检验研究者关于该事物的某些理论假设的研究方法。其基本研究步骤是：研究者事先建立假设并确定具有因果关系的各种变量，通过概率抽样的方式选择样本，使用经过检验的标准化工具和程序采集数据，对数据进行分析，建立不同变量之间的相关关系，必要时使用实验干预手段对控制组和实验组进行对比，进而检验研究者自己的理论假设。量的研究主要采用实验、调查研究、结构化访问、准实验、结构化观察等一系列研究方法。量的研究既适合在宏观层面对事物进行大规模的调查和预测，又适合在微观层面对事物进行实验研究。

质的研究是以研究者本人作为研究工具，在自然情景下采用多种收集方法对社会现象进行整体研究，使用归纳法分析资料和形成理论，通过与研究对象互动对其行为和意义建构获得解释性理解的一种活动（陈向明，2000）。质的研究不主张把社会现象割裂成几个部分，因为社会现象是流动的、复杂的、有机的整体。某一社会现象之所以成为某种状态，有赖于其各个组成部分的有机结合以及其存在的社会大环境的特点，各部分的简单相加不能还原为原来的社会现象。社会环境变了，社会现象也会发生变化。因此，质的研究强调在自然的状态下，把社会现象放在背景中进行整体的考察，原汁原味地呈现社会现象的本来面貌。质的研究比较适合在微观层面对个别事物进行细致、动态的描述和分析。质的研究主要采用自然观察、文献分析、参与观察、开放式的访谈和个案研究等研究方法。

本研究的目的是探讨新课程实施中的教师阻抗，即分析和研究教师阻抗和新课程的实施程度与影响教师新课程实施的因素之间的关系。教师阻抗和新课程实施程度分为不同的纬度，既有外显的行为表现，又有内隐的态度、价值观的变化。影响教师新课程实施的因素，既有课程改革本身的属性、资源和技术支持、学校组织结构和学校文化等外部因素，又有教师自身知识、教师对新课程的认同、教师信念等内部因素。同时，新课程的实施过程必定经过教师个人与外界环境的反复交互作用，是教师个人的知识、信念与学校、社会的价值信念系统与结构互相运作协调的过程。面对这样的情况，如果只采用质的研究范式，限于研究的时间和精力，研究者只能在一年或者至多一年半的时间内在微观层面对一位或几位教师进行研究，很难达到质的研究所要求的深入、细致和长期的体验，很难达到研究者和教师之间的互动，难以达到研究的目的；如果只采用量的研究范式，很难顾及所有的变量，很难达到对教师深层原因的探究。鉴于此，本研究把量的研究方法与质的研究方法结合起来，以问卷调查方法为主，辅以面对面的访谈。这样，在研究中就可以把宏观与微观、外显与内隐等方面比较好地结合起来，以利于规律的探讨。

第二章　课程实施的理论探讨

第一节　课程实施的内涵与意义

一、课程实施的内涵

　　课程改革是教育改革的核心问题。课程改革能否成功关键在于课程实施，课程实施本身已经成为课程改革的一个组成部分。20 世纪 70

年代以来，随着课程改革的不断深入，课程实施受到研究者越来越多的关注，逐步成为课程改革中一个相对独立的研究领域。如何理解课程实施、如何正确地认识与课程实施有关的各种因素，使新课程的实施更加合理有效，是当前新课程改革面临的重要课题。

目前，人们对课程实施的理解存在一定的分歧，概括起来，主要有三种观点：第一种观点认为，课程实施是将革新付诸实践的过程（Fullan，1991），是把新课程计划付诸实践的过程（施良方，1996），是把通过编制过程创造的课程具体化并使之发生效用的过程（张廷凯，1991）；第二种观点认为，课程实施是将编制好的课程计划付诸实践的过程，是实现预期的课程理想、达到预期课程目标、实现预期教育结果的手段（李定仁和徐继存，2004）；第三种观点认为，课程实施就是教与学的过程，就是学习者参与有计划的学习机会的过程（王斌华，1998），课程实施实际上就是教学（黄甫全，2000）。

显然，这三种观点之间存在着一些差异。第一种观点关注的是课程实施的过程，即在实践中改革是如何发生的，至于改革的结果是否与预定的课程方案相符合，并不是课程实施关注的焦点。第二种观点则具有明显的价值取向，它要求课程实施的过程必须朝向改革建议的方向，并且要求改革的结果符合预定的课程方案，因此，它更多关注改革的结果。以上两种观点在课程实施涉及范围的认识上是共同的，认为课程实施涉及整个学校教育系统，例如，国家、地方、学区、学校直到课堂等多个层面。相比较而言，第三种观点认为课程实施只发生在课堂层面上，其涉及的范围要小得多。

那么，哪种观点更为合理呢？麦克尼尔（J. McNeil）指出，课程可以分为两个世界：一个是修辞的（rhetorical）世界，专业委员会成员、教育董事、政府领袖等人在其中对"教什么"和"如何教"等问题做出回答，课程改革、政策、目标、框架、标准等与之相连；另一个是经验的（experiential）世界，教师和学生在此过程中缔造（enact）课程，追求他们的目标，建构他们的知识与意义。尽管课堂教学是课程实施中的重要内容，然而课程实施涉及"两个课程世界"（李子建和尹弘飚，2003）。将课程实施等同于教学，必然缩小课程实施的范围，限制我们的研究视野，使我们遗漏对诸如课程改革方案、课程实施策略、学校组织结构等一系列和课程实施紧密相关的有价值的问题的研究。因此，我们必须超越教学的范围，在更广阔的范围内理解课程实施。

古德莱德（J. I. Goodlad）认为存在五类不同层面的课程：①理想的课程（ideological curriculum），即由一些研究机构、学术团体和课程专家提出的应该开设的课程；②正式的课程（formal curriculum），即由教育行政部门规定的课程计划、课程标准和教材，也就是列入学校课程表中的课程；③领悟的课程（perceived curriculum），即任课教师所领会的课程；④运作的课程（operational curriculum），即在课堂上实际实施的课程；⑤经验的课程（experiential curriculum），即学生实际体验到的东西（施良方，1996）。由此可见，课程从规划、设计到实施，从课程决策者、编制者到教师和学生，经历了多种转换。每一次转换都会或多或少地出现与上一层次课程的偏差：正式的课程与理想的课程不会完全一致；教师理解和解释方式的不同，造成教师对课程"实际是什么"或"应该是什么"的领会上的差异，从而导致领悟课程与正式课程之间会有一定的距离；教学是一个师生互动的过程，教师要根据学生的反应随时进行调整，教师领会的课程与他们实际实施的课程之间会有一定的差距；每个学生对事物都有自己特定的理解，对课堂上实际实施的课程会有不同的体验或学习经验。由此可见，课程实施是一个受多种因素影响的系统工程，很难预测其发展和变化，作为课程研究者，我们很难忽略变革发展的过程，直接去判断结果。同时，课程实施的实际状况和预期的结果之间的吻合程度也是我们所关心的。因此，我们不仅应该关注课程实施的结果，更应该关注实施过程本身，即改革方案在实践中发生的一切。可见，同时采用前两种观点理解课程实施是十分必要的。

因此，我们认为，课程实施是将新课程计划付诸实践、实现预期的课程理想、达到预期课程目标的过程。

二、研究课程实施的意义

许多研究者指出，课程改革一般由以下三个阶段组成：①发起或启动阶段；②实施或最初使用阶段；③常规化或制度化阶段。课程实施是课程改革过程中的第二个阶段，是课程改革与发展的重要环节，是将课程理论转化为课程实践的活动。因此，研究课程实施对于完善课程理论、设计新的课程改革方案、促进课程实施方案的推广、及时发现课程实施中的问题具有不可或缺的作用。

在理论层面上，富兰认为研究课程实施的意义至少包括四个方面：一是发现课程计划在改革过程中发生了何种变化；二是了解教育改革失败的原因；三是为了避免课程实施遭到忽视或与其他概念混淆；四是了解学习结果与各种影响因素之间的关系。在 20 世纪 70 年代，课程实施研究刚刚兴起，人们还没有意识到这个问题的重要性，因此，富兰认为当时课程实施受到了忽视。然而，近年来随着课程实施研究的增加，课程实施已经颇受人们的关注，而且它已经确立了在课程知识领域中的独立地位。很多课程理论专著、教材等都把课程实施作为课程知识领域的一个组成部分。

第二节　课程实施取向

课程实施取向是指对课程实施过程本质的不同认识，以及支配这些认识的相应的课程价值观（张华，2001）。它集中表现在对课程计划与课程实施过程之间关系的不同认识上。因此，研究课程实施，研究者首先应该确定采取何种立场去理解或者判断在课程实施过程中发生的现象。只有对这一问题有了清醒的认识，才能在研究中做到有的放矢。下面就对这方面的研究进行梳理。

一、富兰、辛德等人的课程实施取向研究

富兰和庞弗雷德在 20 世纪 70 年代通过对 15 项有代表性的课程实施的研究，发现了两种主要的课程实施研究取向（orientation）：忠实取向和相互调适取向。进入 20 世纪 90 年代，辛德等在上述研究的基础上，通过对 9 项课程实施的研究，归纳出第三种取向：课程缔造取向，从而将课程实施取向的研究向前推进了一步。这三种课程实施取向对课程、知识、改革过程、教师角色以及研究方法论等问题持不同的主张。

1. 忠实取向

忠实取向（fidelity orientation）是最早的，也是主流的课程实施研究取向。课程实施的忠实取向认为，课程实施过程即是忠实地执行课程计划的过程。衡量课程实施成功与否的基本标准是课程实施过程实现预定的课程计划的程度。实现程度高，则课程实施成功；实现程度低，则课程实施失败。

忠实取向认为，"课程"一词的含义是指体现在学程、教科书、指导用书、教师的教案或课程革新方案中的有计划的内容；"课程知识"主要是由课程专家在课堂之外，用他们认为最好的方法为教师实施课程计划而创造的，教师对课程知识的创造和选择没有真正的发言权；课程变革被视为一种线性过程，课程专家在课堂之外制订课程变革计划，教师在课堂中实施课程变革计划，人们根据预先规划的结果是否达到来评价课程（张华，2001）。出于这种目的，忠实取向的课程实施研究以量化研究作为基本方法论，认为问卷调查、访谈、观察以及文献分析等是进行此类研究的有效方法（尹弘飚和李子建，2005）。

在忠实取向看来，教师这一角色的实质是课程专家所制订的课程变革计划的忠实执行者。教师是课程的"消费者"，他们应当按照课程

专家对课程的"使用说明",循规蹈矩地实施教学。如果教师不能按照预期的计划实施教学,那么课程的目的就不能达到,也不能对课程进行公正地评价。好的课程方案应该是"防教师"(teacher-proof),即"不管谁教都一样"。因此,在课程实施前,应对教师进行适当的培训,在课程实施过程中,应该对教师的行为进行有效支持与监督。

由于忠实取向把课程变革视为从制订课程变革计划到实施计划、从课程变革计划的制订者到计划的实施者之间单向的线性过程,强调课程变革的决策者和计划制订者对课程实施者的有效控制,因此,这种取向在本质上是受"技术理性"(或称"工具理性")支配的(张华,2001)。

2. 相互调适取向

相互调适取向(mutual adaptation orientation)源于 20 世纪 70 年代中期伯曼和麦克劳夫林(Berman & McLaughlin)主持的兰德变革动因研究。他们检视了四项国家基金支持的教育变革项目:学校组织、阅读、双语教学以及职业发展改革。通过对 293 个地区的调查和 29 个个案研究,研究者发现,课程成功实施的特征在于它是一个相互调适的过程。一项课程变革计划付诸实施之后,可能会发生两个方面的变化:一方面,既定的课程计划会发生变化,以适应各种具体实践情境的特殊需要;另一方面,既有的课程实践会发生变化,以适应课程变革计划的要求。相互调适取向认为,课程实施过程是课程改革计划与班级或学校实际情境在课程目标、内容、方法、组织模式诸方面相互调整、改变与适应的过程。

相互调适取向的课程实施研究主要探讨两个问题。第一,借用社会科学中新的方法和理论以发现关于各种教育问题的详尽的、描述性的资料。如果说忠实取向的研究致力于测量课程实施过程实现预定课程计划程度的话,那么,相互调适取向的研究则致力于探讨课程实施过程中所产生的各种教育问题,通过对教育问题的研究,深入探讨课程变革过程的本质。第二,确定促进或阻碍课程按原计划实施的因素,特别是各种组织变量，以提高课程计划与课程实施相互作用的效果。这一点在表面上与忠实取向的研究相似，但两种取向在出发点上有别。忠实取向探讨影响课程按原计划实施的因素，是为了提高课程实施对原计划的忠实程度；而相互调适取向则着眼于提高课程实施过程与预定课程计划相互适应的效果（张华，2001）。

相互调适取向认为，课程不仅包括体现在学程、教科书或变革方案中的有计划的具体内容，而且包括学校和社区中由各种情境因素构成的谱系，这些情境因素会改变课程变革方案；课程知识是广大的、复杂的社会系统中的一个方面，实践者（教师）所创造的课程知识与专家所创造的课程知识同等重要；课程变革过程是一个复杂的、非线性的和不可预知的过程，而绝不是一个预期目标和计划的线性演绎过程。因此，忠实取向视野中的教师是预定课程变革方案的被动"消费者"，而相互调适取向视野中的教师则是主动的、积极的"消费者"。为了使预定课程方案适合具体实践情境的需要，教师要对之进行改造。教师对预定课程方案积极的、理智的改造是课程实施成功的基本保证。同时，忠实取向旨在测量课程实施的程度，所以要求精密的量化研究。相互适应取向的研究重心不是测量课程实施的程度，而是把握课程实施的具体过程，因此，要求更为宽广的方法论，既包括量化研究，也包括质的研究。持相互适应取向的研究者认为个案研究、参与式观察、访谈、问卷调查以及文献分析都是了解实施过程的有效手段。

总之，相互调适取向把课程变革视为课程变革计划与具体实践情境之间的交互作用过程，强调课程变革的决策者、计划制订者与课程实施者之间的相互理解和对变革意义的一致性解释，强调课程变革的过程性和复杂性。因此，该取向在本质上是受"实践理性"支配的。

3. 课程缔造取向

课程缔造取向（curriculum enactment orientation）认为，真正的课程是教师与学生联合创造的教育经验，课程实施本质上是在具体教育情境中缔造新的教育经验的过程，既有的课程计划只是供这个经验创生过程选择的工具而已。课程缔造取向研究的主要问题有：第一，缔造的经验是什么？教师与学生是如何创造这些经验的？怎样赋予教师和学生权利以创生这些经验？第二，课程资料、程序化教学策略、各级教育政策、学生和教师的性格特征等外部因素对缔造的课程有怎样的影响？第三，实际缔造的课程对学生有怎样的影响？"隐性课程"对学生有怎样的影响？不难看出，这些问题使课程缔造取向与忠实取向、相互调适取向迥然不同，显然，该取向的研究重心已完全转移到教育经验的实际创造过程（尹弘飚和李子建，2005）。

课程缔造取向认为，课程的性质是地道的经验课程，这种课程是情境化的、人格化的；课程知识不是一件产品或一个事件，而是一种"人格的建构"和一个不断前进的过程（an on-going process）；课程改革是教师和学生个性成长与发展的过程——思维和行为上的变化，而不是一套设计和实施新课程的组织程序；教师是课程开发者，教师连同其学生成为建构积极的教育经验的主体，课程创生的过程即是教师和学生持续成长的过程。在研究方法论上，缔造取向以质化研究为基础，提倡通过个案研究、深度访谈、行动研究来理解课程实施，并进一步提升学校实践（张华，2001）。

课程缔造取向把课程变革、课程实施视为具体实践情境中教师与学生创造和开发自己课程的过程，视为教师与学生个性成长和完善的过程，强调教师与学生在课程变革中的主体性和创造性，强调个性自由与解放。因此，该取向在本质上是受"解放理性"支配的。

二、豪斯的研究

同样是在 20 世纪 70 年代末期，豪斯也提出了一套理解课程实施的分类方式。他建议从技术的、政治的和文化的三种观点出发分析课程变革，同时对这三种课程实施观的特征进行了总结（于泽元，2006）。

1. 技术观

技术观（technical perspective）在 20 世纪 60 年代的课程改革运动中十分流行。这种观点是将课程实施看成是一种技术，这种技术用来执行预定的计划。而课程实施的效果则以目标的达成程度作为衡量标准。这种观点假定人们在改革中拥有共同的价值体系和变革目标，问题只在于如何更好地实现这一目标。这种观点主张以系统和理性的分析来处理变革的实施问题，因此，主要通过改革教材和教学方法，以及引进新的技术来提高教学质量和实施成效。在实施策略上，技术取向强调把变革方案转化为可应用的技术和知识，由教师贯彻执行，课程实施就好像是一个生产过程，成果和效率是值得关注的。实施的关键在于澄清实施者对变革必要性的认识，同时对他们进行培训以增强其效能。在研究方法上，技术观主张使用量化方法研究课程实施，如成就测验、态度量表或调查问卷。

2. 政治观

政治观（political perspective）假定我们所处的社会并不是一个充满和谐的社会；相反，这个社会依旧存在很多问题和冲突。群体之间的利益往往是不一致的，对立派别之间为了达到自己的目的必须讨价还价、相互妥协，课程实施过程就是一个协商的过程。

课程实施的政治观涉及权威、权力的运用，以及不同团体之间的竞争和妥协。出于自身利益的考虑，不同群体会对课程变革产生不同的态度，有些态度之间甚至是对立的。因此，变革在某些人看来是值得质疑的，并不一定都会产生正面效果。在政治观中，一些人（如校长或教育行政管理者）在实施变革的过程中往往会利用自己的制度优势，通过法律或行政命令迫使无权势的一方顺从。相应地，这种做法通常会受到显性或隐性的抵制。然而，政治观还认为，尽管团体之间的利益存在冲突，但是学校成员通过协商仍然可以达成共识。在评价方面，政治观常以半结构化的问卷和访谈作为研究方法（尹弘飚和李子建，2005）。

3. 文化观

文化观（cultural perspective）假定社会中有很多文化群体，群体内部有很多价值共识，但是群体之间则缺乏一致性，很难采取共同行动。在课程变革中，外部设计的课程方案所代表的研究文化和教师群体所代表的专业文化之间存在着很多冲突。研究文化和专业文化之间的遭遇涉及沟通、诠释、融合以及一种文化适应行动。因此，文化观将课程实施看作一种文化重建的过程，其目的在于促使学校成员重新思考课程、教学以及学校教育的本质和目的等问题。在文化观看来，"演化"一词比实施更能反映变革的核心意义。

文化观把学校机构看成一个社区，社区内不同的群体拥有不同的文化（或亚文化），课程实施的成功需要共同体的建立作为保障。在实施变革的过程中，这种取向关注教师的情绪、理解、价值观等因素，通过为教师提供更多的专业发展机会和额外的规划时间，使他们形成共同体意识。在评价方面，文化观注重寻求内部信息，尊重本土概念和价值观，试图揭示人们是如何从事物内部看待自身的。因此，这类研究选择民族志等质化研究方法和调查手段，如参与式观察、个案研究等作为研究方法（尹弘飚和李子建，2005）。

概言之，上述三种课程实施观是研究者从不同的学科视角出发审视课程实施的结果：技术观诞生于经济学，关注的主要是效率，因此，以生产作为其隐喻；政治观诞生于政治科学和社会学，关注的是权威系统的合法性，因此，协商是其基本意象；文化观诞生于人类学，关注的是意义和价值观，社群则是它的基本意象。值得注意的是，豪斯的三种观点反映的只是主流社会机构的观点，而很少代表弱势社会机构（如宗教）的观点。

三、两种分类体系的比较

比较起来，富兰、辛德等人的分类方式和豪斯的观点至少存在两个区别。首先，前者立足于课程领域自身，从课程变革与实施的内部考察课程实施；后者从课程领域外部出发，借助于其他学科的视角理解课程实施。其次，与上述区别相关的是，前者是富兰、辛德等人通过总结和归纳已有课程实施研究而形成的，因此更侧重于"课程实施研究"的取向；后者是豪斯根据其他学科理论和课程变革实例演绎而来，因此更偏重"课程实施"的取向。

但是，尽管豪斯的分类方式表面上看起来似乎不同于富兰、辛德等人的观点，但研究者指出，豪斯与辛德等人的主张事实上颇为一致，忠实取向与技术观、相互调适取向与政治观、课程缔造取向与文化观之间具有很多共通之处。这种共通性表现在基本假设、研究重点、实施策略以及研究方法论等方面，而这些正是构成课程实施取向的实质性内容。表 2-1 总结了两种分类体系的共同特征（尹弘飚和李子建，2005）。

表 2-1 两类课程实施取向的比较

实施取向	忠实取向	相互调适取向	课程缔造取向
	技术观	政治观	文化观
基本假设	系统而理性的过程；消极的使用者；共同的利益和价值观；实施是一项技术性工作，关键在于寻找目标的最佳手段；课程知识是客观预定的；独立于认识者之外	双向的社会互动过程；调适的使用者；不同群体认同一套价值观，通过群体间的妥协达成共识，因此，调适程度并不一致；课程实施产生于社会互动过程中	非线性的复杂演化过程；自主的使用者和创造者；实施有赖于不同文化的互动；团体内的小派别才分享相同的价值观，团体间的价值观可能相互矛盾；个人化的知识观
研究重点	变革方案的合理与完备；课程实施的程度；效率	学校情境与变革方案的互动；调适的内容与过程；互动	学校情境的文化含义；缔造的内容及其影响；意义
实施策略	专门知识的应用；中心-外围式变革；"研究、开发与传播"模式	利用政治手段产生影响；有弹性的变革；兰德课程变革动因（RAND）模式	社群的自觉行为；草根式变革；课程变革的情境（TORI）模式
研究方法论	量化研究，如问卷调查、访谈、观察、文件分析	量化研究与质化研究，如半结构化问卷与访谈、实地观察、文件分析、个案研究	质化研究，如个案研究、叙事研究、参与式观察、行动研究

比较起来，辛德等人着力于刻画不同类型课程实施在形态上表现出的基本特征，而豪斯则是从不同的社会（科学）领域出发审议课程实施。这种出发点的不同并没有造成两种分类方式根本上的分歧，反而增加了它们之间的互补性。

四、课程实施取向研究的新进展

近年来，研究者对课程变革的认识已发生了许多变化。例如，富兰将具有后现代色彩的科学理论——复杂性科学引入到课程变革与实施研究中，认为课程变革是一个非线性过程，中间充满着涌现（emergence）、变异和不确定性，用混沌理论的观点来看待课程实施似乎更为妥当（迈克尔·富兰，2005）。

在这种背景下，学者们开始尝试从新的角度理解课程实施。除了已有的三种取向，后现代课程实施观逐渐受到人们的关注。哈格里夫斯等人以课堂评价变革研究为基础，结合当今的社会发展脉络，认为我们可以从技术观、政治观、文化观和后现代观四种视角出发检视课程变革，从而正式提出了课程实施的后现代取向。他们指出，自豪斯提出三种观点以来，社会已经发生了显著变化——后现代社会特征越来越明显，并且已经重新塑造了教育变革的进程。这些影响主要表现在三个方面：一是复杂性、多样性与不确定性动摇了人们原有的知识观；二是电子模拟影像使人们对教学内容、学习的组织以及如何评价等教育变革的核心问题产生了新的疑问；三是后现代使学生的行为和意识越来越难以预测，学生和课堂教学对教师来说变得陌生了。后现代观给"真实性评定"（authentic assessment）提出了严峻的挑战，因为在这种情况下，复杂性、多样性和不确定性成为后现代课程变革的显著特征，人们无法完全认识教育及课程变革，甚至"真实性"本身也受到了质疑。因此，课程实施研究的重心应该转向以下问题：实施参与者对变革的个人理解是什么？他们如何获得这种理解？他们如何将变革整合到自己的课堂实践中？这种实践是什么样的？他们在实施中遇到了哪些障碍？变革为实施参与者提供了什么样的支持系统（Hargreaves et al.，2002）？

除此之外，课程学者还沿着实施取向的另一条发展脉络，即辛德等人的分类传统，探讨了后现代实施观。研究者认为，课程实施研究兴起于课程范式和社会脉络的后现代转换之中，不可避免地要受到这一文化思潮的影响。因此，在辛德等人研究的基础上，他们从后现代视角出发，借助于现象学、诠释学以及批判理论的观点，全面地检视了后现代课程实施的基本特征：在本体论上，它主张将课程实施视为理解与对话的过程，恢复课程实施的开放性和复杂性；在主体观上，它尊重各类实施主体的平等地位，给变革参与者赋权并使其积极参与课程实施；在知识观上，它承认课程知识的个人性和境域性，给师生建构知识留出空间；在研究方法论上，研究者应持多元与宽容的态度，努力拓展评定和理解课程实施的方法论基础。与已有的实施取向相比，后现代课程实施观显然更加符合教育理想、更加富有人文关怀（李子建和尹弘飚，2003）。

然而，这种后现代取向的课程实施研究还远未成熟。首先，它还只是处于理论分析阶段，研究者都是借助于思辨、反思等方法建构一种理论假设，并没有得到与其相应的实证研究的支持。正如哈格里夫斯所指出的那样："它的出现很大程度上不是通过对研究资料的描述（尽管我们描述了一部分），而是通过批判性反思我们所呈现的这些诠释。"（Hargreaves et al.，2002）其次，后现代取向还缺乏足够的独特性以区别于已有的实施取向。例如，从哈格里夫斯等人归纳的研究问题来看，它们与相互调适、课程缔造取向所关注的研究问题并没有本质上的差异，因此，不足以反映后现代取向的特征。再次，更重要的是，后现代课程实施取向在实践层面上显得有些虚弱无力，它还难以应对研究者对它的责难：如何保证变革目标的实现？在现有的学校组织中，我们如何通过广泛的对话促进每一位学习者的发展？从哪里能大量地获得符合这种要求的高素质教师？针对不同情境中的课程实施，我们能否以及如何评定优劣？因此，若是想用这种新兴的后现代取向来指导课程实施及其研究，我们还有很长的一段路要走（尹弘飚和李子建，2005）。

五、实施取向对课程实施研究的影响

如前所述，课程实施研究经过 30 余年的发展，已经形成了一个规模庞大、内容众多的知识体系。张善培（1998）认为课程实施理论包括以下四个主要问题，即课程实施过程理论、测量与评定课程实施、影响课程实施的因素，以及比较不同实施策略的成效，并且这四个问题内部又包含很多具体的研究课题。

那么，实施取向在课程实施研究中处于何种地位呢？概言之，实施取向对课程实施研究具有全局性的影响。首先，实施取向影响着课程实施策略与模式的选用。例如，钦和本恩（Chin and Benne）曾提出过三种整体的实施策略：①实证-理性策略（empirical-rational strategy）；②权力-强制策略（power-coercive strategy）；③规范-再教育策略（normative-reeducative strategy）。这三种策略分别从技术、政治和文化三个角度思考变革实施，因此，各自对应着忠实（技术观）、相互调适（政治观）、课程缔造（文化观）三种取向。其次，由于三种取向在变革过程、师生角色、研究方法论等方面的差异，实施取向还直接制约着研究者判断课程实施成功与否的标准，并且影响着研究者如何测量、评定或理解课程实施。再次，三种实施取向所关注的影响因素也有所区别。例如，在忠实（技术观）中，课程方案本身的完备性与合理性、提供给教师的资源支持等因素会受到更多的关注；而在缔造（文化观）中，研究者会更加关注不同实施者群体的亚文化、师生遵循的价值观等因素。最后，由于实施取向对上述问题的制约，它还影响着课程实施研究中的第四个主要问题：比较不同实施策略的成效；采取什么策略实施变革；通过哪些手段评定成效；更为根本的是，究竟何谓"成效"。显然，三种取向在这些问题上会做出不同的回答。

总之，课程实施取向已经成为我们进行课程实施研究时的首要问题。我们可以依据不同的实施及其研究取向对新一轮课程改革的实施成效和影响因素进行研究，从而寻找促进课程改革的建议和对策。

第三节　课程实施的模式与策略

一、模式与策略的辨析

新一轮基础教育课程改革正在全国如火如荼地进行。与新课程实施的实践发展形成鲜明对照的是，我们关于课程实施理论的研究十分匮乏，对课程实施的策略、模式等问题的认识相对不足（尹弘飚和靳玉乐，2003）。课程实施的模式、策略问题基本上是课程改革的盲点（唐丽芳和马云鹏，2002）。其实，课程实施作为课程改革的一个组成部分，是决定课程改革成败的一个关键性环节，恰当的课程实施模式与策略，是课程改革成功的有力保证。国外的研究表明，对于同一个课程计划，不同的课程实施模式、策略往往会导致截然不同的实施效果。

国外对课程实施模式与策略的研究开始于 20 世纪 70 年代。舍恩（D. Schon）1971 年在《超越稳定状态》一书中提出并考察了三种革新模式："中心-外围"模式（the centre-periphery model）、"中心增生"模式（the proliferation-of-centres model）和"运动模式"（the movement model）。随后，哈夫洛克（Havelock）通过对教育变革的 4000 份实证研究材料的分析，提出了三种主要的变革模式："研究、开发与传播"（research，development and diffusion，RD&D）模式、"社会互动"模式（social interaction model）和"问题解决"模式（problem-solving model）。美国当代课程专家麦克尼尔认为，课程变革可以发生在不同水平上，如国家水平、地区水平，或学校、班级水平，这些水平决定了实施课程变革的相应策略。1996 年，他提出了实施课程变革的从上至下的策略（top-down strategies）、从下至上的策略（bottom-up strategies）和从中间向上的策略（middle-up strategy）（杨明全，2003）。至此，课程实施的模式与策略的理论研究日臻完善。

国内对于这一问题的研究可以说是始于新一轮基础教育课程改革，研究的侧重点基本上是介绍或述评国外的理论（张华，2001；马云鹏和唐丽芳，2002；尹弘飚和靳玉乐，2003；杨明全，2003；于泽元，2006；施良方，1996）。但在研究和探讨过程中出现了两个明显的问题：其一，把课程改革的模式和策略与课程实施的模式与策略混为一谈、不加区分。例如，有许多人把从上至下的策略、从下至上的策略、从中间向上的策略、"研究、开发与传播"模式、兰德课程变革动因模式等看作是课程实施的模式和策略（张华，2001；马云鹏和唐丽芳，2002；尹弘飚和靳玉乐，2003；杨明全，2003）。我们认为这些模式和策略有些是针对课程改革的，有些是针对课程实施的，应该有所区分。其二，对于模式和策略的理解有所偏差。有人把策略作为上位概念，把模式作为下位概念，如马云鹏、唐丽芳认为从上至下的策略包含调查与发展模式和多因素策略；有人把模式作为上位概念，把策略作为下位概念；有人对二者不加区分。

我们知道，课程实施是课程改革的一个组成部分。因此，课程实施的模式和策略一定有别于课程改革的模式和策略，课程改革的模式和策略是对课程改革过程的整体考虑，而课程实施的模式和策略是对课程实施这一个环节的考虑，应该对二者进行区分。例如，上面提到的"研究、开发与传播"模式、兰德课程变革动因模式应该是适用于课程改革，而从上至下的策略、从下至上的策略、从中间向上的策略等则适合于课程实施。如果不加区分地把它们都作为课程实施的模式和策略，可能会降低其功效。

而模式和策略是有一定区别的。模式（pattern），亦译"范型"。

一般指可以作为范本、模本、变本的式样，在社会科学中，是研究自然现象或社会现象的理论图式和解释方案，同时也是一种思想体系和思维方式（辞海编辑委员会，1989）；策略是根据形势发展而制定的行动方针和斗争方式（中国社会科学院语言研究所词典编辑室，2005）。从两个词的含义可以知道，模式应该是策略的上位概念，策略应该为模式服务，模式不同，策略也应该有别。

下面就课程实施的模式和策略进行简要的述评。

二、课程实施的模式

1. 从上至下的模式

美国当代课程论专家麦克尼尔认为，自上而下的模式与国家教育行政命令相联系，因为国家的有关课程变革的指令最容易通过这种自上而下的方式推行下去。该模式的技术性很强，课程变革是由国家或地方一级的教育机构发起的，在实施中强调学校中的其他因素与变革相一致，否则这种技术上的变革难以进行或维持。

在自上而下的模式中，国家教育部门扮演了一些有趣的角色：在初期扮演了卖者的角色，后来又充当培训者的角色，把方案教授给学校的教师，然后他们再培训别人。教师与学校领导一起处理革新中出现的问题。麦克尼尔认为，该模式可能受到地方和学校的抵制。例如，教师工会可能会反对变革，因为变革给教师增加了负担（杨明全，2003）。

要使自上而下的模式发挥效用，必须注意：在前期的论证、观察以及制订计划时尽可能地让教师参与决策，获得教师的信任与支持；在新课程实施过程中要给予教师各种帮助，关注教师在实施中的各种感受；给予教师物质、仪器设备以及精神上的支持等。

2. 自下而上的模式

麦克尼尔认为，自下而上的模式始于地方的变革需求，该模式的基本假设是：作为个体的教师是变革的发起人（代理人）。在这种模式中，变革机构可能试图让学校员工检视学校中的问题，由此成为革新者而引入变革。该模式用于处理教师直接关心的问题，通过把教师所要解决的问题作为起点而鼓励教师参与。其基本步骤是帮助教师明确要解决的问题，寻找出现问题的原因，提出解决问题的方案。该模式典型的例子是"整合发展策略"与"教师作为变革动力"。"整合发展策略"主张处理教师当下关心的问题，借此发动学校系统内的组织变革。这种方式认为课程变革必须消除教师的疑虑，因此，首先要帮助教师识别与分析问题，然后促使其采取变革行动。"教师作为变革动力"，最初由塔巴（H. Taba）提出。她认为课程编制应始于教师对教学单元的设计，这将为其以后进行全面的课程编制奠定基础。

自下而上的模式的困难主要表现为教师缺少时间和相应的专业素质。教师态度和教学技能的改变也需要时间。也有一些教师对于参与变革小组并探讨问题感到不安。为了解决这些问题，小组应由有良好的社会技能和专业素养的人组成，他们在课程、学习原理、课堂关系、相关的学科科目、探究技能和个人关系方面都要有出色表现。另外，学校文化在本质上具有保守性，这种保守性的文化很难成为革新思想的源泉（杨明全，2003）。

3. 自中而上的模式

与前两种模式相比，这种模式选择了一条中间路线，是基于对前两种模式的扬弃而产生的。它认为，从上至下的模式过多地依赖于外部的奖赏，如别人的认可、事业的进步和对不依从者的威胁；从下至上的模式又必须以个人或群体倾向改革为前提，如果学校文化本身是传统的、守旧的，就不容易进行变革，而且将教师作为改革的行动者，由于教师自身的限制，他们往往选择低质量的改革。该模式主张学校是发起变革的最适当的机构。学校要成为课程实施的主体，必须关注以下几个因素：帮助教师注意来自于校外的信息，利用这一点作为改革的诱因；鼓励教师建立在改革的过程中，他们的认知理解已经改变，应思考如何运用新信息的观念；通过教师互相交流提供机会来促进新观念的广泛传播；通过向校内和校外的人宣传来促进新思想的普及、推广。这几种因素在某种程度上可以理解为是对学校提出的要求，要使学校成为课程实施的主体，一方面要着眼于学校整体的发展，而另一方面，更重要的是要聚集于学校的核心组成部分教师，通过为教师创造条件，推动与协助教师参与变革（马云鹏和唐丽芳，2002）。

三、课程实施的策略

在课程实施的策略方面，人们进行了大量的实证研究，发现了一些行之有效的推行策略，主要有钦与本恩等的权力-强制策略、实证-理性策略和规范-再教育策略（尹弘飚和靳玉乐，2003），熊恩（D. Schon）提出的中心边际策略（centre-periphery strategy）、中心增生策略（proliferation of centres strategy）和中心转移策略（shifting centres strategy）（于泽元，2006）。这些策略之间有一定的交叉，我们主要介绍权力-强制策略、实证-理性策略和规范-再教育策略。

1. 权力-强制策略

权力-强制策略就是使用制裁手段迫使采用者屈服。这些制裁通常包括政治上、经济上和道德上的手段。根据权力-强制的观点，所有的合理性、理智、人际关系在影响变革的能力上，都不及直接运用权力的效果好。

依靠政治、法律、行政和经济的权利与资源，来推行课程改革。这不单是一种强力的"自上而下"的课程改革方式，也是我国课程改革历史上最常用、最传统的课程改革推行策略。

这种策略对权力的作用给予了充分的信任，假定权利是保证课程改革的根本手段。采用这种策略必须做到：①使教师获得明确的关于课程改革必须得以实施的信息，也就是说，在课程改革方面要做到政令畅通；②必须对课程改革的过程进行有效控制；③必须有一定的操控课程改革实施程度的手段。为达到上述目的，必须采取以下行动策略：①建立层层控制的教育管理体制，课程改革通过这样的体制进行强行推行，而不是协商的方式；②建立有效的信息反馈和评价机制，如督导制度、检查制度等，把教师对课程改革方案的使用情况纳入有效的监督之下；③建立有效的奖惩系统，包括奖惩标准、奖惩办法等，奖励有效的课程改革的实施行为，对一些抗拒行为进行惩罚（于泽元，2006）。

一般情况下，一个国家或者地区，有着比较完善的层层控制的教育管理体制，这种课程改革推行策略成本较低，而且推行速度比较快，评价者也容易获得一致的课程改革结果。这些优势使得这种策略在大规模的课程改革中大行其道，成为许多国家和地区作为经常运用的策略。但是，这种策略的缺陷也非常明显，那就是它不可能要求教师的价值观和态度发生实质性的改变，因此，对于这样的课程变革，教师的投入往往比较低，也容易产生抗拒现象，其所谓的改革成果也是值得怀疑的，很多研究发现，这种策略所引起的学校教育的实质性改变并不多。

2. 实证-理性策略

实证-理性策略相信人是有理性的，并对于人类的理性给予充分的信任，认为只要使教师相信课程改革是合乎理性的，他们就会服从并加以实施；只要教师有足够的机会、能力和资源来理解课程改革方案，他们会以理性的态度来面对改革；一旦教师认定，新课程比现行的课程在改变现状方面更有力量，能够为学生的发展带来更多的好处，他们就会毫不犹豫地接纳课程改革。

基于这种假设，这种策略相信，要使教师真正接受课程改革方案，改革推行者必须做到：①使教师充分了解和相信课程改革方案是在相关研究数据支持基础上，经由一大批富有资历的学科专家、课程学者、资深教师及其他专业人士长时间的协调工作才构建出来的，也是通过实践验证的；②使教师充分理解新课程在解决现有课程问题，提高课程实践效能，促进学生发展等方面比旧课程有着极大的优越性；③使教师充分理解参与新课程的实施能够给他们带来其他价值和利益。为了达到上述目的，要采取以下行动策略：①精心组织课程改革方案的研发队伍，研制出高品质的课程改革方案；②对新课程进行广泛的宣传；③进行调查研究，发现课程实施中的问题，提出课程问题的解决方案或者进一步修改课程改革方案（于泽元，2006）。

这种策略的优点就在于教师一旦理解并认为新课程改革可以给他们带来价值和利益，就会积极地投入到课程改革中，从而导致较高的成功机会。更为重要的是，这种策略和其他策略相比，对课程改革本身的教育价值有着更真切的关注，因此，更符合教育的本质，为教育本身的发展带来效益。但是，这种策略也有其缺陷。由于强调课程改革方案的优质和教师对变革的充分理解，它花的时间比较长，成本也比较高。此外，由于过于依赖教师对课程改革的理解程度，由不同的教师所造成的结果差异就比较大。

3. 规范-再教育策略

规范-再教育策略把人的理智看作社会、文化的产物，受他们的态度、信念、价值观以及所处情境、人际互动的影响，由此引起行为的变化，这就增加了改革过程中的不确定因素。这个策略假定：①教师的态度和价值观的改变是改革的主要动力，如果没有积极态度和与改革相一致的教育价值观，教师就会自觉或不自觉地抗拒改革，因此，不仅要强化教师对于改革价值或意义的认知，还要使教师改变态度和价值观，用新的规范代替旧的规范。②人是团体中的人，改变人的价值观、态度等最有效的办法之一就是改变团体的价值和文化。③改变个人价值观和态度的另一个有效途径就是参与，只有使教师进入课程改革的研究和理解的过程中，他们才可能更有效地接纳新的价值观，培养积极的态度（于泽元，2006）。

基于上述假定，这种策略强调，要使教师更好地接纳变革，课程推行者必须做到采取有效策略，提高课程推行者对教师所处的社会网络的影响，从而改变社会网络中明显的或潜在的有关课程理论和实践的规范，促使社会网络对新的观念更加开放；使课程开发者和教师之间有更多的交流机会，使教师在不知不觉中卷入到课程改革过程中，以课程改革为荣，用新观念和新眼光来看待课程和教学问题。

这种策略从教师的态度和价值观的改变入手进行课程改革的推行，容易受到教师的欢迎。教师对课程改革的投入程度越高，改革成功的可能性就越大。但是，这种策略也有缺陷：首先，价值观和态度改变并不容易，需要较长时间，也需要相当好的物质基础；其次，这种策略强调通过团体活动的方式进行再教育，但是团体活动组织不容易；再次，教师所处的社会网络有着不同的特征，所以同样的影响说服策略效果并不相同，导致改革的结果差异较大。

四、课程实施模式与策略的选择

1. 不同模式与策略各有优劣，应综合考虑各种因素进行选择

不同的课程实施模式往往以不同的实施策略为基础，并反映了这种策略。国家、地方政府和地方教育行政部门要推行某项课程改革，一般以权力-强制策略为基础，采用自上而下的课程实施模式。权力-强制策略的效率方面比较高，但往往导致一些表层的变化。因为课程改革并不仅仅是技术的或行政的工作，它是一个学校的制度重建和文化再生过程。富兰指出，任何课程实施至少涉及以下五个层面的变革：①学科内容或材料；②组织结构；③角色/行为；④知识与理解；⑤价值内化。权力强制策略对于前三者的变革也许十分有效，但是就更深层次的后两项变革而言，它就显得心有余而力不足了。这也正是该模式无法长期有效地实施变革的原因。而一所学校要着眼于其校内学校文化重建，一般以规范-再教育策略为基础，采用自下而上的改革模式。学校文化的重建过程是组织的自我更新过程，只有通过提高组织解决问题的能力、转变学校文化中的规范价值等途径才能实现。因此，组织自我更新是一个缓慢的过程，其更新效率相当低。

有鉴于此，我们很难判断哪一种模式或策略一定优于其他的策略和模式。考虑到各自的局限性以及各地方的特殊情况，我们在新一轮

基础教育课程改革中应采取一种具有弹性的实施策略与模式。就目前的情况来看，新课程改革是在教育部统一组织和领导下，有计划、按步骤地进行的，从表面上类似于权力强制策略。这一点无可非议，因为除了该策略自身的长处之外，政府部门的积极参与已被实践证明是改革成功的重要保障之一。我们还应该充分认识到这种模式和策略的局限性，并采取措施避免其不利影响。这就要重视建立行政吸纳与咨询制度，在决策与实施过程中广泛听取课程专家、校长、教师及社会人士对课程改革的意见，从而确立中央、地方、学校与社区共同参与的课程改革机制。只有这样所选择的课程实施策略与模式才更具弹性与兼容的特征。

2. 新课程改革应采用灵活的实施模式与策略

只要对新课程改革稍加深入分析，我们不难看出它与我国以往的历次课程改革相比有着许多显著区别，课程管理体制的变化就是其中之一。新中国成立后进行的前七次课程改革，虽然在学制、教材等方面都有重大调整，但是课程管理体制始终没有多大变化，一直奉行中央集权式的决策制度。新课程改革在管理制度上打破了这种局面，确立了国家、地方、学校三级管理体制。这一举措对课程实施来讲意义重大。随着课程决策的适度分权，地方、学校、教师获得了不同程度的自主权，他们可以根据各自的实际情况对既定的课程方案做出适应性调整。这样，课程实施过程中的调适现象就有可能发生在教育系统的各个层面。因此，在新课程改革中必须结合国情，因地制宜、因时而异地采用灵活的实施模式与策略。在这方面，我国经济改革的成功经验也许可以为我们提供有益的启示。

3. 新课程改革的模式与策略应该借鉴经济改革的经验

始于 20 世纪 70 年代末的中国经济改革已经走过 30 多年的历程。在 30 多年的经济改革过程中，虽然出现过一些挫折，但中国经济改革所取得的成就是无可争辩的：经济持续增长；人民生活水平切实提高；国内社会政治稳定。经济改革之所以成功得益于以下措施（彼沃瓦洛娃，1999；陈露，2001；杨名声，1999；托马斯·罗斯基，2001；秦刚，2006）：

第一，积极扬弃，科学对待原体制基础，着力增进新体制的优势。中国没有花费很多精力去破坏和批判旧体制，而是集中力量建立新体制，在新体制的"地盘"不断扩充的同时，把旧体制逐步逼向"死角"。在实现从计划经济体制向市场经济体制转变的过程中，十分注意吸取传统体制中一些有价值的做法，以增进新体制的优势；同时，十分注重把市场经济的一般原则与优良的民族文化、习惯和精神有机结合起来。渐进式的改革策略和方式，保证了我国的改革得以平稳推进。

第二，从中国国情出发，借鉴国外的经验，而不是照抄别人的结论，果断地走上了"建设有中国特色社会主义"的道路。

第三，中国没有采用所谓"休克疗法"方案（如俄罗斯的方案），而是采用渐进的、分阶段的、经过实践检验的"摸着石头过河"的"软办法"。这种方法使中国经济以较平稳的态势进入 21 世纪的社会主义市场经济，既没有毁灭性的经济自由化和物价上涨，也没有极度的通货膨胀；既没有居民物质状况的灾难性恶化，也没有居民社会保障因素的大破坏。

第四，先易后难、循序渐进，实行重点突破与整体推进的有机结合。这既使改革保持了必要的力度、速度和连续性，又使改革逐步适应社会承受能力，避免了大的社会动荡的发生。

第五，试点先行，在不断推动改革突破的同时确保社会稳定。改革是一项前无古人的开创性事业，具有探索性，选择一些具有代表性的地方、行业、企业进行相关改革试验，有利于防止改革出现大的挫折和失误。试点是把改革引起的负效应控制在最小范围的有效办法。

第六，把握社会经济环境和条件的变化，灵活调整改革措施。在推出改革时，特别重视改革的社会经济环境或条件。在环境较好时，抓紧出台一些重要的改革措施。当环境发生变化时，则对已出台的改革措施进行相应的调整与完善。

第七，边改革边规范，通过经济立法，推进改革措施的制度化建设。在改革探索中，注意把一些经过实践证明收效良好、比较成熟的改革措施，尽可能及时以规范的制度或法律的形式确定下来，以防止良好的改革措施变形，为新的改革措施的推出、新体制的进一步发育提供坚实的基础。

第八，中国的改革从一开始就面向人，面向人的需要。满足居民对食品和日用品的基本需求，是新建经济结构的主要任务。这就保证了改革在初始阶段便得到广大群众的拥护，坚持把群众利益放在首位，顺应人民的愿望和要求。

第九，党的领导，是我国改革不断取得成功的根本保证。

第十，对改革路径的正确选择。

中国近现代的历史表明，照搬照抄别国的经验，注定是要失败的。对我国如何建设社会主义，实现现代化，没有现成的答案可供我们选择，只有在实践中不断探索和试验解决问题的新办法、新政策，可行后再推广普及。只有在长期的改革实践中不断总结成功的经验，汲取失败的教训，逐步认识中国改革发展的自身规律，才能使我国的社会主义现代化建设事业不断取得新成就。

我国的经济改革根据自身的实际情况，采取先易后难的渐进式改革道路：产业选择从农到工、到商、再到金融领域；地域选择从东到西，从沿海到内地；政策选择先试点、再推广普及。实践证明这种渐进式的改革路径是积极有效的：首先，它有利于在人们思想中产生以改革谋发展的观念，推进改革的顺利进行。其次，这种渐进式改革有利于积累经验，减少社会成本。最后，它为进一步深化改革积累了必要的物质储备，缓解改革可能带来的社会动荡。

第四节　影响课程实施的因素

课程实施作为一项系统工程必然会受到方方面面因素的影响。为了降低或消除教师对新课程实施的阻抗（抵制），保证新一轮课程改革的成功推进，我们应该明晰影响新课程实施的因素，进而寻找具有针对性的、行之有效的实施对策和策略。

对于影响课程实施的因素这一问题，国内外学者已经作了一些富有建设性的研究和探讨。下面按照国外和国内两条线索对这一问题进行梳理和分析，从而为本研究的设计和规划奠定坚实的基础。

一、国外相关研究

自 1965 年以来的研究已成功地确定了通常影响实践改革的许多因素，但是由于研究者价值理念和研究视角的不同，对于影响课程实施的因素，不同的研究者有着不同的架构，值得我们参考。其中以富兰的理论影响最大，其他学者（Hall，1991；Snyder et al.，1992）在富兰的研究架构的基础上增加了一些因素，开拓了研究课程实施的层面。现把它们归纳如表 2-2。

表 2-2　影响课程实施的因素

富兰和庞弗雷德（1977）	霍尔（1991）	辛德等（1992）	富兰（2005）
革新方案的特征	**创新/变革的特征**	**变革的特征**	**变革的特征**
● 清晰度	● 需要	● 需要与相关性	● 需要
● 复杂性	● 清晰度	● 清晰度	● 明确性
	● 复杂性	● 复杂性	● 复杂性
	● 质量/实用性	● 计划的质量与实用性	

富兰和庞弗雷德（1977）	霍尔（1991）	辛德等（1992）	富兰（2005）
实施策略 ◉ 在职培训 ◉ 资源支持 ◉ 反馈机制 ◉ 参与	**干涉及参与人员** ◉ 教师（如观念、构念） ◉ 校长（如领导风格、感观） ◉ 本地及外地促进者的支持 ◉ 支持（如教师教育、组织安排）	**校区层面的因素** ◉ 校区的革新史 ◉ 采用过程 ◉ 管理部门的支持 ◉ 教师发展与参与 ◉ 时间与信息系统（评价） ◉ 社区及委员会的特征	**地方特征** ◉ 学区 ◉ 社区 ◉ 校长 ◉ 教师
采用单位的特征 ◉ 采用过程 ◉ 组织氛围 ◉ 环境支持 ◉ 人员因素	**脉络** ◉ 层次（教室、学校、学区、国家等） ◉ 文化（教师文化、学校文化） ◉ 组织/机构的政治脉络	**学校层面的因素** ◉ 校长 ◉ 教师之间的关系 ◉ 教师的特点与取向	**外部因素** ◉ 政府和其他部门
宏观的社会政治特征 ◉ 设计 ◉ 激励系统 ◉ 评价 ◉ 政治复杂性		**外部环境** ◉ 政府机构 ◉ 外部协助	

由表 2-2 可知，学者们普遍认为影响课程实施的因素应该由四部分组成，概括如下：其一，改革的特征，包括改革的需要和兼容性、改革目标和手段的明确性、改革的复杂性和改革材料的质量与实用性；其二，地方条件，包括地区领导、社区支持、校长的作用和学校的风气等；其三，地方策略，主要指实施具体课程改革所采取的计划和行动方针，如教师的在职培训和信息交流活动等；其四，外界因素，包括政策变化、财政或物质资源和技术支持等。这些研究为我们分析和探讨影响新课程实施的因素提供了一个有效的参考框架，具有一定的借鉴意义。

1993 年，美国全国教育管理发展委员会中心的学校重建研究小组依据全面质量管理的原则对有效学校教育、成就本位教育等改革项目进行研究，发现以下七个因素或多或少的影响着教育改革的进行（吉纳·E. 霍尔和雪莱·M. 霍德，2004），它们依次是：

（1）目标的坚定性。组织承诺不断超越实施者们的现有需要，营造一种使所有人员都能长期努力，使学校或学区朝着一个明确的方向前进的环境。

（2）关注变革受益者。辨识变革受益者的需要，并不断努力来满足这些需求。

（3）筹谋。组织中所有成员都能运用新的工具和通过新的过程来解决问题，并根据收集到的资料进行决策，而不是依据一些主观的意见、感觉或过去的一些荒诞说法。

（4）文化。在组织中，大家共同分享对改革的认识和理解。文化在这里主要是指一个组织的规范、态度和信仰。

（5）共同领导。为了更好地解决问题，追求大家共同的进步，组织中各部门所有工作人员之间相互合作，强调团队精神。

（6）去中心化。赋予变革实施一线人员做出提高教育质量和解决有关质量问题等决策的权力。

（7）改进的连续性。通过对系统变革的不断回顾与反思，持续地改进向学生提供的服务和一些具体的成品（如新课程）。

这一研究更加关注教育改革的组织与领导，关注学校文化和教师的切身利益，体现出一定的人文关怀，为我们提供了一种考察变革方案或过程的新方式。

二、我国相关研究

我国对此问题的研究以新课程改革为分水岭，可以分为两个阶段：新课程改革之前和新课程改革之后。新课程改革之前，研究者主要从宏观领域探讨和分析影响课程实施的因素。比较有代表性的观点有二因素说、四因素说和五因素说。二因素说认为，编订好的课程要能很好地落实，必须考虑课程实施中人与物的两大因素。人的因素，指的是教师与学生在课程实施中的作用；物的因素，指的是教科书和教学设备在课程实施中的地位和作用（陈侠，1989）。四因素说认为，影响课程实施的因素包括四大类：与尝试课程改革有关的特性、地方条件、地方策略和外界因素（胡森和波斯特尔斯威特，1991）。五因素说认为，影响课程实施的因素包含五个方面：使用者本身的因素、课程计划本身的因素、交流与合作、课程实施的组织与领导和各种外部因素的支持（施良方，1996）。

新课程实施之后，研究者更多的是结合国内外的课程改革的实践活动，从整体或部分来研究和探讨影响新课程实施的方方面面的因素。如在整体方面，有人认为影响课程实施的因素可以归纳为新课程方案的特性、人的因素、物的因素和背景因素。其中，新课程方案的特征主要涉及课程改革的需要、明确性、复杂性和实用性等；人的因素主要包括社区人员的支持、教师、校长和学生，而教师参与课程决策的能力、投入感、对变革的认识与教育理念、合作性和对新课程的认同以及校长的变革风格等对课程实施的影响最大；物的因素主要涉及课程变革的物质条件；背景因素主要涉及社区、学校、课堂三个层面的社会——政治与文化过程对课程实施的影响（靳玉乐，2001）。有人把影响课程实施的因素归纳为四大类 15 个：第一类是与课程改革本身的性质有关的因素，主要包括改革的必要性及其相关性、改革方案的清晰程度、改革方案的复杂性、改革方案的质量与实践性；第二类是在校区水平上影响实施的因素，主要包括地区在改革需求方面的历史、地方的适应过程、地方管理部门的支持、教职员队伍的培养与参与、时间安排与信息系统、部门与交流系统；第三类是在学校水平上影响实施的因素，主要包括校长的作用、教师之间的关系、教师的特点与取向；第四类是环境对实施的影响，主要包括政府部门的重视和外部的协助（马云鹏，2001）。

而冯生尧和李子建（2002）以我国香港地区近年来规模最大、影响深远的"目标为本课程"的改革为例，来分析影响课程实施的因素。他们认为，目标为本课程的特征、政府对于课程改革的整体策略、教师发展、资源提供、家长、社区和社会团体、学校行政和教师文化等是影响目标为本课程实施的主要因素。以此为分析框架，进一步具体分析了影响目标为本课程实施的有利和不利因素，并对其进行归纳，如表 2-3 所示。

表 2-3 影响目标为本课程实施的不利和有利因素

不利因素	有利因素
改革的特性 ● 改革的需要不为学校教职员所认同 ● 改革的建议模糊不清 ● 规模和复杂性超出了教师的能力和学校的资源范围 ● 改革的建议缺少明确的程序性知识	**改革的特性** ● 改革的需要为政府、学校教职员所公认 ● 改革的建议清晰 ● 规模和复杂性要与教师的能力和学校的资源相配合 ● 改革的建议有明确的程序性知识
改革策略 ● 专家主导的理性模式和官僚主导的行政模式相结合，排斥教师参与决策 ● 政策、设计、推行、培训、实施等环节互不协调 ● 由校外机构强加给学校，或者由校长强加给教师	**改革策略** ● 专家、官僚和教师共同决策 ● 政策、设计、推行、培训、实施等环节协调一致 ● 有教职员共同决定引进的改革
教师的发展 ● 校内和校外都缺乏训练，或只有其一 ● 训练只在改革实施前进行，且是一次性的、抽象的 ● 督学和资深教师缺乏时间、能力或意愿提供课堂帮助，又或只是提供一些资料 ● 在本校或他校，没有成功的课堂改革，没有提供机会，供教师观摩 ● 没有常规性的改革成员会议，或者会议是流于理论式的、命令式的 ● 在政府和学校层面，教师没有机会参与有关改革的操作及修正的决策 ● 教师没有机会发展本地、本校的材料的机会	**教师的发展** ● 校内发展和校外训练相结合 ● 训练必须是具体的、满足特定教师需要的、持续的、跟进的 ● 督学和资深教师的课堂帮助是具体的、随叫随到的、现场的 ● 教师必须有机会观摩本校和他校的成功改革，以解决实际问题和给予信心 ● 必须有常规性的改革成员会议，以提供反馈，分享经验，鼓舞士气 ● 教师应该参与政府或学校有关改革如何操作、如何修正的决策 ● 教师应该有发展本地、本校的材料的机会
资源的提供 ● 教师工作超负荷 ● 课堂空间局促，难实行个别化教学 ● 学生人数众多 ● 经费不足 ● 有关改革的理论文献抽象、冗长 ● 教材没有贯彻课程纲要的思想；教师不能根据课程纲要调适内容 ● 教材和配套材料不齐备 ● 欠缺视听辅助材料、计算机硬件和软件	**资源的提供** ● 增加教师编制，减轻过重的工作量 ● 宽敞的课堂有利于儿童中心的教学 ● 减少学生人数 ● 足够的经费保障 ● 改革的理论文献宣明、实际 ● 教材体现了课程纲要的思想；教师也能根据课程纲要调适课程内容 ● 教材和配套材料齐备 ● 更多视听辅助教材、计算机硬件和软件

不利因素	有利因素
家长、社区和办学团体 ● 家长不理解，不支持改革 ● 社区咨询封闭、保守 ● 办学团体插手校政，并反对改革	**家长、社区和办学团体** ● 家长全力支持改革，信任教师 ● 社区咨询灵通 ● 办学团体信任学校的决定，支持改革
校长的领导和支持 ● 把责任全推给统筹主任 ● 不调整资源，时间表和教师人手 ● 割裂当前改革与先前改革、学校常规之间的相互关系 ● 没有能力回应教师的忧虑和改革中出现的问题 ● 不太鼓励教师的校外进修，也不组织校内的学习和发展	**校长的领导和支持** ● 任命统筹主任，赋予适宜的权责 ● 调整资源分配、时间表和教师人手 ● 把当前改革与先前改革、学校常规结合起来 ● 积极回应教师的各种忧虑和改革中出现的问题 ● 鼓励教师参与校外和组织校内的专业发展活动
统筹主任 ● 年资太浅、不受信任；没有进行课程改革的经验；只从行政上领导改革，而无示范能力	**统筹主任** ● 年资较深、有威信；有进行课程改革的经验；具备讲解、示范改革的能力
教师文化 ● 教师之间盛行个人主义，不愿意在专业上、情感上相互给予支援	**教师文化** ● 教师之间具有合作的文化，能够相互观课、讨论，在专业上、情感上相互支援

　　而更多的研究者则是从不同侧面、不同角度来分析影响课程实施的因素。例如，有人从制度入手，认为影响新课程实施的瓶颈有三个，即高考制度滞后、教育立法滞后和教师研究滞后（钟启泉，2005）；有人从文化方面入手，认为文化冲击和文化适应是一个重要因素（万明钢和王平，2005；张立昌，2005）；有人认为教师是课程实施中的主要人物，影响课程的诸多因素往往要通过教师反映在具体的课堂教学中。教师在课堂内有至高无上的权威性和一定程度的自主性。因此，从对教师的研究入手，深入研究课程实施的过程，特别是教师在实施过程中如何对课程进行调适，是一个被许多研究者认同的研究课程实施的恰当策略（马云鹏，2001）。有人认为课程实施的过程要受到诸如课程计划、课程实施主体、实施策略、课程资源、实施结果评价、实施相关理论等一系列因素的影响，新一轮课程改革在实施过程中必须关注

这些因素（沈翰，2004）；有人认为课程环境直接制约课程设计和实施的因素构成，包括教育政策、教育传统、教学材料、实践机会，和教师、学生等。当前课程环境对课程改革的制约主要表现在三个方面：教育方式转化的深度、教学目标实现的难度、教学活动设计的方法（孙广勇，2006）。

上述研究为我们从理论上把握影响课程实施的因素提供了极有价值的帮助，使我们认识到：课程实施是一个非常复杂的过程，受诸多因素的影响与制约；教师在课程实施中起着关键作用，特别是在课堂教学层面，教师是课程实施的核心。

然而应该指出的是，首先，作为理论抽象的结果，它们对复杂的课程变革与实施过程进行了一定程度的简化处理，因此，无论其多么精致，对我们全面地理解现实的课程实施的影响因素来说也是不够的；其次，课程实施的各个影响因素之间并非相互孤立的，在实际的变革过程中，它们总是相互影响、相互交织的，作为一个整体发挥着作用，这使我们很难分清各自之间的界限；再次，对教师在课程实施中作用的研究从整体研究水平来看，仅停留在原因分析的层面，对如何调动教师参与课程、有效地实施课程，没有寻求控制引导的方法，研究的深度与力度不够；另外，过于拘泥于理论上的分析框架也会使研究带有"削足适履"之嫌。鉴于此，我们应该在借鉴上述理论的同时，以尊重教育情境为原则，充分考虑新课程改革的实际情况，对影响新课程实施的各因素进行全面的分析。

第五节　阻抗的内涵及意义辨析

一、阻抗的内涵

阻抗，又称为电阻抗（electrical impedance），最早是物理学上的术语。《牛津高阶英汉双解词典》（商务印书馆，1997 年）对于阻抗的解释为"resistance of an electric circuit to the flow of alternating current"，意思是电路对交流电的阻碍作用；《简明不列颠百科全书》（中国大百科全书出版社，1985 年）对于阻抗的解释为"电路或部分电路对电流的总阻力的量度"；《现代汉语词典》（商务印书馆，2005 年）对于阻抗的解释为"电路中电阻、电感和电容对交流电的阻碍作用的统称"。目前，物理学界对阻抗的含义已经达成共识：阻抗就是电路中的导线、电阻、电感和电容对电流的总阻力。

像对待摩擦力不能全盘否定或肯定一样，对于阻抗也要一分为二、客观公正地看，既要了解其消极的一面，又要清楚其积极的一面。要客观、公正地认识阻抗，必须对产生阻抗的原因进行具体分析。我们知道，阻抗是由电路中的导线、电阻、电感和电容对交流电的阻碍导致的，电阻又称电阻器（resistor），是阻碍电流流动的电器组件，它使电路进行正常工作并可用来保护或控制电路（不列颠百科全书公司，1985）；电容是电气或电子线路中的组件，其基本功用是储存电能（不列颠百科全书公司，1985）；电感是导体的一种性质，由导体自身产生的自感和与其他导体相互作用产生的互感两部分组成，对电流产生阻碍作用（不列颠百科全书公司，1985）；导线在电流流通过程中将电能转变为热能从而形成对电流的阻碍作用。因此，在电路中，电阻和电容的阻碍作用对于保护电路及电器的正常工作具有积极意义；电感和导线的阻碍作用是消极的，是需要控制和消除的。

阻抗既有消极的一面，又有积极的一面。对于"阻抗"一词的理解我们坚持这种观点。所以，教师阻抗是指"由主、客观因素引起的，对教师实施新课程起阻碍作用的心理状态或外在行为表现"。因此，本书主要分析和研究的问题是哪些因素导致或造成了教师阻抗新课程的实施。

二、阻抗、抗拒、抵制、阻力和阻碍等词义的辨析

对于影响新课程实施的因素的研究，很多学者用阻力、抵制、抗拒等词语来描述。应该说，这些词语与"阻抗"一词有许多共同的意义，但也有一些差异。阻力是一个名词，有两层意义：其一，妨碍物体运动的作用力；其二，泛指阻碍事物发展或前进的外力。抵制是指阻止有害的事物，使不能侵入或发生作用；抗拒是指抵抗和拒绝。可以看出，阻力是一个名词，它的含义更多可能指的是静止的、客观的妨碍事物发展的力量。而抵制和抗拒则是动词，它们的含义更多的可能是指动态的，是行动主体为了避免受到伤害而主动产生的意向和行为。

影响教师实施新课程改革的因素既有改革本身的客观原因，如改革成本太高、利益分配的不均衡、实施过程的不合理等，也有教师本人的主观原因，如教师个人的惰性、害怕改革失败、害怕失去既得利益等。阻力、抵制和抗拒等词语或侧重于客观因素，或侧重于主观因素，不能有效囊括全部因素，而阻抗则可以把主客观因素都包括其中。同时，阻力、抵制和抗拒等词语使人联想到更多的是教师对于新课程实施的消极一面，而忽视教师对新课程实施的积极一面。因此，本研究舍弃阻力、抵抗和抗拒等词汇，而选用"阻抗"一词。

三、正确看待教师对新课程实施阻抗

教师阻抗是影响和制约新课程成功实施的根本因素，它的存在在一定程度上会导致新课程改革目标难以实现，新课程改革的措施无法落实，从而影响我国基础教育事业和社会的发展与进步，是应该克服和消除的。但是，导致教师对新课程阻抗的原因是多方面的。詹纳斯指出，教师阻抗变革其实是整个变革过程中自然出现的伴生物，是知识和实践、理想与现实之间差距的集中体现。他发现，虽然已经具备理想的环境、高度的期待和斗志昂扬的教育工作者等各项改革的必要

条件，但革新一开始，问题马上还是会浮现出来，发起者或改革者的知识基础和良好愿望同教师具体实践之间的差距仍然很大。同时，通过阻抗我们也可以更好地审视我们的改革，认为教师阻抗变革本质上是坏的、认为一切变革都是好的，这也是一种错误认识。在某种情况下，阻抗的作用在于澄清动机、阐明观点，以证明对组织的忠实。既然产生阻抗了，那就说明我们的改革还有不尽如人意的地方，比如，是否我们的改革方案不够合理？是否我们的改革预期值太高了？我们的改革方案是否照顾到了大多数人的利益？是否在细节的把握上还不够好？是否在执行的过程中出现了偏差？因此，"抵制改革，应该得到理解和赞扬，而不是轻率地取缔。当政策可能误入歧途时，有效地阻止实施是件好事情"（本杰明·莱文，2004）。

第六节　教师阻抗的理论探讨

一、教师阻抗的相关研究

关于教师阻抗课程改革的原因，一些学者对此进行了研究。例如，早在 1977 年，美国课程学者奥利弗（A. Oliver）就指出课程变革遇到了一些障碍。奥利弗认为要考虑的因素有惯性、不安全感、能力不足、时间、资金等（杨明全，2003）。1990 年，美国学者哈维（T. Harvey）对课程变革的本质进行了探讨，对人们参与变革的一些障碍以及抵制变革的原因进行了更为系统和全面的分析。他认为，人们对变革的抵制出于如下 12 个方面的原因：缺乏主动权；缺少利益；负担增加；缺乏管理上的支持；孤立无援；不安全感；标准不一致；枯燥乏味；混乱；认识不同；突发的大规模改革；特别的阻力（艾伦·C. 奥恩斯坦和费郎西斯·P. 汉金斯，2002）。我国台湾学者单文经（2000）以哈维的

12项原因为框架，以台湾中小学九年一贯课程改革的发展状况为例，把教师抵制课程变革的原因具体归纳为四项：①改革幅度太大；②未有明显可期的效益；③教学文化与改革的互斥性；④配套措施难臻完善。而杨明全对教师抵制课程变革的原因则从文化、制度和技术等三个层面进行分析：认为教师抗拒课程变革的原因，从根本上来说根植于深层的教师文化所具有的保守性格；课程变革所要求的新的课程与教学制度跟原有的制度不相容，教师难以接受新的制度，从而引发抵制；不同的实施策略导致教师不同程度的抵制。

赫斯特（Hurst）在回顾教育变革的文献时指出，接纳或抗拒变革的原因有五种，分别是：①内在保守主义，指人类的本质是抗拒变革，渴望稳定，以及追求传统的延续性；②变化的保守主义，指有些人抗拒变革，但是另有一些人则较激进和喜欢变革；③变革的特征，指变革的性质影响个人对变革的认同感；④传意假设，变革的策略影响个人对改革的态度；⑤处境或决策分析，指资源的提供、成本效益评估和政治等因素影响改革者的态度（李子建，2002）。

上述学者对阻碍课程变革的原因的研究为我们对教师阻抗课程实施的研究提供了基础和参照。他们的分析各有侧重，基本上是从主观（内部）和客观（外部）因素两个维度来进行的。奥利弗注意到传统惯性力量的强大，也看到了时间和资金对推进课程变革的重要性，认识到不安全感以及能力不足造成了课程变革受挫。哈维则提供了一个更为详尽的解释，他从12个方面来分析教师对课程变革的拒斥，对教师在实施课程变革过程中所遇到的困难和障碍进行了总结和归纳。杨明全则从文化层面、制度层面和技术层面为我们提供了一个基本的分析框架。显然，这些研究对于我们了解教师阻抗课程实施有积极的意义。

根据对上述以及其他学者的研究和论述，导致教师阻抗新课程实施的因素可以归纳为两类：个人因素和组织因素。个人因素包括教师知识，教师信念，教师对变革的关注、认同、效能感、情感，对变革的准备度等因素，这些因素之间可能存在着交互作用；组织因素包括学校的组织结构、学校文化和资源分配等因素。作为一项研究要关注所有因素的影响是不现实的，我们只能择其主要因素进行分析和探讨。下面就教师知识、教师信念、教师对变革的认同和学校文化这四个因素对教师阻抗和新课程实施的影响进行简要的述评。

二、教师知识对课程实施的阻抗

范良火（2003）认为"教师知识"有三种含义：①教师所拥有的知识；②关于教师的知识；③与教师有关的知识。本书所讨论的就是第一种含义，而且主要是教师应该拥有和实际拥有的知识。

在教师应该掌握的知识方面，美国学者舒尔曼（L. S. Shulman）的观点最为流行。他提出教师应该掌握以下知识：学科知识、一般教学法知识、课程知识、教学内容知识、学习者及其特征的知识、教育背景知识，以及有关教育宗旨、目的、价值及其哲学、历史根源的知识（于泽元，2006）。因此。教师的知识是一个复杂的体系，对教师在教学工作中的表现有着重要的影响。我国学者马云鹏（1999）研究发现，教师的学科知识、学科教学法知识、一般教学法知识以及实践知识等，对教师的课程实施有很大的影响。教师知识对教师正确地理解教材、设计合理的教学方法、选择和设计课堂练习题，以及在课堂教学中遇到问题时所进行的调适都起着重要的作用。城乡教师在课程实施方面的差异，很大程度上是由知识差异造成的。

"课程发展即教师发展"，"没有教师发展，就没有课程发展"。斯坦豪斯的这句话高度概括了课程变革与教师专业发展的关系，即课程变革与教师专业发展是内在的统一。而教师的知识问题是教师专业发展的基本问题，教师素质是成功实施新课程的关键（李二庆和马云鹏，2005）。有学者通过调查研究指出，不同学历水平的教师对教材的适应性之间存在显著的差异（马云鹏和唐丽芳，2002）；面对新课程改革，教师需要掌握什么知识才能胜任有效或优质的教学工作？有学者提出要掌握关于教材的知识、关于学生的知识、关于学习的知识、关于开发课程和运用教育技术的知识、合作与交流的知识，以及分析和反思自己教学实践的知识和技能（李志厚，2005）。

通过对一些文献梳理可以发现，要有效地参与新课程实施，教师需要具有以下几个方面的知识和能力：①关于教育方面的知识，如教育目的、宗旨、课程等方面的知识；②关于学科的知识；③关于教学的知识，如了解学生和学习过程、一般教学法知识、学科内容知识；④教师的个人实践知识，包括对个人和环境的了解，对周围文化的感知；⑤关于课程变革的知识，如变革的过程、课程调适的方法、如何提高学习、如何进行合作等。这些方面的知识和能力构成了教师参与课程变革的基础。

三、教师认同感对于新课程实施的阻抗

认同感（receptivity），又称接受度，是指教师对课程改革表现出正面的态度和行为（李子建，2002），是教师对改革接受或者拒绝的认知状态或内部导向。教师是课程改革的最终执行者，教师的认同感直接影响着课程的执行与走向。课程改革的理念、目标、内容、方法最终是通过教师来实施的，课程改革倡导的理念与教学行为，只有转化为他们的思想和行动才能取得实效。迈克尔·富兰（2005）认为："教育变革的成败取决于教师的所思所为，事实上就是如此简单，也是如此复杂。"

态度研究者认为，行为意向对人们的行动具有一定的预测能力。课程学者认为，尽管教师对课程改革的肯定态度也许不能精确地预测课程改革的实施，但教师认同感对决定改革成败而言是非常关键的。早在 20 世纪 70 年代，已经有学者关注教师的认同感问题。布兰特雷研究发现，教师认同感和其他因素，诸如变革的清晰度、是否参加工作坊（workshop）等因素相比，与变革的实施有着更高的相关（$r=0.56$）。也就是说，教师对改革的认同感比其他因素对变革的实施有更重要的影响。

有关教师对课程改革的认同感问题，不少学者做出了一些探索，并取得了一定的成绩。对影响教师认同感的因素进行开创性研究的是沃夫和庞奇（Waugh and Punch，1987）。他们对教师认同感的研究为我们提供了理解教师接受和抗拒变革的更深厚的基础，总结出七个显著的、普遍的影响教师变革认同感的变量：①教师对改革成本的评估；②新课程的实用性；③教师觉得推行新课程所得到的支持；④减少对课程实施的忧虑；⑤教师面对新课程中重要层面的期望及信念；⑥教师对教育变革普遍议题的信念；⑦教师对旧课程的感觉程度与态度。

20世纪90年代后期，中国香港学者李子建把教师认同感引入我国的课程实施研究之中。他根据沃夫等人的观点编制了适合香港地区文化背景的教师认同感问卷，以大规模调查的方式比较了小学教师对"目标为本课程"和"常识课"两项课程改革的认同感。研究结果表明教师并非总是反对改革，而是对不同的改革项目表现出不同的接受程度。在另一项研究中，他又发现尽管认同感模式中的自变量因素可以解释34％的评价变异和50％的行为意向变异，然而，教师认同感只是实施水平的必要而非充分条件，即高的认同程度并不一定导致高水平的课程实施。这意味着，教师对课程改革的态度与其实际的实施行为之间并非简单的线性因果关系（李子建，2002）。

另外，颜明仁和李子建（2002）也分析了教师认同感与学校文化之间的关系。他们发现，学校文化对教师接受改革的程度具有显著影响：学校文化越积极，教师面对改革的信心也越大；教师对学校文化的期望越高，他们就越关心改革。概言之，认同感与学校文化具有显著的互动关系。如果学校人员能够建立共享的愿景，共同营造积极的学校文化，就更有可能出现长期而有效的课程改革。

认同感为我们理解教师对课程改革的态度和行为反应提供了比较坚实的研究基础。认同感研究可以发挥以下几个方面的作用：第一，了解教师态度的分布情况，并从认同感理论模式中的各个因素出发检视和改善我们对课程改革的规划或教师发展项目；第二，可以从理想观点、真实观点和实际行为三个角度测量教师的认同感，分析三种认同感的变化趋势，从而判断我们对改革的规划是否适当；第三，在课程改革过程中，可以定期测量教师的认同感，这样既可以掌握教师认同感的变化情况，又可以检验对改革方案、教师培训以及资源支持的调整是否有效。目前，在我国的新课程改革已经全面展开的形势下，分析教师的认同感无疑具有许多理论和实践意义。如何将认同感研究本土化、与新课程改革结合起来还有待于我们的继续努力。

四、教师信念对课程实施的阻抗

从 20 世纪 70 年代以来，随着认知心理学的发展，对课程教学的研究从过去注重教师的行为转向注重教师的决策和信念。教师在课程实施过程中的决策和行为，在很大程度上受到教师信念的影响，因为教师信念决定了教师对教育目的、教师和学生的关系等关键问题的看法。

国外学者对教师信念的关注是由于课程改革的直接推动，许多国家的课程改革并不限于改变课程内容或结构等，而是希望教师能调整观念，以符合建构主义的理念来教学，此时教师信念便成为课程改革能否落实到课堂教学实践中的关键，所以教师信念与课程改革之间的关系备受学者们的瞩目。

实际上，教师改变是一项艰难的系统工程，其中涉及教师的知识、信念、行为、态度和兴趣等各种教师素质的发展和变化。教师可以使用新课程的教材或科技，但不改变其教学方法，或是教师可以使用新教材及改变一些教学行为，但不理解变革中的信念。近年来，在教师发展与改变的研究领域中，教师信念（teacher beliefs）已逐渐成为一个重要的研究课题，因为教师信念不仅会影响教师知觉与处理班级中信息与问题的方式（Johnson，1989），而且在教师形成教学目标以及定义教学任务的方式上，教师信念也扮演着一个重要的角色（Neapor，1985），并且还会影响教师的行为方式与教学效能感。

在课程实施中，教师信念是最难改变的。即使教师在新课程中使用新教材，改变教学的组织，甚至已理解新课程，掌握了新的知识，但不改变教学信念或教学方法，新课程仍不会真正得到实施。因为教师不是技术员，只有在教师自愿的情况下，才能改革；没有人可以改变教师的想法或使他们发展新技能，只有教师才可以改变自己的动机、信念、态度和价值。只有教师改变自己的教学信念，课程才能真正地实施。在教师信念与课程改革之间的关系研究中，除少数发现教师信念与课程理念之间的关系不甚明确外（Bussis and Chittenden，1976），大多数发现显示：教师所具有的信念多与课程改革的理念不相符，教师大多仍以个人原有的观点来进行教学，造成课程改革的理念无法有效施行。

我国目前正在推进基础教育课程改革，教师是否能够调整和改变原有的教学信念与方式，配合新课程的精神进行教学实践，这是新课程改革进程中亟待探讨的一个重要问题。

五、学校文化对新课程实施的阻抗

任何变革都是在特定的文化背景下进行的，文化犹如呼吸，是人的生活中所无法避免的。学校文化是制约课程实施的主要因素，系统的课程改革就是学校文化的变革，新的基础教育改革蕴涵全新的学校文化要素（马延伟和马云鹏，2004）。

耐斯等（Nias et al.，1992）的研究发现，全校性的课程改革与多种因素有关，主要包括学校文化、资源、组织结构和领导四个因素。学校文化方面，要求学校内成员必须认同及分享以下的价值取向：强调学习、珍惜互助及合作、接纳不同专业的意见、重视相互参考及支持。资源包括教师的义务、时间、人力和材料。组织结构包括正规的和非正规的学校内的组织结构，它们要让教师更多地沟通，一起学习，一起工作和作决定。领导分为正规和非正规的。制约课程实施的各种因素，不是独立地发挥作用，而常常是交织在一起，综合性地体现于每一所学校的具体环境之中，这种"综合个性"就是潜在的学校文化。

学校文化是由学校所在地的社会环境、教师（和行政人员）、学生和家长等共同塑造出来的学校氛围。这种氛围是无形的，却代表着集体的信念、价值和行为模式，同时也决定着学校本身的发展目标以及达到目标的手段，如学校的管理、教学方法和学习方式。学校文化作为一个内隐的而又强有力的因素成为课程实施的基本背景，是制约课程实施的一个重要因素，它对课程改革有重要影响。当学校形成、具备一种良好的组织文化时，改革会更容易实施。所以，要促进新课程的实施，就需要引起学校的文化自觉，使之在了解自身文化的基础上，主动去重建自身的文化。

第三章 研究变量的确立和分解

本研究的主要目的是探讨教师对新课程实施的阻抗，具体来说，就是要研究和探讨教师知识、教师认同、教师信念以及学校文化等因素对教师阻抗和新课程实施的影响程度，从而寻找降低教师阻抗，提高新课程实施程度的具体的、有针对性的建议。要实现这一目的，我们必须对教师知识、教师认同、教师信念、学校文化、教师阻抗和新课程实施程度等研究变量进行界定和分解，以便找到一套科学的观测方法，对它们进行准确的量化。

第一节　课程实施程度及其测量

测量课程实施程度，是课程实施研究的重点。准确地测量课程实施程度，对于了解导致教师产生阻抗的原因、明确教师阻抗的程度、探析教师阻抗对课程实施的影响、寻找有针对性的建议和策略等具有重大意义。

一、课程实施程度的内涵

研究课程实施程度，首先要确定研究的取向。研究者的立场、观点不同，对于课程实施过程中所发生现象的理解或者判断也不一样。如前所述，对于课程实施主要有忠实、相互调适和课程缔造三种取向：①忠实取向认为，课程实施过程即忠实地执行课程计划的过程，衡量课程实施成功与否的基本标准是课程实施过程中实现预定的课程计划的程度，实现程度高，则课程实施成功，实现程度低，则课程实施失败；②相互调适取向，把课程变革视为课程变革计划与具体实践情境之间的交互作用过程，强调课程变革的决策者、计划制订者与课程实施者之间的相互理解和对变革意义的一致性解释；③课程缔造取向把课程看作教师和学生教学经验的总和，课程实施本质上是在具体教育情境中缔造新的教育经验的过程。因此，坚持课程缔造取向和相互调适取向的学者一般不研究或很少研究课程实施程度的测量，因为研究者无法预测和判断课程会发生什么变化和怎样发生变化。20 世纪 70 年代至今，大部分研究者依据课程实施的忠实取向来研究课程实施程度。

富兰和庞弗雷德（Fullan and Pomfret，1977）认为，"课程实施程度"是指某新课程的实际使用与原本计划使用互相符合的程度。Scheirer 和 Rezmovic（1983）则认为，"实施程度"是在某一时刻已发生改变的程度，而改变方向是完全和恰当地使用某新课程。因此，课程实施不是全有全无的现象，在有无之间，可划分为不同的程度。

毫无疑问，任何一次课程改革，课程规划者和研制者都期望学校、教师和学生等方方面面发生转变，但实质性的转变总是发生在教师的个体水平上。"教师被视为改革成功的关键，人们相信只有在教师批判性地检讨自己的信念，改变自己的教学行为以适应改革方案的需求之后，学校变革才有可能发生。"（操太圣和卢乃桂，2003）"组织体系、教学材料、课程以及教学策略本身没有能力自行规划、启动或推行，所有这些都是由教师来完成的，只有他们才能保证改革计划取得积极的效果。"（操太圣和卢乃桂，2003）因此，新课程实施程度取决于教师对于新课程目标的执行程度，即教师在教学过程中根据新课程要求而主动改变的程度。

二、课程实施程度的构成

迈克尔·富兰（2005）认为："实施任何一种新的课程计划或政策都至少有三个要素或方面：①使用新的或修订后的材料的可能性（诸如课程材料或技术之类的教学资源）；②使用新的教学方法的可能性（如新的教学策略或活动）；③改变信念的可能性（如支持特定的新政策或课程计划的教育学假设和理论）。"显而易见，任何一个教师都可能会贯彻这三个要素的部分或全部，也可能什么都不贯彻。一名教师可能使用新的课程材料或教学技术而不改变教学方法，或者可以在不遵循变革之信念和观念的前提下采用新的教学材料并改变某些教学行为。在课程改革过程中，教师对于学科内容和教学材料的转变相对容易，而教师信念、价值观的改变是最难的，通常需要经历较长的时间。

史巴克（A. Sparhes）把教师在新课程实施中的变革分为教学资源变革、教学策略或活动变革和教师信念变革三个层次，并认为只有三个层次都发生显著性变化，该变革才是"真正的变革"（real change），否则就只是一种"表层变革"。换言之，若希望变革超越表层阶段，教师就必须步出自己实践的舒适地带，接受对自己信念和价值的挑战，并最终改变它们（操太圣和卢乃桂，2003）。

迪南·汤普生（Dinan Thompson）从变革中教师情感问题的讨论出发，认为上述关于教师"真正变革"的概念忽视了变革过程中普遍存在的、强烈的主观愿望和情感因素，因而也就无法解释一部分教师或因个人原因或因情境因素，而不愿意改变自己观念和行为的原因。因此，提出"真确式教师改变"这一概念，强调不仅要关注教学价值、观念和实践的改变，而且要重视情感和互动的重要性。

操太圣和卢乃桂（2003）根据以上学者的观点，把课程改革中教师不同层次的改变用图 3-1 表示，从而使我们对课程实施程度有了一个比较清晰的认识和了解。

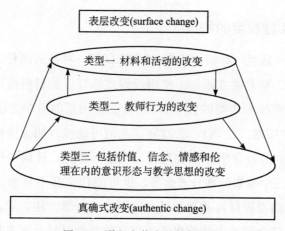

图 3-1　课程变革中的教师改变

以上理论只是给我们提出了一个大致的分析框架，对于了解课程实施程度有一定的指导意义，但是操作性不强。针对这些不足，富兰和庞弗雷德、霍尔和霍德提出了更为具体的观测课程实施程度的标准。

富兰和庞弗雷德（Fullan and Pomfret，1977）指出，任何课程的实施，教师至少包括以下五个方面的转变（变化）：

（1）学科内容或教学材料。教师在新课程的实施中要教什么课程内容、选择什么教学材料、教学内容的范围及顺序、运用什么教学媒体等。

（2）组织结构。在新课程实施中会有学生分组的安排、空间与时间的分配、担任新角色的人员的调配等事宜。

（3）角色关系和行为转变。新的课程涉及新的教学风格、新的任务、新的师生关系、校长与教师及教师与教学顾问的关系。

（4）知识及理解。教师对新的课程理念认识，包括其哲学、价值、假定和目标等。

（5）价值内化。教师对创新实施的评价和投入，教师对新课程的理念是否认同、行为及信念上的改变。

吉纳·E. 霍尔和雪莱·M. 霍德（2004）依据教师在课程变革中的行为表现把实施水平分为 8 个级别或层次，并且构建了实施水平每一层次的操作定义，如表 3-1 所示。

表 3-1　课程变革的实施水平和行为表现

	Ⅵ	更新	在这个层次中，实施者重新评价变革实施的质量，并努力做出重大调整或采取另一种方法来实施变革，希望能够对当事人产生更大的影响，并研究该领域的最新发展状况，为自己和整个系统探索新的发展目标
	Ⅴ	整合	在这个层次中，实施者把自己实施变革的努力与同事的相关活动结合起来，争取在他们力所能及的范围内对当事人产生一种集体的力量
实施者	ⅣB	精制加工	在这种状态中，实施者不断对变革的实施进行调整，希望能在短时间内迅速加大对当事人的影响。此时，实施者已把调整建立在他们对变革短期和长期效果认识的基础之上
	ⅣA	常规化	把变革的实施稳定化、常规化。几乎很少对实施进行任何改变或调整，很少准备或思考如何提高变革的实施效果
	Ⅲ	机械实施	在这个层次中，实施者把大部分精力都放在短期、日常的变革实施上，几乎不花时间进行反思。在实施过程中所做出的调整更多的是根据实施者自己的需要而不是当事人的需求来进行的。实施者首先是想逐步地完成要求他们实施的革新任务，而这又通常会导致在实施过程中出现实施脱节和表面化的现象

	II	准备	在这种状况下的非实施者已经在着手准备开始实施变革
非实施者	I	定位	在这种层次中，非实施者已经收集到或正在收集有关变革的信息，并且（或者）已研究了或正在研究变革的价值取向，还研究了变革对实施者和非实施者所在的整个系统有着怎样的要求
	0	不实施	这个层次的非实施者几乎或根本就不了解变革，因而没有参与变革，而且也不打算参与到变革中来

由以上介绍可知，富兰和庞弗雷德的课程实施程度理论所包含的从学科内容或教学材料的转变到价值内化等五个维度是一个由表及里、由浅入深的教师转变过程。它揭示了课程实施由低级到高级、由简单到复杂的发展规律，提示我们课程实施绝不是简单的教材或教学方法的更换，而是一个长期的价值内化的过程。同时，它也在一定程度上为我们对新课程实施程度的测量奠定了理论基础。而霍尔和霍德的实施水平和行为表现理论则从教师的外在行为来观测课程实施程度，实施者由机械实施到更新的五个层次与富兰和庞弗雷德的五个维度有异曲同工之妙。为我们研究和评价课程实施程度提供了一个新的视角。

三、课程实施程度的测量

课程实施程度具有多维度结构，与智力、自尊等一样，课程实施程度是很难直接测量的。因此，要测量课程实施程度，首先要清晰界定课程的实施维度；其次是寻找每一维度的观测指标，如行为指标、心理指标及物质环境指标等；再次是寻找每一指标的观测方法，测量各纬度上的数量变化，推断课程实施程度。基于以上分析，本研究对于课程实施程度的测量采取以下步骤。

1. 确定新课程实施的维度

本次课程改革与我国以往历次的课程变革都有所不同，规模庞大，具有很强的系统性，不是仅仅简单地表现为教科书的更新，而是强调从课程理念、课程目标、课程结构、课程内容、教学过程、课程管理、课程评价等方面入手进行系统化的课程变革，注重从课程的各个方面进行革新，着眼于新的课程体系的建立。教师作为新课程的实践者，必须进行方方面面的改变才能适应新课程的要求和挑战。因此，本研究综合富兰和庞弗雷德的课程实施程度理论以及霍尔和霍德的课程实施水平和行为表现理论，把新课程实施程度分为学科内容或教学材料、组织结构、角色或行为、知识和理解及价值内化等五个维度，与此相对应的行为表现是机械实施、常规化、精致加工、整合和更新。

2. 寻找每一维度的观测指标

观测指标依据《基础教育课程改革纲要（试行）》的基本理念进行选择。《基础教育课程改革纲要（试行）》指出，新一轮基础教育课程改革的具体目标如下：

（1）改变课程目标过于注重知识传授的倾向，强调形成积极主动的学习态度，使获得基础知识与基本技能的过程同时成为学会学习和形成正确价值观的过程。

（2）改变课程结构过于强调学科本位、科目过多和缺乏整合的现状，整体设置九年一贯的课程门类和课时比例，并设置综合课程，以适应不同地区和学生发展的需求，体现课程结构的均衡性、综合性和选择性。

（3）改变课程内容"难、繁、偏、旧"和过于注重书本知识的现状，加强课程内容与学生生活以及现代社会和科技发展的联系，关注学生的学习兴趣和经验，精选终身学习必备的基础知识和技能。

（4）改变课程实施过于强调接受学习、死记硬背、机械训练的现状，倡导学生主动参与、乐于探究、勤于动手，培养学生搜集和处理信息的能力、获取新知识的能力、分析和解决问题的能力以及交流与合作的能力。

（5）改变课程评价过分强调甄别与选拔的功能，发挥评价促进学生发展、教师提高和改进教学实践的功能。

（6）改变课程管理过于集中的状况，实行国家、地方、学校三级课程管理，增强课程对地方、学校及学生的适应性。

要实现《基础教育课程改革纲要（试行）》中提出的课程目标、课程结构、课程内容、课程实施、课程评价、课程管理等各项具体目标，教师必须进行教师角色、教师行为和教师文化等转变（王少非，2005）。

在新课程实施中，教师角色应作如下转变：在师生关系上，由"课堂主宰者"转向"平等中的首席"；由知识灌输者转向人格培育者；从单向传递者转向多向对话交往者。在课程运作上，由执行者变为决策者、建构者；由实施者变为开发者。在工作方式上，强调教师之间的合作、教师与学生的合作、教师与家长的合作。在职业发展中，教师应该是终身学习者；教师应该成为研究者。

在新课程实施中，教师行为应该从过去的重教师主导、轻学生主体，重知识灌输、轻建构过程，重书本知识、轻生活世界，重智力发展、轻人格塑造等不足中走出来，实现教学方式从灌输到寻求学生主体对知识的建构、师生关系从控制到对话、教学过程回归学生的生活世界等目标，建立理解宽容、真诚真实、民主平等、对话交流、相互期待的新型师生关系。

在新课程实施中，教师应该从个人主义文化、派别主义文化、人为协作文化、沉默文化、保守主义文化等传统的教师适应型文化束缚中摆脱出来，实现教师文化的重塑：走向合作与对话、使探究和反思成为教师的生活方式，关注个体经验、形成个人风格，走出功利主义。

基于以上理论分析，本研究对于新课程实施程度的测量问题加以扩充：

第一，教什么。这包括学科内容或教学材料两方面，教学内容是否以新课程标准为依据，学习材料是否以新课程标准为依据。

第二，组织结构。这包括两部分内容。其一，教师之间的协作，诸如教师共同设计新课程、校本课程、共同备课、教学时间的分配等；其二，学习活动，诸如小组讨论、专题研究的学生小组活动。

第三，角色关系或行为的转变。这包括三个方面的内容。其一，教师角色，是传授知识或是启导学生；其二，学生的角色，是被动接受还是主动建构知识；其三，教师的行为，采用什么样的教学策略、组织课程、教学材料的评估方法、教学媒体的采用等。

第四，知识及理解。教师对新课程宗旨、新的教学方法、新的学习活动、新的师生角色的认识和应用情况等。

第五，价值内化。教师对新课程的理念是否认同，教学行为及教学信念有无转变。

3. 选择适当的方法对每一维度进行测量

一些学者认为观察法是测量课程实施程度的最佳方法。研究者通常首先依据新课程的原本意图，列出将要被观察的教师和学生行为，以及教材的性质和使用形式等，然后设计一套评分或编码系统，以便将观察资料量化。但是，观察法也有一定的不足和局限，观察法对于课程实施的测量只局限于教师和学生的行为变化，对信念、价值观等其他维度的测量存在一定的局限，同时观察法是一种花费人力物力的策略。

为了节省搜集资料的人力和物力，有些研究者建议采用问卷调查，这不仅可以节省时间，还可抽取较大和具有代表性的教师样本，并可搜集观察法无法收集到的其他课程实施维度的资料。显然，若要有效地使用问卷调查法，研究员必须能清晰、具体地编写问卷题目和设计恰当的评定量表（rating scale）。

除了行为观察、调查问卷之外，还要采用访谈法和文件分析法，来获得更丰富和全面的课程实施资料，从而可将多来源的资料互相验证，从而加强数据的信度和效度。

因此，为了了解新课程实施的程度，我们依据以上五个课程实施维度及其指标，编制了新课程实施程度调查问卷和新课程实施程度访谈提纲等测量工具，具体内容参见附录。

第二节　教师阻抗的分类及其测量

第八次课程改革的宗旨是要改革传统的教学文化，培养面向未来的新型人才，其责任之大、任务之巨、困难之多是前所未有的。教师作为课程改革的实施者，背负着课程改革的重任，同时面临着多种困难与矛盾：既要向超前的目标靠拢，又要受滞后的教学评价制度的制约；既要面临调整课程结构、改变教学行为的挑战，又要面临课程资源贫乏、教学时间紧迫的困境；既有被新理念冲击的兴奋，更有怎样跳出传统框架的迷惑，等等。因此，面对新课程，教师必然会产生各种各样的意愿和态度（阻抗）。教师的意愿和态度直接影响着课程的执行与走向，因为课程改革的理念、目标、内容、方法最终是通过教师来实施的。

泰克和杜宾（Tyack and Tobin）指出，课程改革增加了教师许多认知和情绪的压力：教师们必须改变一些过去习以为常的教学行为；在负担已经沉重的教学工作上增加了一些新的任务；除了要说服自己新的做法会为自己的教学带来良好的效果，更要面对家长和同事的质疑。无论是课程内容的增删或调整，还是教学方式的改变，都会给教师带来挑战与压力。增加的课程使得教师原有的教学知识、能力不足，而必须花费心力重新学习；删除的课程使其原有的教学知识、能力由有用变为无用。而改变教学方式如同改变一个人的行事风格，不少教师一时难以适应。同时，时间和精力的投入与回报不成正比，教师的热情受挫，因此，难免会以一种抵制、消极的态度来对待新课改。

本研究的中心问题是教师阻抗。要对教师阻抗进行定量研究，必须明确其分类和外部表征，才能进行比较准确的测量。

一、教师阻抗的类别及表征

乡村社会学者罗杰斯（E. Rogers）认为，一般人对于变革的态度呈现类似于常态分布的模式，即在一个坐标中，处于中间人群的比例最大，越往两端所占的比例越小。课程学者普拉特（Pratt）指出，教育人员对于改革的态度基本上呈常态分布，大致分为反对者、拖延者、沉默者、支持者、热诚者五类。热诚者看起来具有活力且独立性强，需要冒险、热衷改变，拥有崇高的抱负，乐意参与课程革新方案的设计与发展；支持者不像热诚者那样激进，他们对课程问题也相当了解，课程改革如果有良好的计划、试验和理论基础，很快便可说服他们接受；沉默者比较固执，对课程改革需要深思熟虑，在改革的准备阶段从不会主动配合，这些人是机构内抗拒最小的一群，只能在表面上采纳课程改革方案；拖延者在学校内采取低姿态，与学校外的人接触甚少，他们通常比较固执，对改革抱有怀疑态度，对课程的组织与实施方式也固着于原来的一套，除非大多数同事在课程观和实施方式方面改变影响到他们，否则他们不可能接受某一课程改革；反对者，通常是学校内的孤独者，他们对课程改革持反对态度，对原有的课程观根深蒂固，这些人在一定程度上会主动或被动地破坏某一课程改革。这五类所占的比例，以沉默者为最多，约占 40%，其次为支持者和拖延者，各占 25%，热诚者和反对者最少，各约占 5%（单文经，2000）。

詹纳斯（Janas，1988）认为，教师在面对变革时所表现出来的抗拒存在程度上的不同，一般可以分为三种类型：挑衅性（aggressive）抗拒、消极-挑衅性（passive-aggressive）抗拒和消极性（passive）抗拒。

第一种类型主要表现为直截了当地抵制。有这种心态的教师往往是一些处于教师职业生涯"停滞和退缩"阶段的教师。他们知识结构已经陈旧，又难以达成较快信息更新，因此跟不上改革步伐。而改革实际上要对他们已获得的并与传统教学行为相联系的某些既得利益进行改变，这是他们难以接受的，所以他们以"不变应万变"的策略抵制改革。

第二种类型主要表现为委婉地拒绝。不管理论界、决策层呼唤教师转变角色的声音多么迫切，他们总能找出各种各样的借口予以回应，而达到不合作的目的。例如，他们可能会提出新课程不适合他们的学生状况，或者他们声称没有指导如何具体操作的方案，或者他们会选择时间不足、精力不够作为推诿的理由，等等。

第三种类型主要表现为"阳奉阴违"的心态和"穿新鞋走老路"的做法。他们口头上接受了变革，但并不真正落到实处，而自知变通，往往采用一些修修补补的老办法去实施新课程，从而使新课程在实施中回到旧轨道上去，难以达到改革的本质目的。

以上理论为我们研究和探讨教师阻抗奠定了坚实的理论基础，为我们判别（鉴别）阻抗的类型和寻找各类型的指标提供了一个大致的分析框架。但它们都存在着一定的缺陷和不足：罗杰斯的研究是对变革态度分布的一个大致的描述，没有具体的分类，无法构造清晰的指标体系；詹纳斯的分类体系只是重点描述了教师对于改革的消极面——抗拒，没有意识到教师对改革的积极一面，这也有失公允；普拉特的分类倒是全面，但类别的界定和界限不是很清晰。综合分析以上理论的利弊，结合本次课程改革由上而下的强制性特征，我们把教师对于课程改革的态度和意愿（阻抗）分为积极支持、支持、观望、反对和坚决反对五类。这五类阻抗的表征如下：

（1）积极支持者。积极支持者是本次课程改革的忠实追随者，完全认同新课程的理念，拥有与新课程要求相适应的知识、技能和教学方法，全面实施新课程等。

（2）支持者。支持者认同新课程的理念，拥有与新课程要求相适应的部分知识、技能和教学方法，渴望通过培训、进修和自学等方式，尽力实施新课程等。

（3）观望者。观望者认同新课程的部分理念，但是受社会、家长、学校对升学率的追求和滞后的教学评价机制的影响，他们对新课程改革持观望的态度，上面有要求自己则表面上应付一下，没有检查评比的时候则依然我行我素。

（4）反对者。反对者不认同新课程的理念，对改革抱有怀疑态度，他们总能找出各种各样的借口予以回应，而达到不合作的目的。例如，提出新课程不适合他们的学生状况，或者声称没有具体的操作指导方案，或者以时间不足、精力不够作为推诿的理由，等等。

（5）坚决反对者。坚决反对者在理念上不能接受课程改革的思想，认为改革后的教育思想和方法与自己的旧有的思想和方法完全相反，对课程改革完全持反对态度，完全是"一棍子打死"，全盘否定，同时对实施新课程的同志妄加评论，指手画脚。

二、教师阻抗的测量

本研究从态度和行为意向来测量教师的阻抗程度。其本质含义如下。

态度是指教师在面对课程改革下的表现，包括认为是否满意、有没有价值、有无意义、合理与否、有效用否、是否必要、是否复杂等价值表态。

行为意向是指教师在课程改革中，在日常工作或与他人交往时预期会表现出的活动或行为，如积极支持、赞许、建言课程改革，大谈改革的有益之处，或反对、抵制课程改革。

我们编制了调查问卷和访谈提纲，从态度和行为意向两个方面来了解和测量教师对新课程的阻抗程度。

第三节　教师知识的构成及其表征

从世界各国课程改革的实践来看，教师能否真正承担起改革的重任，其知识可以说是整个当代教育改革的核心问题。它既是教育教学改革的重要内容，又是教育教学改革的必要条件。如前所述，教师知识是导致教师阻抗和制约课程实施的一个重要因素。要了解教师知识对于教师阻抗和课程实施的影响，必须对教师的知识现状进行测量。而要测量教师知识，必须明确教师知识的构成及其表征。

一、知识的含义及其分类

1. 知识的含义

"知识"是日常生活中最常用的一个词汇，同时也是一个最不清晰的词汇。每个人对"知识"的含义都有一个大致的了解，但是，要给"知识"下一个准确的定义却是一件相当困难的事情。罗素（Russel，1992）在其1913年的手稿中称"知识"是一个"高度模糊"的字眼，随后又称它是"无法精确"的一个用语。杜威和本特利（Dewey and Bentley，1949）在《知与被知》一书中屡次称，知识是一个"不精确名字"或是"模糊的字眼"。

尽管给知识下一个准确的定义是一件非常困难的事情，人们还是试图从不同角度对其进行了界定和解析。"知识就是认识，是经验的结果"是哲学家对知识做出的主要理解。古希腊哲学家柏拉图认为知识不是我们所见到的可见世界，而是存在于我们内心的理念世界，知识就是对理念世界的认识，是"经过证实的正确的认识"。英国唯物主义哲学家富兰西斯·培根认为，知识就是经验的结果，使用知识是为了减轻和改善人类的痛苦境遇。在经济学家看来，知识是人类劳动的产品，知识是资本（周福盛，2006）。我国台湾学者陈秉璋（1995）从社会学的视角出发，认为："人类用以表达对于客存实体认知所得的相关性系统化概念或观念，谓之知识。"我国学者昌家立（2004）通过对知识的生成、展开机制、文化基质及内在构成方式的考察，认为："所谓知识，就是认识主体用内在认识图式结合、同化认识客体而再现出来或原则上可以再现出来的被观念化被符号化的有序信息组合。"英国课程专家斯腾豪斯（Stenhouse）认为，"知识不是需要学生接受的现成的东西，而是学生思考的对象，它不能作为必须达到的目标来束缚人，教育是要通过促使人思考知识来解放人，使人变得更自由"（施良方，1996）。因此，知识的本质，意指个人解释或诠释真实的方式。

在我国当代的相关文献中也有很多对于知识的界定，这些界定可归纳如下：其一，知识是人类对于经验中蕴涵的法则赋予意义而结构化的知识；其二，知识是人的观念的总和；其三，知识是智慧和经验的结晶；其四，知识是人类积累起来的历史经验和当下达到的科学新成就的总和；其五，知识是对事物属性与联系的认识，表现为对事物的知觉、表象、概念、法则等心理形式（顾明远，1990）；其六，知识就它反映的内容而言，是客观事物的属性和联系的反映，是客观世界在人脑中的主观映象。就它反映活动的形式而言，有时表现为主体对事物的感性知觉或表象，属于感性知识；有时表现为关于事物的概念或规律，属于理性知识（董纯才，1985）。这些定义大都是根据哲学认识论中的反映论给出的，强调知识是客观世界的主观反映。

马克思（1985）说："意识的存在方式，以及对意识说来某个东西的存在方式，这就是知识。"在马克思看来，知识是事物（以及它们的关系）在意识、思维中的存在方式。这里所说的"意识的存在"是指对各个主体来说具有意义的"内隐的潜存的知识"，"对意识说来某个东西的存在方式"是指"显现的实存的知识"，同时还隐含着这种知识反映着现实客观内容的意思。马克思的知识界定对于我们深入理解知识的本质内涵具有启迪意义。

要全面把握知识的本质内涵，必须明确以下三点（昌家立，2004）。

第一，知识所包含的观念化信息内容具有客观性。客观性是知识内在规定性最重要的方面。尽管知识的形成与产生不能脱离主体及主体的精神活动，但不能把知识看作是主体头脑自生的东西。知识所包含的信息内容归根到底是源于客观世界的。

第二，知识是主-客体相关联的产物，但它的逆命题则是不成立的。

第三，知识和认识既有联系又有区别。无疑，知识是认识中的一个重要组成部分，没有认识活动，就不会有知识，但二者是有区别的。区别在于，认识过程中往往包含了许多心理直觉的信息要素。即使是运用概念和语言的思维过程也往往会出现简速的跃迁式思维，这就使得主体内部的信息组织有时是非概念、非观念的，有时又可能是无序的，甚至是非理性的。意象思维、视觉思维、灵感思维是认识活动中常常出现的非理性形式，它们是认识的内在环节，但并不是知识。这些非理性的心理要素要转化为知识，必须借助语言符号。

2. 知识的分类

对知识的反思从古代哲学开始，至今仍在深入。从古至今，人们对于知识的分类可以彰显这种发展轨迹。

（1）亚里士多德：经验、技术、理论的知识。古希腊哲学家亚里士多德认为求知是人类的本性，他从人的感觉能力出发，把知识分为经验知识、技术知识和理论知识三类：经验知识由记忆的积累而来，属于个别知识，因不知其所以然，故不能传授于人；技术知识由经验而来，属于普通知识，具有使用价值，与经验相比是真知识，并能传授于人；理论知识距离感觉最远，是关于事物的原理与原因的知识，如数学、物理学和神学，它们与经验和技术知识相比，属于具有较高智慧的知识，因为最普通和最难知，探求这类知识并无任何实用的目的（亚里士多德，1959）。亚里士多德的知识分类法，包含着当代知识分类理论的萌芽。

（2）斯宾诺莎：传闻、经验、推论、纯粹的知识。近代欧洲哲学家斯宾诺莎根据认识的方式与知识的来源，把知识的种类分为四种：第一种是由传闻得来的知识，这种知识没有确定性，必须排斥出科学的领域之外；第二种是由泛泛的经验得来的知识，这种知识构成大多数关于实际生活的知识，但没有必然性，同样排斥在科学之外；第三种是由推论得来的知识，这种知识能给人们以想要认识的事物的观念，但仍然不是能够达到所企求的完善性的手段；第四种是纯粹从事物的本质直接得来的知识，这就是"真观念"，是作为天赋工具与事物的统一。"真观念"是最好的知识方式，是认识未知事物的规范（颜晓峰，2004）。显然，斯宾诺莎的唯理论立场，使他把先验的纯粹知识作为最可靠、最完善的知识。

（3）孔德：神学、形而上学、实证的知识。19世纪法国哲学家孔德把人类智力的发展划分为三个不同的阶段，由此形成了知识的三种形态：首先是神学阶段，探求万物的本原与绝对的知识，是虚构的知识；其次是形而上学阶段，研究本体论的学问，是抽象的知识；最后是实证阶段，追求以观察到的事实为依据的知识，是科学的、真正的知识。孔德认为实证知识具有五个含义或特征，这就是与虚幻对立的真实，与无用对立的有用，与犹疑对立的肯定，与模糊对立的精确和与破坏对立的组织（建设）（奥古斯特·孔德，1996）。孔德上承经验主义传统，下启实证主义、实用主义思潮，宣扬实证知识的价值与意义。

（4）舍勒（M. Scheler）：工具性、理解性、宗教性知识。德国哲学家舍勒根据知识的目的与人的需要，把知识分为出于行动和控制需要的知识、出于非物质文化需要的知识和出于拯救灵魂需要的知识，也就是工具性知识、理解性知识和宗教性知识（颜晓峰，2004）。

（5）马克卢普：实用、理解、闲聊消遣、宗教和不需要的知识。马克卢普根据知识对于主体的意义，区分为五类知识：实用的知识，即在人们的工作、决策和行动中有用的知识；理解的知识，即满足人的智力兴趣的知识；闲聊的和消遣的知识，即满足人的非智力爱好或娱乐与情感刺激渴望的知识；宗教的知识，即与人的关于上帝以及拯救灵魂的方式相联系的知识；不需要的知识，即在人的兴趣之外、通常是偶然获得、无意识保存下来的知识（颜晓峰，2004）。

（6）经济合作与发展组织（OECD）：知道是什么、知道为什么、知道怎样做和知道是谁的知识。最新的、影响最大的知识分类是经济合作与发展组织在《以知识为基础的经济》（1996 年）报告中做出的。报告认为，知识可以分成：知道是什么（know-what）的知识，是指关于事实方面的知识；知道为什么（know-why）的知识，是指自然原理和规律方面的科学理论；知道怎样做（know-how）的知识，是指做某些事情的技艺和能力；知道是谁（know-who）的知识，涉及谁知道和谁知道如何做某些事的信息。前两种是属于编码化的知识，构成信息的主要来源，是最接近市场商品或适合于经济生产函数中经济资源的知识类型。后两种是属于"隐含经验类知识"，不易从正式的信息渠道所获取。

上述知识的分类为深刻理解知识及教师知识提供了重要的参考性依据。但这些分类体系也存在一些问题。亚历山大等（Alexander et al.，1991）通过对教育研究者曾经使用过的 20 多种知识分类进行研究，发现对于知识的分类存在四个方面的问题：知识的分类标准前后不统一，混为一体，分类不清甚至互相包含；用同一个术语表示知识的不同方面；或者用不同术语表示知识的相同方面；对各类知识不同方面之间的交互作用表达不统一，或完全忽略。这些切中时弊的分析为我们正确进行教师知识分类奠定了坚实的基础。

二、教师知识的含义及其分类

范良火（2002）根据认知者和认知体的不同，指出研究者使用"教师知识"这一概念通常有三种含义：教师所拥有的知识；关于教师的知识；与教师有关的知识。本书所讨论的就是第一种含义，而且主要是教师应该拥有和实际拥有的知识。

舒尔曼认为，教师知识一般是指教师在教学情境中，为达到有效教学必须具备的一系列理解、知识、技能与特质。对于"教师知识"有许多称谓，诸如"教师个人知识"、"教师个体知识"、"教师实践性知识"、"教师个人实践理论"、"教师个人理论"等，这些称谓与"教师知识"的含义有一定的交叉，也存在着一定的差异。由于本研究是探讨教师知识对新课程实施的促进或阻碍作用，关注点是在新课程实施中，教师实际拥有和应该拥有的知识，故在此不对这些称谓进行辨析。下面通过对学者就这一问题的研究进行梳理，来回应教师应该拥有和实际拥有的知识这一问题。

20 世纪 80 年代之前，教师知识和教师教育并没有作为一个学术研究的领域而受到足够的重视。20 世纪 80 年代之后，情况有所转变，教师知识开始受到关注，成为教师教育研究的一个热点领域。直接导致出现转机的原因是美国进行的两次教育改革。1983 年，美国颁布了《国家在危机中：教育改革势在必行》的教育改革文件，把追求教育的"卓越"、提高教师的专业职业能力作为重要的教育改革内容；1986 年，美国颁布了《国家为培养 21 世纪的教师做准备》文件，把教师的"专业化"作为改革的中心内容。这两次改革使越来越多的人认识到教育改革成败的关键在教师，也使以"教师"、"教师文化"、"教师教育"为主题的研究成为教育研究的最大领域（钟启泉，2001），而教师的知识问题则是其中的重要内容。

在国外，对教师知识研究有影响的有：加拿大学者艾尔贝兹（Elbaz）对教师实践性知识的探讨；美国斯坦福大学的舒尔曼及其同事对教师知识类别和新教师知识增长的研究；美国梅纳德·雷诺兹（Maynard Reynolods）等人对初任教师的知识分类研究；塔米里（Tamir）等人对教师专业知识的研究；科克伦（Cochran）对教学的内容认知模式的研究；格罗斯曼（Grossman）等人对教师知识的研究等。现将他们对教师知识分类的主要观点综述为表 3-2。

在我国台湾，许多教育研究者在借鉴、吸收国外教师知识研究的基础上，也根据自己的实际情况，对教师的知识作了有针对性的研究。单文经（1990）认为教师的知识应该包括一般的教育专业知识，以及与教材有关的专业知识两部分。一般的教育专业知识是指与教学内容

表 3-2　国外几种有代表性的教师知识分类

研究者	教师知识的分类
艾尔贝兹 (Elbaz, 1981)	①学科知识；②课程知识（学习经验、课程内容建构）；③教学知识（课堂管理、教学常规、对学生的了解）；④教学环境的知识（学校及周围社区）；⑤自身的知识（自知）
舒尔曼 (Shulman, 1987)	①内容（学科）知识；②一般性教学知识（课堂管理的原理、策略）；③课程知识（教材和教学计划）；④一般教学及教学方法知识；⑤有关学习者的知识；⑥教育环境（班组、社区、文化等）知识；⑦关于教育目标及价值的知识
梅纳德·雷诺兹 (Reynolds, 1989)	①任教学科的知识；②教学理念的知识；③有关学生的知识；④有关教室组织与管理的知识；⑤有关教学的社会文化背景知识；⑥有关课程的知识；⑦有关评价的知识；⑧学科知识的表达技术；⑨有关阅读写作和教学的知识；⑩有关数学方面的知识；⑪人际关系知识；⑫法律知识；⑬教学伦理知识
塔米里 (Tamir, 1991)	①通识教育的知识；②个人表现的知识；③学科知识；④一般教学知识；⑤学科特定的教学知识；⑥教学专业基础的知识
科克伦 (Cochran, 1993)	①学科的知识；②关于教学的知识；③关于学生的知识；④关于背景的知识
格罗斯曼 (Grossman, 1994)	①学科内容知识；②学习者和学习的知识；③一般教学法知识；④课程知识；⑤情景的知识；⑥自我的知识

无直接相关的知识，又可分为四部分：①一般教学的知识，指教室管理及组织的策略等涵盖范围较广的原理、原则；②教育目的的知识，指有关教育目的和目标、理想、价值等知识，以及哲学与历史的背景；③学生身心发展的知识，指有关学生身心发展特性的了解，特别是学生认知能力的发展，以及如何激励学生学习动机的心理因素等知识；④其他相关教育的知识，指教育运作的社会及文化背景，乃至教育的政治、法律、财政与经费运作的情况等，有关教育的概论性知识。与教材有关的专业知识是指与教师在教学时所需处理的教学内容有关的知识，又可分为三部分：①教材内容的知识，是指教师所要教的教材内容本身，不同的教材领域有不同的知识结构；②教材教法的知识，是指融教材与教法于一体的知识。它超越教材知识的本身，经过可教性的分析，以最能表现该学科知识的形式出现；③课程知识，应包括

教师进行教学所需的教学资源，如不同版本的教科书等，并能有效运用。另外，教师对学生目前所接受的课程，作纵横两面的理解。横面的课程知识，是指教师必须了解学生在同一时间内所学习其他各科的内容，以便在教学上作横向的贯通。纵面的课程知识，则是指教师必须了解学生在同一学科上，曾经以及未来要学的教材主题及概念，以便在教学上作纵面的衔接。简红珠（2002）对不同学者的教师知识分类进行了类比、分析与整理，认为学者们尽管对教师知识组成成分有不同的认定，但其中有五种教师知识可被视为教师知识的重要基石，并且是研究的焦点所在。这五种知识是指：①一般教学法知识；②学科知识；③学科教学知识；④情景知识；⑤课程知识。陈国泰（2000）认为教师知识应该包括七个方面：①教育目标知识；②学科内容知识；③一般教学法的知识；④学科教学法知识；⑤受教育者的知识；⑥情景知识；⑦自我的知识。

国内对教师知识的研究起步相对较晚。辛涛等（1996）在《从教师的知识结构看师范教育的改革》一文中，把教师的知识分为本体性知识、条件性知识、实践性知识和文化知识。陈向明（2003）的《实践性知识：教师专业发展的知识基础》一文从探讨教师的知识构成入手，将教师的知识分成"理论性知识"与"实践性知识"，分析了教师实践性知识的定义、内容、状态和形成机制。陈振华（2003）在其博士论文《论教师成为教育知识的建构者》中，通过阐述公共教育知识和个人教育知识，提出教师要成为教育知识者。刘清华（2004）在其博士论文《教师知识的模型建构研究》中提出，教师知识应包括学科内容知识、一般教学法知识、学科教学知识、课程知识、学生的知识、教师自身的知识、教育情景知识和教育目的及价值知识。周福盛（2006）在其博士论文《教师个体知识的构成及发展研究》中提出，教师个体知识应包括公共显性知识、公共隐性知识、个人显性知识和个人隐性知识四部分。姜美玲（2006）在其博士论文《教师实践性知识研究》中认为，教师知识应该包括学科内容知识、学科教学法知识、一般教学法知识、课程知识和教师自我知识等五部分。

通过对上述学者的教师知识分类的介绍，我们可以看出，研究者对于教师知识的认识不尽相同，对教师知识的类别或形式并未达成共识。当我们研读关于教师知识的文献时，就可感觉到这些不同的教师知识概念之间已形成一种张力，存在一定的相通性，即一般把教师知识的五个领域视作教师专业知识的基础：

一是学科内容知识。它是教学知识基础的一个重要的组成部分。早期的研究发现，教师的学科知识和学生成绩之间几乎没有关系；而最近的研究强调对教学起重要作用的学科内容知识的要素；对于学科内容知识和课堂问题、课程材料的批评和有关教学的其他过程之间的关系已进行了专门的研究。它包括某一学科领域的内容以及学科实质和文法结构，内容的知识指的是某一学科领域里的主要事实和概念以及它们彼此之间的关系，它是一门学科的原料。学科的实质结构是指某一领域内的各种范式或解释性框架结构，这些范式既影响着该领域的组织也影响着引导进一步探究的问题。一个学科的文法结构包含对学科内的事实原则的理解，是引进某一领域新知识的方法论知识。教师拥有其所在领域的实质和语法结构知识的程度，会影响着如何把学科展示给学生。

二是一般性教学法知识。它是大多数教学研究的焦点，包括一般知识体、信念和教学的相关技巧，关于学习、学生的知识和信念，一般教学原理的知识，有关课堂管理的知识和技巧以及关于教育目的和目标的知识和信念。该领域的研究和教师教育之间的历史关联已成为惯例，而且研究者已确定了某些与学生成绩相关的教学技巧，来供培训未来教师使用。

三是学科教学知识。当教师在教学中利用一般性教学法知识和学科内容知识的时候，研究表明教师也利用其所教学科的特殊知识。尽管这一名词是新的，但学科教学知识的概念是内在的，杜威早些时候曾警告教师必须学会对其所教学科内容进行心理分析，反思学术课题和概念，使这些东西更好地为学生所理解。自该名词提出以来，许多研究已涉足不同的学科领域。学科教学知识是由四个基本部分组成的。第一部分包括教不同年级某一学科的知识和信念，这反映了教师教特定学科的目的。第二部分包括在某一学科内学生对特定问题的理解、概念及其误解。为了给予学生更好地解释和表达，教师必须具有一些有关学生对某一主题或问题的所知以及可能发现的疑问。第三部分是课程知识，包括教特定学科可用的课程材料知识和某一学科的纵横课程知识。第四部分是教学策略和教特定主题的表达知识。经验丰富的教师可能拥有丰富的、多样的技能，如比喻、实验、活动或有效的阐释；而新教师还在发展教学策略和表达的技能。

四是学生及自身知识。第一部分主要包含学习理论的知识、学生的身心特征和认知发展、动机理论及运用，以及学生的背景（如性别、家庭环境等差异）等。第二部分主要包括教师自我的价值观、个人特质、教学认知以及教学信念等，具体如教师对其自我角色的认识，教师对其权利义务的认识，或是抽象的教学态度、信念、意识、伦理等。教师自我知识极易左右教师的课程思考及教学实践，更能影响教师对教学内容的选择、对学生的想法及教法的使用，而且在评价和反省中发挥着重要作用。因此，教师自我知识是一个重要的知识基础，它应当被融入教师实践性知识的范畴之中。

五是教育目的价值的知识，主要包含教师个人的价值观、意向、优缺点、教育哲学观点、对学生的期望以及教学的目的等知识。

因此，本研究把学科知识、一般教学法知识、学科教学知识、自身和学生知识和教学目的价值知识等五个方面作为教师应该拥有的或必备的知识。

总的说来，前面所描述的关于教师知识的认知形式在很大程度上是理念性的和"人为的"而非以实证为根据的。它们主要反映的是研究者个人的教育信念、经验、专长以及研究兴趣和领域。这是这些形式中有如此之多差异的基本原因。从某种意义上说，对教师所应拥有的知识列出一个笼统性的模型并不困难，但是，没有实证依据说明它们对教学的重要性，要回答教师为何需要这类知识就不那么容易和具有说服性。从这点来说，有必要在以后的研究中采用一种更多地以实证为基础的方式去探讨这个问题，尽管这在方法论上可能困难得多。

三、新课程对教师知识的诉求

教师与课程之间是共生、共建的关系，教师与新课程共同成长和发展。任何新课程的施行，都会推动教师教学观念和知识能力的更新，都需要教师行为与素质发生与之相适应的变化，而教师行为与素质变化的速度和程度又决定着课程改革的进程和成败。在新课程中，教师不再只是课程的执行者，而且是课程的建设者、调适者，是课程实施中问题的协商者、解决者；教师不再只是知识的传授者和管理者，而且是学生发展的促进者和引导者。因此，新课程对教师知识的建构极为关注，对教师在课程决策、开发、研究能力和知识结构上提出了许多新要求。

与现行课程相比较，新课程除了"知识和技能"的要求外，明确了"过程和方法"、"情感态度价值观"在课程目标和功能上的地位。因此，在教学活动中，教师既要关注知识体系中的事实、概念、法则、理论，还要关注与知识紧密相关的、有助于各种能力形成技巧掌握的步骤、作业方式与技术；同时，通过知识体系与能力体系的紧密结合，奠定学生信念、世界观、道德等方面的认识、观念及规范基础。

新课程在教学内容上，将改变课程"繁、难、偏、旧"和过于注重书本知识的状况，加强课程内容与学生生活以及现代社会和科技发展的联系。在教学活动中，一方面，教师要关注学生的生活经验，研究学生的学习基础和学习需求，将教学建立在学生的现有经验上；另一方面，教师要跟踪和了解现代社会和科技发展成就，根据学生的实际接受可能，有计划地将现代社会和科技发展的成果引入课程。

适应新课程综合性的基本要求，教师要对学科以外的知识和经验给予充分的关注，既关注科学，又关注人文；既关注人类，又关注自然；既关注自己，又关注社会。自然学科应该加强与社会学科的沟通和交流，社会学科应该汲取自然学科的成果，提高课堂教学的综合程度。

四、教师知识的观测指标

基于以上分析，新课程对教师的学科知识、一般教学法知识、学科教学知识、自身和学生的知识、教育目的价值知识都提出了新的要求，对于教师知识的测量应该关注以下方面的新变化：

（1）学科知识方面。教师不仅要熟悉学科的基本原理和理论发展、精通学科的内容知识、熟悉学科的研究方法、了解学科的历史发展和前沿问题、知晓学科对社会和学生发展的作用，而且要关注社会、经济、文化和科学技术的发展，关注与其他学科的联系和整合。

（2）一般教学法方面。教师不仅要掌握一般的教育教学原理，课堂管理的技能和技巧，观察、调查和实验等基本的研究方法，而且要掌握现代化教学媒体、信息技术手段，掌握多种教学评价方法。

（3）学科教学知识方面。教师不仅能用学生熟悉的例子解释学科的概念，能针对不同教学单元采用不同的教学方法，会使用适当的图解和图表来解释学科概念，会运用不同的教学方式提高学生的学习兴趣，而且要对课程、教材等有正确的认识，教学既要关注结果又要关注过程。

（4）自身和学生知识方面。教师不仅要掌握学习理论，了解学生的身心特征和认知发展、动机理论与运用以及学生的背景，而且具有给学生进行心理辅导的能力；不仅要了解教师的价值观、个人特质、教学认知以及教学信念等，而且具有对自我角色和权利义务的认识。

（5）教育目的价值知识方面。这主要包含教师个人的价值观、意向、优缺点、教育哲学观点、对学生的期望以及教学的目的等知识。

本研究中主要采用问卷调查、访谈等方法对教师的知识状况进行分析和考察。具体的调查问卷和访谈提纲见附录。

第四节　教师认同及其观测指标

一、认同感及影响因素

认同感是指教师对课程改革表现出正面的态度和行为，是教师对改革接受或者拒绝的认知状态或内部导向。教师是课程改革的最终执行者，课程改革倡导的理念与教学行为只有被教师所接受并转化为他们的思想和行动才能收到实效。

沃夫和庞奇（Waugh and Punch，1987）在总结有关教师对教育变革态度文献基础上指出：教师对变革的态度主要是受个人属性、组织环境、变革本身的因素以及推行策略的影响。随后，不少学者探讨了个人背景因素与对教育改革的认同感的关系。以教学经验为例，伯曼和麦克劳夫林的研究指出，教学经验越多的教师，越难发挥革新的效果。另一研究认为，教师在性别、资历和教学年限方面的差异与对其课程的认同感有明显的关系。不过，布里奇斯、雷诺兹和古福德的研究则认为性别、年龄和教龄与对革新的认同感并无显著关系。庞奇和麦卡蒂的研究更显示资深的教师和行政人员对革新的态度比资历浅的教师较为正面。卡茨、多尔顿及贾金恩塔的研究也指出，职级较高的教师对课程改革的认同感比普通教师高。在性别方面，科莱赫、万格等、麦尔奇等的研究指出，女性教师对改革的认同比男性教师为高（李子建，2002）。在学校性质对课程实施的影响方面，伯曼与波利（Berman and Pauly）指出在实施过程中，与中学（包括初中与高中）相比，小学可以感受到更多的成功。尹弘飚等（2003）通过对新一轮课程改革中教师认同的研究显示：就教师的个人属性（如性别、学历、职称、教龄）与其认同感之间关系的方差分析和 t 检验表明，不同性别、学历与教龄的教师在对新课程的态度和推行新课程的行为意向方面均无显著差异；教师的职称在"态度"和"行为意向"方面均出现显著差异；学校特性与教师认同感之间存在显著差异。操太圣和卢乃桂（2005）认为，教师对学校改革的认同关键在于对学校发展愿景和改革目标的共识。因此，在性别、职称、教龄等与课程改革认同感的关系方面，学者们的研究结果众说纷纭，并未达成共识。究其原因，在这些问题上之所以会出现不同的研究结果，可能是受到样本容量、文化背景以及改革特征等因素的影响。

而对影响教师认同感因素进行系统性研究的是沃夫和庞奇（Waugh and Punch，1987），他们总结出六个显著的、普遍影响教师变革认同感的变量。

（1）对教育的基本态度。例如，有的教师持智力传统主义的观点，认为教育的目的在于提升学生的智力，传统的教学方法、经典的教学材料是非常适当的；有的教师持社会行为主义的观点，认为教育的重点在于儿童的社会化，应该让学生逐渐适应社会的要求；有的教师持经验主义的观点，认为人的知识应该通过自己的经验，通过探究、发现来学习；有的教师持社会建构主义的观点，强调知识是通过学习者与社会进行交互作用所形成的，知识学习的过程是一个不断建构的过程。

（2）变革的实用性。变革的实用性有三个维度：工具性、一致性和成本。工具性是指能否被清晰地交流，也指变革的原则和特定的要求在转化为时间的时候所遭遇的困难程度；一致性主要是指教师所觉察到的变革所强调的原则和教师实践中占优势地位的规则之间的配合程度，也包括教师觉察到的变革对于当前实践的内在价值；成本是指变革实施的容易程度以及人们对采用变革所获得的回报的期望。也就是说，如果教师得到的有关变革的信息越多，变革的原则和特定要求转化为实践就越容易；变革所强调的原则和教师现有实践的一致性越高，变革对实践越有益、变革的实施越容易、变革付出的成本越少且收益越大，变革的适用性也就越强，也就容易吸引教师投入变革中。

（3）减少对课程实施的忧虑。沃夫和庞奇认为教师对变革的恐惧和不确定因素的忧虑对于教师的变革认同感也具有重要作用，教师关于变革的知识、对变革方案的理解和澄清、参与决策程度、获得反馈的多少、变革倡导者与教师的接触的频度等因素都影响着教师对变革的认同程度。教师对变革知识理解得越多，对变革方案理解越透彻，参与课程决策的程度越高，对自己的行动获得的反馈越多，得到变革推广者的支持越多，教师就越有可能积极地参与到课程变革中。

（4）教师觉得推行新课程所得到的支持。教师所感受到的、在课程的实践中得到的学校的支持程度对于其是否接受变革也有很重要的影响，因为学校的支持给教师以信心和力量，让他们发现自己在变革中并不孤单，不但可以得到支持还可以因此得到领导的认同。麦克劳夫林通过对大型变革的机构进行回顾，发现即使教师具有足够的拥抱变革的动机，如果学校的环境不支持他们的话，他们也不会真正投入到变革中来。对于课程变革来说，要想使变革持续下去，行政的支持是十分必要的。一些研究发现持续的行政参与、学校对变革技术性把握以及对组织建构的慎思等重要的举措可以提高教师对变革的认同感。

（5）教师对课程改革的期望及信念。教师在进行新的课程改革的时候所感知到的结果以及所带来的信念的变化。通常在以下情况下教师会接受变革：他们觉得变革对已经变化了的教学形势很有用；在促进变革的组织和教师之间存在着共识、清晰的感知和期望，也就是说，变革的推广者和教师有着相同的认识，彼此之间能清晰地感知对方的意图和期望，而不是战战兢兢地猜测和误解对方；教师感知课程变革对他们的专业自主和安全并没有带来什么威胁，相反，会带来优势。

（6）教师对改革成本的评估。教师对于变革的投入与产出的考虑也会影响到他们对变革的认同感。

总之，可以把影响教师认同感的因素归纳为学校支持、校外支持、课程实用性、关心事项和成本效益等五个方面。

二、认同感的架构及其表征

认同感是指教师对课程改革表现出的正面的态度和行为意向。沃夫和庞奇分析不少有关教师对教育改革的认同感的文献后，建立了一个综合模式，这个模式的因变量为教师对新教育改革的认同感（包括教育改革的态度及推行教育改革的行为意向），自变量为教育改革的实用性、对教育改革的期望、个人对改革的成本效益评估、学校对教师的支持、个人对改革的忧虑、教师对教育问题的基本信念、改革与旧制度比较的看法等。沃夫与戈弗雷（Waugh and Godfrey, 1993）根据此模式，研究澳大利亚教师对单元课程的认同感。他们所采用的因素有：①课程带来的非金钱成本效益；②课程的实用性；③降低教师推行课程的恐惧感和不确定性（学校支持）；④对单元课程问题的关注；⑤其他人士对单元课程的支持；⑥教师在学校的课程决策意见；⑦比较过新旧课程的感觉。李子建于1998年进行的一项关于香港小学教师对目标为本课程与常识科课程两项课程改革的认同感差异的研究，选择下列因素作为分析的基础：①学校对教师的支援；②关心课程改革的事项；③课程的实用性；④教师对课程改革的非金钱成本效益评估；⑤校外对教师的支援；⑥教师对课程改革的态度；⑦教师对推行课程的行为意向（李子建，2002）。

借鉴以前的研究和结合新课程改革的实际，本研究对认同感的有关因素之间的关系做出以下分析：把教师对新课程的态度和行为意向（教师阻抗）作为认同感研究的因变量；而把学校支持、校外支持、课程实用性、关心事项和成本效益作为认同感研究的自变量。态度和行为意向已经在教师阻抗作过阐释，这里仅就自变量的本质意义阐释如下（颜明仁等，2002）：

（1）学校支持。教师在校内得到的支持，包括得到同事和领导的支持，这种支持既有物质方面的又有精神方面的，例如，可以就遇到的问题向他们请教、求援，甚至可以对进行的课程改革活动表达疑虑等，学校提供充足的课程资源和仪器设备，学校鼓励教师进修和培训等。

（2）校外支持。来自校外社群的支持，包括来自教育局各部门、师资培训院校及大学、专业团体，以及学生家长的协助和支持等。

（3）课程的实用性。新课程的理念、所需要的知识，以及与人合作的机会等的实用性，是否使学生学有所得等。

（4）个体关心事项。教师对新课程实施的看法，包括上级对看到的课程改革表现的用途、对个人的影响、与同事的关系，从教师角度看这种改革对学生的影响及公认的标准等。

（5）非金钱的成本效益。教师在教学上的考虑，包括教师在面对革新所需的学习时间和准备处理时间及工作，从革新而获得的满足感和教学成效、专业发展机会和同事之间的关系。

在本研究中，我们主要采用问卷调查、访谈等方法对教师对新课程的认同状况进行分析和考察。具体的调查问卷和访谈提纲见附录。

第五节　教师信念的构成及其测量

帕亚斯（Pajares，1992）指出，许多证据表明，教师的信念比教师的知识更能影响其教学计划、教学决策和课堂实践。威廉斯和布尔登（Williams and Burden）也指出，信念对新想法和新知识的吸收有一种情感过滤作用，将对其进行重新定义或令其改变。因此，教学信念会深深地影响教师在新课程实施过程中的决策和行为，新课程的实施程度会受到教师信念的深刻影响。关注教师现有的教育认知，特别是教育信念，对于了解课程改革的实施难度、重建学校文化、实现教师的改变等都有重要意义。

一、信念

1. 信念的内涵及特征

信念是一个很常用却又复杂的概念。正如帕亚斯所说，信念是一个混乱（messy）的概念，普通人对它有自己的理解，研究者出于不同的研究视角与假设，有不同的术语与研究策略，对其进行清晰的界定是很难的。信念作为一种现实（reality）存在着，我们感受着它，却很难表达出来，人们只能根据一个人的言行来推断。由于信念往往涉及知识、态度、价值、情感等因素，对信念的有效的推断与解释是不容易的，而保证推断出来的信念是合理的、准确的则是一件难之又难的事情，因此，对信念进行研究是困难的。

20世纪70年代以来，随着认知心理的发展，对课程教学的研究从过去注重教师的行为转向注重教师的思维和决策的过程。对教师思维过程的关注，使研究的重点转向确认和理解"信念系统和观念"、"行动思想框架"、"内隐理论"这些思想与决定的基础，使人们认识到"个人的信念远比其所拥有的知识来的更有影响力，且更能预测其行为"（Nespor，1987）。至此，"信念"引起了教育理论工作者的兴趣，成了一个研究热点，人们开始从不同视角对之进行研究和界定。

帕亚斯（Pajares，1992）认为，信念是个体对一个真假命题的判断，而要了解一个人的信念则要从其行为、语言所表现出的想法中去推论。

包瑞格（Borg，2001）认为，信念是个人所认定且接受的心理状态，并且蕴涵着个人对于价值的承诺；信念会引导个人的思考与行为，成为个人作决定与行为产生的指标。

李丽君（2002）认为，信念是指一种内在决定和外在行为的指导方针，它的内容相当广泛，涉及各个方面；它被个体所固守，有点类似建构主义者所主张的原有知识，虽然它会发生改变，但并不容易；它有一部分是不难察觉的，但也有相当部分是潜藏的，甚至是个体本身都未察觉的。

林清财（1990）认为，信念是我们所确信的看法（意见）或确定某事存在的感觉，我们对各种事物、物质结构、未来应做之事等均有信念。

高强华（1993）认为，信念是一种对事物或命题确信不疑或完全接纳的心理倾向或状态，是对某种事物、对象或命题，表示接纳、赞成或肯定的态度。

朱苑瑜和叶玉珠（2003）认为，信念像是个人的心理过滤器，协助个体界定自己与其所处的环境，影响人们对信息的接收与解释，人们据此作选择、采取行动。

《不列颠百科全书》对信念的定义是：信念是一种接受或同意某一主张的心理态度，而不需要有充分的智力知识来保证这一主张的真实性。信念的基本含义在于对还不能充分肯定的东西给予肯定的接受。

在《牛津英语词典》中，对于信念一词的解释包括下列五项：①信念是一种心理作用、条件或习惯，是对人或物的一种信任、依赖、确信或信仰、诚信；②信念是指在心理上对于某一命题、陈述或事实确定为真的，无论是基于权威或证据。信念是指对某项叙述的完全肯定或接纳，不必再做观察、验证；③信念就是指我们所相信的事物，是我们视以为真的命题或一系列的命题。早先"信念"一词多半指的是宗教上的各种教条或信条，晚近信念则仅是指一种意见、主张或信仰；④信念是对我们所相信的教条或规约的一种正式的陈述，简言之，信念就是信条（creed）；⑤信念是一种完全相信或接纳的预想、希望或期望（anticipation，expectation）。

从上述的定义中可以看出人们对信念的不同理解：有人说信念是一个判断，有人说信念是一种意义，有人说信念是一种选择，有人说信念是一种性格，甚至有人说信念是一种过程。人们用不同的视角来看待信念，对信念内涵的表述也不尽相同，但都假定信念是人对自身所处特定文化中价值观念的坚信和心理认同。综合学者的意见，信念的基本特性有：①存在的预设，是个人对于物质与社会现实所拥有的一种无争议的，理所当然的个人确信；②认知成分，信念代表着对人或事物不同程度的相信或确信；③情感与评价成分，信念比知识有更强的情感和评价的成分，具有唤起情感和调动行为的功能；④情节式储存，个人的经历会以情节性片段的方式加以储存，影响着他日后的生活实践；⑤信念包括有意识信念与无意识信念；⑥信念是一种主观知识、具有半逻辑性、非必然性和非一致性的特点；⑦信念系统是由具有不同心理重要性的、相互支持的命题和证据而组成的簇状结构。

2. 信念系统及其特征

信念系统是指一个人在某一特定时空之中，对个人生活世界中种种意识或潜意识状态之中的信念、看法、期待或假设，是个人对物质与社会实体无以数计的信念依照心理的，但不必然是依照逻辑的形式组成的信念族（Rokeach，1968）。

在信念系统中，每一个信念都有强度上的差异，有核心信念和边缘信念之分，越居于核心的信念就越重要，越不容易改变。而决定信念重要与否的标准是依照信念的关联性（connectedness）而定的。在功能上和其他信念关联、影响或沟通越多的信念，越居于核心的重要地位。因此，每个人具有不同的强度与复杂关联的信念，信念的强度与关联性将决定它们的重要性。帕亚斯（Pajares，1992）认为信念关联性的大小、强弱取决于下列四项标准：其一，越是和个人存在与认同直接有关的信念，与其他信念的关联性就越强；其二，有关存在与自我认同的信念，就是可以和别人分享的信念，就越重要；其三，有些信念并非来自直接的遭遇或经验，而是从他人处学得，这些推论或衍生的信念在功能上的关联性较少，较不重要；其四，与兴趣、嗜好或品味有关的信念，多少带着某种程度的武断，与其他信念关联性较少，因此，居于较不重要的边缘地位。

事实上，在信念系统中的信念并非全然一致，甚至有些还相互矛盾。例如，一位具有人文取向的老师，在课堂上的表现却是严格与权威的。也许这位老师的严格态度是基于要培养学生有秩序的信念而来，对他而言，这比对学生表现出和善与情感来得重要。这可以解释为，每个人行为的表现可能只跟众多信念中的其中一个一致，而这也凸显了信念的关联性与核心信念的重要性。由此可知，教师信念系统内包含许多与教育有关的信念、想法，这些信念有其相对的重要性。越居核心的信念越可能支配个人的行为、意向。

格瑞（Green，1971）指出信念系统有三个特有的维度：准逻辑性（quasi-logicalness）、心理中央性（psychological-centrality）、组合结构（cluster-structure）。这些特征与信念本身的内容无关，但是与它们彼此联系的方式有关。

（1）准逻辑性。知识系统的形成是以逻辑为前提的，而信念系统则因人而异，缺乏逻辑性。同一个人可能同时持有互相矛盾的信念。包括不同种类的信念结构。

（2）心理中央性。心理中央性是指一些信念比其他信念更重要，在心理上居于中心的位置，其他的信念在边缘，如一位参与"用讨论的方法教数学实验"的老师，他对讨论的方法很感兴趣，一方面认为该方法适合学生理解学习数学。但另一方面，他也认为学生的知识只能从教师教学中得来，后者是他的中心信念，前者是边缘信念，因此，在实验中他最终放弃了前面的信念。同时，不是所有的信念对于个体来说都是同等重要的。

（3）组合结构。一个信念并不是完全独立于其他的信念，信念是以一簇簇（clusters）的形式相连的，但这种联系是松散的，有时群组间的信念可能发生冲突。

3. 信念与其他概念的区分

1）信念和知识

信念和知识之间的关系非常密切，它们之间的区别十分模糊，以至于许多研究者常常把信念当作知识。其实，它们之间还是有一定区别的：其一，信念可以有不同的相信程度，而知识是缺乏这一维度的；其二，信念是一种个体建构，个体的信念源于他所生活的不同的社会背景，并非所有的人都相信同一信念，信念的内容具有争议性，而知识基本上是一种社会建构，其特征是与真理或确定性相关联的；其三，表达方式不同，"信念"可以用"我相信……"来表达，"知识"一般用"我知道……"来表达，说明该命题的真实性已经得到证实。同时，汤姆森指出信念和知识是一组可以相互转化的概念，它们不是静止的，一成不变的。某一信念会随着新理论的支持，而被接纳为知识；一度被认为是知识的理论，也会随着后期理论的出现，而被判断成信念（Thompson，1992）。

2）信念和观念

人们对待这两个概念有三种不同的看法：其一，信念与观念的区别即信念与知识的区别。信念被看作主要由判断成分组成，观念则被认为是潜在的概念结构中的认知成分。庞特认为："信念表述的是某种或对或错的事情，具有中介的特质。观念被看作是潜在于组织结构中的认知成分。它们基本上都是比喻的说法。"（谢翌，2006）其二，观念包括信念。汤姆森把信念看作是观念的下属概念或组成成分；克拉克（Clark）和彼德森认为观念更多的是一种整体看法，或者关于某一现实的基本看法，而信念更多的是指对某一命题或描述的评价与判断（谢翌，2006）。其三，信念包括观念。

根据上述分析，我们可以看出，信念与观念的区分关键在于对观念的定义。信念与观念既存在一定的联系，又存在一定的区别，小结如下：观念并不等于信念，但又有相交叉的成分；信念和观念都包含有认知成分；观念更多的包含认知成分，而信念则包含情感和评判成分；信念既可以是隐性的，也可以是显性的，显性的信念即成为观念。观念更多是与认知相联系，既包括宏观层面，也包括个体层面，而信念主要属于个体层面的认知；观念可以是对某一事情的整体性的看法，而信念更多的是关于某一命题的认知与判断；信念是私人性的、隐性的主观认知，但可以使其显性化；观念多为正式的、官方的、显性的理性结构（谢翌，2006）。

　　3）信念、态度和情感

　　由于信念具有情感与评价的成分，因此将其与态度、情感进行区分是必要的。戈尔金（Goldin）认为个人的情感领域分成以下几种成分：①情绪，一种快速的感觉状态，如平静或紧张，通常与情境有关；②态度，是指对于各种情境比较稳定的感觉方式，涉及认知与情感的平衡；③信念，对事物附加上真理和效度的内在个人的表征，具有高度的认知成分，稳定而紧密的结构形式；④价值、伦理与道德，深植于人的内心的"个人真理"，十分稳定，有高度的情感成分和认知成分，也具有很紧密的结构。因此，信念与态度、情绪都是同样属于情感的领域，含有情感的成分，所以与知识不同。可是，信念与态度、情感也有程度上的区别：信念有较高的认知成分，所以与态度不同；态度与情感相比，又具有更多的认知成分。此外也可看出，信念与价值的区别是很小的，只是心理上的区别，信念比价值有更多的认知成分（谢翌，2006）。

　　综合上述的分析，本研究将信念的概念界定为信念是个人所拥有的心理上信以为真的前提与假设，主要包括认知成分。它是个人特有的，同时也是社会文化所建构的。信念既包括个人意识到的信念，也包括个人没有意识到的信念。各种各样的信念组成了信念的系统，它是以一种准逻辑的，按心理重要性和成簇的特性而存在的结构，并处在不断的变化中。

二、教师信念的含义和结构

　　1. 教师信念的含义

20世纪80年代以后，随着对教学工作复杂性认识的增加，认知领域研究的深入发展，以及教学研究范式的转移，教师信念成了教育研究一个颇受关注的新兴的领域。然而，关于教师信念的意义，大家却有着不同的理解。

卡根（Kagan，1992）认为，教师信念是一种有关教学情境脉络、学科内容、教师个人独特性的信念与知识。

帕亚斯（Pajares，1992）认为，教师信念是教师在教学情境与教学历程中，对教学工作、教师角色、课程、学生、学习等相关因素所持有且信以为真的观点，其范围涵盖教师的教学实践经验与生活经验，构成一个相互关联的系统，从而指引着教师的思考与行为。

俞国良和辛自强（2000）认为，教师信念是指教师对有关教与学现象的某种理论、观点和见解的判断，它影响着教育实践和学生的身心发展。

赵昌木（2004）认为，教师信念是教师自己确认并信奉的有关人、自然、社会和教育科学等方面的思想、观点和假设，是教师内在的精神状态、深刻的存在维度和开展教学活动的内心向导。

也有一部分学者采用教学信念这一概念。例如，汤仁燕认为教学信念是"教师在教学历程中，对历程中的相关因素所持有且信以为真的观点"（高强华，1993）；李佳锦认为教学信念是教师依据其本身具有的知识观、逻辑观、经验观、社会观或情绪等，对其教学相关问题的看法进行评价，形成对教学相关问题的基本看法（高强华，1993）；颜铭志认为教学信念是"教师在教学历程中，因教师个人特质、专业背景、教导对象、教学能力和教学情境不同的影响，对历程中的某些因素相信其为真，且能为学生带来正面影响的一种个人独特的内在想法"（高强华，1993）。

上述对于教师信念定义或把教师信念看作知识或教育观念的一部分，或关注教师信念的评价成分及其功能，或关注教师信念的实质性特征——假定性，或关注教师信念的确认程度及其与思想、行为之间的关系，或关注教师信念的情感成分，或关注教师信念的存在形式、确认程度及其与实践之间的关系，都有一定的片面性。其实教师信念包含了认知、情感、评价和行动的成分，具有以下特征：①教师信念本身也是一个系统，他处于教师个体信念系统中的某一个层次；②教师信念也是以"中心-边缘"的方式组织，越中心的教师信念越难改变；③中心的教师信念发生改变会导致整个教师信念系统的变化。边缘的教师信念日积月累的变化也能导致中心信念的变化，进而转变整个教师信念系统；④有些教师信念能意识到，且能用语言有效表达，而有些则相反。⑤教师信念系统内部的信念之间存在着想当然的、假设性的半逻辑关系（林一钢，2005）。

吕国光（2004）基于对信念相关研究文献的详细评析，借助有关学者关于信念与其他概念之间的比较维度，主要从信念的结构方式、确认程度和内容成分等三个方面对教师的教学信念进行了界定。吕国光认为教师信念是教师在教学情境与教学历程中，对教学工作、教师角色、课程、学生、学习等相关因素所持有且信以为真的观点，其范围涵盖教师的教学实践经验与生活经验，构成一个互相关联的系统，从而指引着教师的思考与行为。我们认为这一定义与本书所研究和探讨的教师信念是相一致的，故在此采用这一表述。

2. 教师信念的基本结构

在明确了教师信念的基本概念后，我们来分析教师信念的基本结构。威廉斯和布尔登（Williams and Burden，2000）指出，教师信念主要包括关于学生、关于学习和关于教师自身的信念三种。

泰勒（P. H. Taylor）拓展了教师信念的内容，除了教学目的、教学行为等方面的信念之外，还包括了有效学习、如何改进教学以及教师关于自我等方面的信念。他认为教师信念包括：①关于教学目的的信念；②关于教学行为的信念；③关于有效学习的信念；④关于如何改进教学的信念；⑤关于自我的信念。

考尔德黑德（Calderhead，1996）主要基于学科教学，提出了教师信念的五大领域。她指出，教师信念通常用来指教师的教学法信念，或者那些与个体教学相关的信念。她把教师信念主要归纳为五个领域，并指出各个领域是相互关联的：①关于学习者和学习的信念；②关于教学活动的信念；③关于学科的信念；④关于怎样教学的信念；⑤关于自我和教师角色的信念。

舍恩费尔德等学者把教学看作是某一情境中的具体活动，从人、活动内容、活动情境及其相互关系等方面来观照教师信念的结构。指出个体的认知行为有意或无意地伴随着以下几方面的信念：①关于工作任务的信念；②关于任务实施的社会环境的信念；③对这一任务实施过程中自我以及他/她与任务和环境之间关系的信念（谢翌，2006）。

周雪梅和俞国良（2003）根据教师个人的心理内容来区分教师信念的类型，认为教师的基本信念有四种，即教师的效能感、教师的归因风格、教师对学生的控制，以及教师与工作压力有关的信念。

赵昌木（2004）通过分析上述各种区分，指出教师在自己人生经历和教学生活中拥有许许多多的信念，这些信念相互接纳、紧密相连，形成一个协调统一、具有"个人意义"的信念系统。与教师教学生活相关的信念主要包括教学目的的信念、教学活动的信念、教师角色的信念、学科内容与自我学习的信念、学习环境与教学模式的信念、认知类信念、教学效能感、自我效能感等方面。

由上述的相关研究可知，不同的研究者所探讨的教师信念内容不完全一致，但是大部分不脱离教师对课程、教学活动、学生学习、教师的角色、学生的特性等领域的观点，亦即分析与教师最常接触到的教学活动相关的信念。本研究中我们则主要关注对学生的管理、课程与教学、对学生的评价和对学生看法等。

三、教师信念的测量

教师信念是一个内隐的意向性指标，我们无法对其进行直接的测量，一般采用量表测验或问卷调查的方式进行。

林清财（1990）在对小学教师教育信念的研究中，编制了教育信念量表，该量表包含教师对"知识与学习"、"学生的多样性"、"教师角色"、"小区的角色"、"学校与社会"等领域的信念。

汤仁燕（1992）在对小学教师教学信念与教学行为关系的研究中，也采用了量表测量的方法，她编制的教学信念量表包括教师对教学历程中"课程与学习"、"师生关系"、"教师角色"、"学生差异"等层面的观点和看法。

朱苑瑜（2001）对国中实习教师之教师信念改变与其影响因素之关系进行研究，吕国光（2004）对教师信念及其影响因素进行研究，他们采用的教师信念量表包括"学生管教"、"课程与教学计划"、"教学与评价"、"学生学习"等层面的信念。

本研究借鉴吕国光和朱苑瑜的研究成果，同时结合新课程的理念和要求，把教师信念分为四个方面，即"学生管教"、"课程与教学计划"、"教学与评价"、"学生学习"。具体内涵如下：

（1）学生管教。在理念上，教师是否把学生看作是自我管理的主体，或者是需要监督管理的客体；在实际教育教学中，教师是否尊重学生的意见，是否让学生自己制定各种规章制度，教师在学生面前是否要保持威严。

（2）课程与教学计划。教师如何理解课程与教学目标，教师如何对待教材的内容，教师是否具备设计课程及教学的能力，设计课程是否结合学生的兴趣、需要与认知能力，能否从实际生活中挖掘素材。

（3）教学与评价。教师如何对待知识与技能、情感、态度和价值观的培养，教师能否采用多种形式来提高学生的学习兴趣，教师以什么为标准来评价学生，教师以什么标准来评价自己的教学。

（4）学生学习。学生是主动地建构知识还是被动地接受知识，"教"与"学"哪个更重要。

为了了解教师信念的现状，本研究采用问卷调查和访谈的方式。具体内容见附录。

第六节　学校文化的构成及其表征

一、学校文化的内涵

　　据法国的斯特拉斯堡社会心理研究所的莫尔统计，20 世纪 70 年代以前，世界文献中关于文化的定义有 250 多种（郝德永，2002）。殷海光（2002）对众多的文化定义进行了大致的分类：记述的定义、历史的定义、规范性的定义、心理的定义、结构的定义、发生的定义。这说明文化是一个极其复杂的、歧义性很大的概念。这个概念之所以众说纷纭、莫衷一是，一方面，是由于其本身的复杂性、广泛性、差异性；另一方面，研究者的知识背景、历史观、价值观、方法论及其视野和旨趣的差异也使他们对其界定与解释大相径庭。

　　关于学校文化的概念，有学者认为学校文化就是学校成员对于学校生活如何进行的信念和共识。其具体表现在学校内人与人的联系、交往的方式上，也可以表现在成员的工作态度、生活方式以及处事手法上（富兰和哈格里斯，2000）。有学者认为："学校文化是学校所特有的文化现象，是以师生价值观（学生为主体、教师为主导）为核心以及承载这些价值观的活动形式和物质形态，包括学校的教育目标、校园环境、校园思潮、校风学风，以及学校教育为特点的文化生活、教育设施、学生社团组织、学校传统习惯和学校的制度规范、人财物管理等内容。但学校文化的主要内容是指学校在长期的办学过程中所形成的共同的价值观念。"（俞国良，1999）。有学者认为学校文化是学校全体成员或部分成员习得且共同具有的思想观念和行为方式，学校文化指校内有关教学及其他一切活动的价值观念及行为形态（郑金洲，2000）。有学者认为学校文化是由教师的信念、态度和价值观，以及规范所联合形成的，同时学校文化和情景汇合后，会对校内的人和物产生影响（李子建，2002）。有学者认为学校文化是学校主体的生活方式，是学校成员共同具有的思想观念和行为方式（唐丽芳，2005）。有学者认为学校文化是学校成员所共同持有的价值观、信念、规范，这些内在的东西反映在学校工作和生活的各个方面，教师在一般情况下浸透其中而没有深入反思（于泽元，2006）。从上述对学校文化的阐释中我们可以知道，学校文化的核心是学校各个群体所具有的思想观念和行为方式，其中起决定作用的是思想观念。

因此，学校文化具有以下一些特征：①学校文化是主观的，而且反映学校教职人员的一种普遍知觉；②学校文化受教职员普遍的信念、态度和价值所决定；③学校文化受外界和内在环境的影响，这种影响会进而成为一种主要文化，它处于不断的变化、发展和更新之中。

每一所学校都有不同的学校文化，每一所学校都有自己的特色。特色体现了学校的差异、学校个性，一所学校要获得成功，要赢得社会的认可，必须有自己的特色，没有特色，即没有个性，也就没有强大的发展生命力。学校要把握特色的发展因素，充分发挥办学的自主性，抓住优势，积累经验，通过创造性的方式，逐步创造出与众不同的学校特色来。在教育改革的浪潮中，发展学校的特色或者建立学校的风格，已经成为各界人士认同的策略。

学校文化由不同教师的信念、态度和价值观及规范联合形成，而学校文化和情景汇合后，也会对校内的人和事产生影响。学校文化是主观的，并且是反映学校社群的一种普遍知觉；学校文化的特征受教职员普遍的信念、态度和价值观所决定；学校文化受外界和内在脉络的影响，这种影响会进而成为一种主要文化；学校文化是变动平衡的，不断在传递、嬗变、发展和更新变形；教师对课程改革的认同感使学校文化得以改变，学校文化也因造就大环境，使得学校教师对课程改革的认同感有所转变。

因此，面对课程改革，改革者要从学校文化改变入手，营造校外的大环境和校内的小环境气氛，并在制度上改变配合。要使课程改革出现真实的持久表现，必须做到学校和老师改变看法，移风易俗，在校内及校外，对教师提供有助于改变的支持气氛及配套，使学校成为学习型的组织，不断自我更新。

二、学校文化的构成要素

关于学校文化的要素，学者们有不同的认识（唐丽芳，2005）。

（1）按照学校的各个组成部分对学校文化进行分类。沃勒认为学校文化包含两种对立的文化：一种是教师所代表的成人社会的文化，另一种是学生所代表的同辈团体的文化。我国台湾学者林清江把学校文化分为四种：教师文化、学生文化、学校行政人员文化、学校有关的社区文化。我国内地学者郑金洲把学校文化分为教师文化、学生文化和课程文化。

（2）从学校文化自身的构成角度入手，承认学校文化有层次之分，因此，按照不同的结构层次对学校文化进行分类。我国学者王邦虎、俞国良等人按照学校文化的表现结构，将学校文化分为物质文化、制度文化和精神文化。也有人在三层次说的基础上提出四层次说，即学校文化包括物质文化、制度文化、行为文化和精神（观念）文化。

（3）按照文化的表现方式可以分为显性文化与隐性文化。我国学者黄兆龙从学校管理的角度出发，认为学校文化分为"显性文化与隐性文化"。显性文化包括学校标志、学校组织原则、学校制度、学校环境、学校管理行为；隐性文化包括学校管理观念、学校价值观念、学校经营思想、学校整体目标、学校精神、学校道德。

（4）按学校文化的要素对学校文化进行分类。格瑞赫姆（Graham）提出对11项学校文化因素要加以考虑，要点如下：位置，团队运作所处的周围自然环境；组合，团队内个体的个人特性；目的，团队如何决定所属具体目标及团队所求所欲；功能，为落实团队所定目标而进行的活动；价值观，团队共同拥有、想的和赞美的；结构，团队内相对稳定的组织；亲密关系，团队的内部社交关系；朋辈交往，团队外结交所得的关系从而影响成员的内在行为；改变，团队变更和修改；连续性，团队坚持的价值观、态度和行为规范；设备，团队所需工具、物料和设施。霍普金斯（Hopkins）等人对学校文化提出六个范围：看到的行为具有一致性，指教师在教研室与人交流所用语言和建立的礼仪；在教师工作之中成长的规范，如备课或监控学生学习进展等；影响最大的价值观，学校信奉的，包括目标或宗旨、使命等条文；哲学，指导学校对个别科目的教与学所采用的最主要方法；游戏规则，新同事在学校与人和睦相处之道；感受和气氛，校门所传达的信息，或学生作品展示或没有展示的做法。

（5）从学校文化表现的积极与消极两个角度来划分，将文化分为"积极的（成功的）学校文化"、"消极的（病态的）学校文化"。

以上对于学校文化要素的分析都有一定的合理性。但这些结论不是通过实证研究而是通过理论推演得来的，难免会存在一些缺憾。

三、学校文化的测量

为了了解学校文化的实然状态，卡瓦纳（Cavanaugh，1997）依据前人或他人的研究成果，编制了学校文化问卷，定量分析和研究学校文化。他把学校文化元素分为以下八个纬度：专业价值观（profession values）；教师即学习者（teacher as learner）；同侪协作（collabora-tion）；相互增权（mutual empowerment）；互相合作（mutual coopera-tion）；共有的愿景（shared school vision）；全校性计划（whole school planning）；转化式领导（transformational leadership）。

颜明仁和李子建（2002）在《同侪观课教学与学校文化》以及《教师对资讯科技教育的改革认同感与学校文化》的研究中，借鉴卡瓦纳的学校文化问卷，认为学校文化主要由以下八个要素构成：①专业价值观，它关注的是教师面对学生时，视每一个学生都是可以学习的，学习是一个发展过程，注重学生的创造性的培养，尊重学生的差异；

②教师即学习者，教师对社会性改变有反应，把学校看作一个学习社区，感觉到专业成长的重要性，在教育研究方面有相关知识，致力于自我反思，能接受同事忠告；③同侪协作，认同教师之间有相互依赖的需要，面对困难时要求同事协助，支持团队凝聚力，领会同事的责任，与同事互相合作，投入维持良好关系，尊重不同的个性和需要；④相互增权，支持同事的专业决定、欣赏同事的专业成就、鼓励同事的专业成长，有信心作决定，对工作承担责任；⑤互相合作，分享知识和教学内容，讨论教学策略；⑥共同的愿景，教师对学校的将来有深思熟虑的理想，与同事讨论自己的愿景，在有共识后接纳学校愿景；⑦全校性计划；⑧转化式领导。以上两个课题定量分析了学校文化对同侪观课、教师对于咨询科技教育的改革认同感之间的关系。

为了了解当下学校文化的实然状态，我们借鉴卡瓦纳、颜明仁和李子建等人的学校文化问卷，结合新课程改革的实际情况，编制了学校文化问卷。问卷包含以下六个维度：投入改革、专业协作、专业自信、专业价值观、校长领导和学校愿景。其具体内涵是：

（1）投入改革。学校领导是否支持新课程改革，教师之间是否相互鼓励教学创新，教师之间是否经常共同研究和探讨新的教学方式与方法，教师是否经常反思检讨自己的教学工作等。

（2）专业协作。教师之间是否互相合作，分享知识和教学内容，讨论教学策略。

（3）专业自信。教师如何看待自己所从事的教师职业，教师对自己的知识、能力是否充满信心，教师是否明确自己的工作目标。教师对教育研究、岗位进修提高有何看法。

（4）专业价值观。它关注的是教师面对学生时，视每一个学生都是可以学习的，学习是一个发展过程，注重学生的创造性的培养，尊重学生的差异。

（5）校长领导。校长是否有影响力、是否关注和鼓励教师的专业发展、是否关心教职工的工作和生活，教职工对校长的认可程度。

（6）学校愿景。教师是否对学校的将来有深思熟虑的理想，与同事讨论自己的愿景，在有共识后接纳学校愿景。

我们采用问卷调查和教师访谈来了解学校文化的实际情况。调查问卷和访谈提纲见附录。

第四章　测量工具的设计与检验

本研究采用量的研究和质的研究相结合的研究方法。量的研究方法的研究工具主要包括新课程实施程度调查问卷、教师阻抗调查问卷、教师知识调查问卷、教师对新课程认同调查问卷、教师信念调查问卷和学校文化调查问卷。质的研究方法的研究工具主要包括教师访谈提纲。研究工具的设计与检验重点侧重于调查问卷的设计与检验，调查问卷质量的高低直接决定着研究质量的高低。因此，要对设计的问卷进行检验。

第一节　调查问卷的编制

一份高质量的问卷应该具有高的信度和效度。信度是指对同一事物进行重复测量时，所得结果的一致性程度。它反映的是问卷的稳定性或可靠性，一般用信度系数来评价。信度可以分为内在信度和外在信度。内在信度是指问卷中一组问题（或整个问卷）测量的是否是同一概念，也就是这些问题之间的内在一致性如何。如果内在信度系数在 0.8 以上，则可以认为问卷有较高的内在一致性。最常用的内在信度系数为克朗巴哈 α 系数和折半信度。外在信度是指在不同时间进行测量时调查结果的一致性程度。最常用的外在信度指标是重测信度，即用同一问卷在不同时间对同一对象进行重复测量，然后计算一致性程度。以上各种系数应当达到多少才能认为该问卷信度较高？这方面没有统一的标准，但根据多数学者的观点，任何测验和量表的信度系数如果在 0.9 以上，则该测验或量表的信度甚佳；信度系数在 0.8 以上都是可接受的；如果在 0.7 以上，则该量表应进行较大修订，但仍不失其价值；如果低于 0.7，则应该重新设计。

效度指的是测量结果的真实程度，它反映的是问卷是否能真实测量到我们希望了解的内容，即测量结果与测量目标的接近程度。效度可分为表面效度、内容效度和结构效度等。表面效度和内容效度可以采用双向细目表的方法来进行分析，结构效度可以采用主成分分析方法来获得。

我们从我国课程改革的实际出发，参考国内外的相关理论和实践，编制了新课程实施程度、教师阻抗、教师知识、教师认同、教师信念和学校文化等六个预调查问卷。在编制预调查问卷的过程中，广泛征求和听取了专家、学者和中小学教师的意见和建议，尽力保证预调查问卷具有较高的表面效度和内容效度。问卷采用李克特（Likert）五点量表的计分方式，每一问题的选择项为①完全符合、②多数符合、③少数符合、④很少符合、⑤完全不符合，或①非常同意、②同意、③基本同意、④不同意、⑤极不同意，分别予以 5、4、3、2、1 五种记分。

在本研究中，我们用克朗巴哈 α 系数对预调查问卷进行信度检验，因为外在信度在实际研究中很难去做，而折半信度的计算一般需要比较多的调查变量和调查样本。为了检验预调查问卷的信度系数是否满足研究对于信度的要求，我们对 136 名教师进行了预调查。教师的具体构成情况如表 4-1。

表 4-1　预调查对象的具体分布情况表

调查对象的状态变量		人数/人	所占比例/%
性别	男	59	43.4
	女	77	56.6
年龄	20～30 岁	39	28.7
	31～40 岁	64	47.1
	41～50 岁	30	22.1
	51～60 岁	2	1.5
	61 岁以上	1	0.7
教龄	5 年及 5 年以下	18	13.2
	6～10 年	21	15.4
	11～20 年	61	44.9
	20～30 年	30	22.1
	30 年以上	6	4.4
职称	中教高级及以上	13	9.6
	中教一级	73	53.7
	中教二级	10	7.4
	中教三级	4	2.9
	小教高级及以上	4	2.9
	小教一级	23	16.9
	小教二级	2	1.5
	无职称	7	5.1

调查对象的状态变量		人数/人	所占比例/%
担任职务	校长	14	10.4
	教导主任	11	8.1
	年级组长	9	6.7
	教研组长	18	13.3
	科任教师	84	61.5
受教育层次	中师（高中）及以下	3	2.2
	大专	50	36.8
	本科	83	61.0
学校类型	省级重点	2	1.5
	市级重点	17	12.7
	县（区）级重点	27	20.1
	一般学校	90	65.7
学校层次	小学	36	26.4
	初中	100	73.6
学校地理位置	城市	21	15.6
	县城	31	23.0
	乡镇	52	38.4
	农村	32	23.0

由表 4-1 可知，预调查对象的性别、年龄、教龄、职称、担任职务、受教育层次、学校类型、学校层次和学校地理位置等方面的人数分布是适当的，可以进行预调查分析。预调查问卷信度的克朗巴哈 α 系数采用统计软件 SPSS11.0 进行计算。

第二节　调查问卷的信度检验与修改

一、新课程实施程度的调查问卷

本问卷把新课程实施程度分为学科内容或教学材料的变化、教学组织结构的变化、教师角色关系或行为的变化、教师知识及理解、教师价值观念内化等五个维度，根据每一维度的本质意义共选择 25 个相关的问题。采用克朗巴哈 α 系数对新课程实施程度预调查问卷进行信度检验，分析结果如表 4-2 所示。

表 4-2 新课程实施程度预调查问卷信度检验表

问题序号	每一问题和整份问卷的相关系数	删除该问题后问卷的信度	选题结果
1	0.256 9	0.806 0	
2	0.495 3	0.795 7	
3	−0.200 4	0.824 7	删除
4	−0.182 4	0.824 4	删除
5	0.605 2	0.789 9	
6	0.645 3	0.786 9	
7	0.131 7	0.811 2	删除
8	0.569 2	0.792 6	
9	0.555 7	0.792 5	
10	0.134 1	0.811 5	删除
11	−0.075 7	0.819 3	删除
12	0.394 5	0.800 4	
13	0.679 8	0.788 7	
14	0.619 1	0.791 9	
15	−0.282 7	0.824 7	删除
16	0.676 8	0.790 9	
17	0.192 2	0.809 3	删除
18	0.699 3	0.788 9	
19	0.689 9	0.790 2	
20	0.557 2	0.796 6	
21	0.711 8	0.790 5	
22	0.144 5	0.840 6	删除
23	0.501 8	0.796 1	
24	0.579 1	0.791 5	
25	0.620 2	0.793 4	

有效样本 123 个　　项目（问题）25 个　　问卷总体信度系数 $\alpha = 0.808\ 9$

从表 4-2 可以看出，本问卷的总体信度系数为 0.8089，符合问卷信度系数的要求。在这 25 个问题中，问题 3、4、11、15 和整份问卷呈现负相关，问题 7、10、17、22 和整体问卷相关系数小于 0.2。因此，要删除掉这 8 个问题，保留其余 17 个问题，从而提高问卷的信度。

二、教师阻抗调查问卷

本问卷把教师阻抗分为态度和行为意向两个维度，根据每一维度的本质意义共选择 14 个相关问题。采用克朗巴哈 α 系数对教师阻抗预调查问卷进行信度检验，分析结果如表 4-3 所示。

表 4-3　教师阻抗预调查问卷信度检验表

问题序号	每一问题和整份问卷的相关系数	删除该问题后问卷的信度	选题结果
1	0.505 3	0.790 5	
2	0.571 4	0.787 8	
3	0.175 1	0.802 7	删除
4	0.517 8	0.790 9	
5	0.190 5	0.812 2	删除
6	0.525 9	0.789 7	
7	0.520 7	0.789 8	
8	0.193 9	0.815 9	删除
9	0.399 8	0.798 2	
10	0.411 8	0.797 6	
11	0.063 7	0.825 1	删除
12	0.670 5	0.779 0	
13	0.652 7	0.780 9	
14	0.462 2	0.793 3	

有效样本 134 个　　项目（问题）14 个　　问卷总体信度系数 $\alpha = 0.807\ 3$

从表 4-3 可以看出，本问卷的总体信度系数为 0.8073，符合问卷信度系数的要求。在这 14 个问题中，问题 3、5、8、11 和整份问卷相关系数小于 0.2。因此，要删除掉这 4 个问题，保留其余 10 个问题，从而提高问卷的信度。

需要说明的是，在问卷调查时，把教师阻抗的态度和行为意向这两个维度作为教师认同的因变量，构成完整教师认同问卷。

三、教师知识调查问卷

本问卷把教师知识分为学科知识、一般教学法知识、学科教学知识、学生与自身知识和教育价值目的知识等五个维度，根据每一维度的本质意义共选择 25 个相关问题。采用克朗巴哈 α 系数对教师知识预调查问卷进行信度检验，检验结果如表 4-4 所示。

表 4-4　教师知识预调查问卷信度检验表

问题序号	每一问题和整份问卷的相关系数	删除该问题后问卷的信度	选题结果
1	0.477 8	0.816 9	
2	0.593 6	0.813 1	
3	0.589 3	0.814 6	
4	0.546 5	0.815 2	
5	0.607 9	0.813 5	
6	0.552 6	0.815 5	
7	0.445 7	0.818 9	
8	0.511 2	0.816 4	
9	0.462 3	0.817 3	
10	0.556 4	0.814 2	
11	0.560 1	0.814 1	
12	0.645 6	0.813 3	
13	0.479 6	0.818 2	
14	0.408 0	0.820 2	
15	0.381 0	0.821 1	
16	−0.154 8	0.845 6	删除
17	0.489 8	0.817 2	
18	−0.161 9	0.844 3	删除
19	−0.021 3	0.841 3	删除
20	0.278 3	0.831 8	
21	0.281 0	0.825 4	
22	0.279 8	0.825 6	
23	0.370 0	0.821 7	
24	0.328 6	0.823 2	
25	0.499 7	0.817 5	
有效样本 124 个	项目（问题）25 个	问卷总体信度系数 $\alpha = 0.827\ 7$	

从表 4-4 可以看出，教师知识问卷的总体信度系数为 0.8277，达到了问卷信度系数的要求。25 个问题中有问题 16、18 和 19 与总体问卷呈现负相关，故删除之，共保留 22 题。

四、教师认同调查问卷

本问卷把教师认同问卷分为学校支持、校外支持、新课程实用性、关心事项、成本效益等五个维度，根据每一维度的本质意义共选择 32 个相关问题。采用克朗巴哈 α 系数对教师认同感预调查问卷进行信度检验，检验结果如表 4-5 所示。

表 4-5　教师认同感预调查问卷信度检验表

问题序号	每一问题和整份问卷的相关系数	删除该问题后问卷的信度	选题结果
1	0.676 8	0.916 7	
2	0.574 6	0.917 3	
3	0.664 9	0.915 9	
4	0.598 9	0.916 8	
5	0.688 6	0.915 9	
6	0.567 5	0.917 2	
7	0.577 9	0.917 1	
8	0.549 0	0.917 5	
9	0.452 8	0.918 4	
10	0.439 4	0.918 6	
11	0.564 4	0.917 2	
12	0.509 4	0.917 9	
13	0.547 3	0.917 4	
14	0.680 7	0.916 1	
15	0.651 5	0.916 7	
16	0.641 9	0.916 7	
17	0.489 6	0.918 2	
18	0.613 8	0.917 2	
19	0.541 6	0.917 8	
20	−0.154 6	0.924 4	删除
21	−0.283 0	0.926 1	删除
22	0.499 3	0.918 0	
23	−0.083 5	0.924 4	删除
24	0.545 9	0.917 5	
25	0.478 0	0.918 2	
26	−0.153 8	0.924 7	删除
27	0.667 3	0.916 6	
28	0.670 1	0.916 5	
29	0.642 7	0.916 9	
30	0.606 6	0.917 4	
31	0.473 7	0.918 2	
32	0.557 8	0.917 6	

有效样本 124 个　　　项目（问题）32 个　　　问卷总体信度系数 $\alpha = 0.920\ 3$

从表4-5可以看出，问题20、21、23、26与整体问卷负相关，为了提高问卷的信度，故删除以上4个问题，保留28个问题。

五、教师信念调查问卷

本问卷把教师信念问卷分为学生管教、课程与教学计划、教学与评价和学生学习等四个维度，根据每一维度的本质意义共选择37个相关的问题。采用克朗巴哈 α 系数对教师信念预调查问卷进行信度检验，检验结果如表4-6所示。

表 4-6　教师信念预调查问卷信度检验表

问题序号	每一问题和整份问卷的相关系数	删除该问题后问卷的信度	选题结果
1	0.210 1	0.865 1	删除
2	0.462 9	0.860 1	
3	0.192 6	0.865 7	删除
4	0.495 8	0.860 5	
5	0.476 5	0.860 5	
6	0.525 3	0.860 2	
7	0.322 0	0.862 3	
8	0.207 5	0.865 1	删除
9	0.240 4	0.864 1	删除
10	0.401 4	0.860 3	
11	0.513 6	0.857 6	
12	0.604 6	0.855 5	
13	0.330 5	0.861 8	
14	0.247 4	0.864 0	删除
15	0.195 1	0.864 7	删除
16	0.105 4	0.866 9	删除
17	0.510 2	0.857 7	
18	0.477 0	0.859 4	
19	0.359 5	0.861 5	
20	0.443 7	0.859 9	
21	0.562 9	0.858 5	
22	0.506 6	0.859 4	
23	0.604 1	0.857 9	
24	0.382 4	0.860 8	
25	0.373 8	0.861 1	
26	0.300 1	0.862 4	

问题 序号	每一问题和整份问卷 的相关系数	删除该问题后 问卷的信度	选题 结果
27	0.381 5	0.860 7	
28	0.352 1	0.861 4	
29	0.440 5	0.859 3	
30	0.350 8	0.861 4	
31	0.478 0	0.858 7	
32	0.499 1	0.857 9	
33	0.566 5	0.856 7	
34	0.370 7	0.861 0	
35	0.369 7	0.861 0	
36	0.482 1	0.858 4	
37	0.509 4	0.857 6	
有效样本 107 个	项目（问题）37 个	问卷总体信度系数 α＝ 0.864 5	

由信度分析可知，预调查问卷的整体信度系数为 0.8645，符合信度系数的要求。删除与整体问卷负相关和相关系数小于 0.3 的问题 1、3、8、9、14、15、16，共保留 30 个问题。

六、学校文化调查问卷

本问卷把学校文化问卷分为投入改革、专业协作、专业自信、专业价值观、校长领导和学校愿景等六个维度，根据每一维度的本质意义共选择 40 个相关问题。采用克朗巴哈 α 系数对教师知识预调查问卷进行信度检验，检验结果如表 4-7 所示。

表 4-7　学校文化预调查问卷信度检验表

序号	每一问题和整份问卷 的相关系数	删除该问题后 问卷的信度	选题 结果
1	0.666 9	0.957 3	
2	0.718 7	0.957 0	
3	0.567 3	0.957 9	
4	0.635 6	0.957 5	
5	0.685 0	0.957 2	
6	0.670 4	0.957 4	
7	0.706 8	0.957 1	
8	0.630 6	0.957 6	

序号	每一问题和整份问卷的相关系数	删除该问题后问卷的信度	选题结果
9	0.548 9	0.958 0	
10	0.609 6	0.957 7	
11	0.653 4	0.957 5	
12	0.681 4	0.957 3	
13	0.678 5	0.957 3	
14	0.718 7	0.957 2	
15	0.720 5	0.957 0	
16	0.716 8	0.957 1	
17	0.659 6	0.957 4	
18	0.439 9	0.958 5	
19	0.579 3	0.957 9	
20	0.463 8	0.958 4	
21	0.610 4	0.9578	
22	0.322 5	0.959 1	
23	0.190 5	0.960 3	删除
24	0.593 3	0.957 8	
25	0.685 4	0.957 3	
26	0.649 7	0.957 6	
27	0.387 3	0.959 0	
28	0.408 6	0.958 8	
29	0.482 7	0.958 3	
30	0.432 5	0.958 6	
31	0.591 0	0.957 8	
32	0.440 0	0.958 6	
33	0.561 9	0.958 0	
34	0.616 9	0.957 6	
35	0.683 6	0.957 2	
36	0.770 3	0.956 7	
37	0.714 4	0.957 1	
38	0.602 1	0.957 7	
39	0.788 1	0.956 6	
40	0.633 7	0.957 5	

有效样本 121 个　　　项目（问题）40 个　　　问卷总体信度系数 $\alpha = 0.958\ 8$

由信度分析可知，整份问卷的信度系数为 0.9588，符合信度要求。删除问题 23，保留其余 39 个问题。

第五章 研究变量的现状分析

第一节 研究资料的收集和分析

一、研究资料的收集

1. 问卷调查

本研究采用分层整群抽样方法。具体做法是，从全国 30 个省（自治区、直辖市）中选取几个有代表性的，再从这些省（自治区、直辖市）中选取几个有代表性的地级市，然后再选择一些学校，以学校为整群对教师进行问卷调查。在选取调查样本时，尽量使调查对象在性别分布上，男、女均等；在年龄、教龄分布上，老、中、青结合；在职称分布上高、中、低均衡；在学历分布上力求均衡；在学校类别上农村、城镇和城市学校，一般学校、市级重点学校和省级重点学校等力求全面。

依据以上原则，本研究共发放问卷 1300 份，收回 1200 份，有效问卷 1004 份，有效问卷率为 77.2%。调查对象的具体分布情况如表 5-1。

表 5-1　问卷调查对象的具体分布情况

分类标准		人数/人	百分比/%	有效百分比/%	累计百分比/%
地区	河南	621	61.9	61.9	61.9
	甘肃	138	13.7	13.7	75.6
	内蒙古	95	9.5	9.5	85.1
	山西	150	14.9	14.9	100.0
性别	男	296	29.5	30.0	30.0
	女	692	68.7	70.0	100.0
年龄	20 岁以下	67	6.7	6.7	6.7
	20～30 岁	442	44.0	44.1	50.7
	31～40 岁	388	38.6	38.7	89.4
	41～50 岁	99	9.9	9.9	99.3
	51～60 岁	5	0.5	0.5	99.8
	61 岁以上	2	0.2	0.2	100.0
教龄	5 年及 5 年以下	246	24.5	24.6	24.6
	6～10 年	283	28.2	28.4	53.0
	11～20 年	352	35.1	35.3	88.3
	20～30 年	104	10.4	10.4	98.7
	30 年以上	13	1.3	1.3	100.0
担任职务	校长	55	5.5	5.6	5.6
	教导主任	69	6.9	7.1	12.7
	年级组长	43	4.3	4.4	17.1
	教研组长	119	11.9	12.2	29.4
	科任教师	688	68.5	70.6	100.0

分类标准		人数/人	百分比/%	有效百分比/%	累计百分比/%
职称	中教高级及以上	47	4.7	4.7	4.7
	中教一级	192	19.1	19.3	24.0
	中教二级	96	9.6	9.7	33.7
	中教三级	46	4.6	4.6	38.3
	小教高级及以上	101	10.1	10.2	48.5
	小教一级	372	37.1	37.4	85.9
	小教二级	71	7.1	7.1	93.1
	小教三级	4	0.4	0.4	93.5
	无职称	65	6.5	6.5	100.0
受教育层次	中专（高中、中师）及以下	46	4.6	4.6	4.6
	大专	575	57.3	58.0	62.7
	本科	370	36.9	37.3	100.0
学校类型	省级重点	30	3.0	3.0	3.0
	市级重点	66	6.6	6.6	9.6
	县（区）级重点	189	18.8	19.0	28.6
	一般学校	711	70.8	71.4	100.0
学校层次	小学	593	59.1	59.7	59.7
	初中	401	39.9	40.3	100.0
学校位置	城市	219	21.8	22.1	22.1
	县城	178	17.7	17.9	40.0
	乡镇	336	33.5	33.8	73.8
	农村	260	25.9	26.2	100.0

从表 5-1 中可以看出，调查对象在地区、性别、年龄、教龄、担任职务、职称、所受教育层次、学校类别、学校层次和学校位置等方面的分布具有较好的代表性，符合问卷调查的要求。

2. 开放式访谈

本研究的访谈对象为 2 位小学教师、2 位初中教师和 2 位教研员。依据访谈提纲进行一对一的开放式访谈。

3. 文件分析

文件分析的主要用途是检验和增强其他资料来源的证据，如果发现文件和问卷或访谈所得资料相互矛盾，研究者必须进行进一步探究。要收集的文件包括教材、教案、学生作业、补充练习、测验、教学计划、教学进度、教师日志等。收集这些资料的实际目的是为了了解教师的行为表现与教师的内在价值观的关系。

二、资料的整理与分析

在本研究中，对于问卷调查所得到的资料，主要采用 SPSS 软件进行分析。分析分两个方面：其一，进行描述统计，就每一个问题的平均数、百分比，两个变量之间的相关系数等进行计算分析，就整体情况做一描述性说明；其二，进行推断统计，进行变量之间的回归分析。

在本研究中，对于调查问卷的现状分析主要从三个方面着手进行：其一，计算每一个问题选项的频数、百分比和平均值，计算每一维度的平均值及其百分比，使我们对总体情况有一个全面的了解；其二，对于每一维度的平均值进行方差分析，从而判别每一维度的平均值在性别、年龄、担任职务、学校层次、学校类别等状态变量上是否存在显著性差异；其三，对于方差分析结果差异显著的状态变量进行多重分析，分析状态变量不同水平的差异程度。

每一个问题选项的频数、百分比和平均值、每一维度的平均值、方差分析及其多重比较采用统计软件 SPSS11.5 处理分析。每一维度平均值的百分比的计算采用如下转换方式计算，如前所述，本调查问卷的记分方式是："完全符合"、"多数符合"、"少数符合"、"很少符合"和"完全不符合"分别记 5 分、4 分、3 分、2 分和 1 分，其全距为 4。若把"完全符合"、"多数符合"、"少数符合"、"很少符合"和"完全不符合"分别记 4 分、3 分、2 分、1 分和 0 分，其全距仍然为 4，则其平均值应该为原平均值减去 1，我们用新记分的平均值除以全距 4，则可以计算出每一个维度平均值的百分比。

对于访谈资料，主要采用描述说明的方式，尽量保持"原汁原味"。

第二节　新课程实施程度的现状分析

本研究依据新课程改革的实践和相关理论，把新课程实施程度分为由表及里，由现象到本质的五个维度。下面结合问卷调查和教师访谈结果来分析每一个维度的实施现状。

一、学科内容或教学材料的变化

学科内容或教学材料的变化是新课程实施的基本标志和保障，是衡量新课程实施程度的一个基本维度，没有学科内容或教学材料的变化，新课程改革就无从谈起。了解和把握学科内容或教学材料的变化情况是分析新课程实施程度的首要选择。新课程实施 6 年来，学科内容或教学材料的变化情况怎样呢？表 5-2 是我们对调查问卷所作的统计分析结果。

表 5-2　学科内容或教学材料的变化情况统计

问题	完全符合		多数符合		少数符合		很少符合		完全不符合		平均值
	人数/人	百分比/%	人数/人	百分比/%	人数/人	百分比/%	人数/人	百分比/%	人数/人	百分比/%	
所教学科完全采用新教材进行上课	437	43.5	173	17.2	221	22.0	134	13.3	37	3.7	3.84
学校开设了具有地方特色的校本课程	106	10.6	125	12.5	167	16.7	243	24.3	359	35.9	2.38
总平均值											3.10

由表 5-2 的统计结果可知："学科内容或教学材料的变化"这一维度的总平均值为 3.10，平均值的百分比为 52.5%，所以，新教材和校本课程的采用情况不容乐观。而两个具体调查问题的统计结果是："所

教学科完全采用新教材进行上课"的"完全符合"和"多数符合"选项合计达到了 60.7%，"完全不符合"和"很少符合"的选项合计为 17.0%，这一问题的平均值为 3.84，有 71.0% 的学科采用了新教材；而"学校开设了具有地方特色的校本课程"的"完全符合"和"多数符合"选项合计只有 23.1%，"完全不符合"和"很少符合"的选项合计则高达了 60.3%，该问题的平均值为 2.38，只有 34.5% 的学校或学科开设了校本课程。

教师丁："我们小学除了六年级不是新教材，其他年级都是，但新教材已经换过一轮了……说是要不断改革吧，现在又开始使用人教版的教材，但内容也有不少的变动。"

教师刘："我们小学也有（校本课程），我们也开着呢，叫什么《中华集锦》，有自己学校的特色。"

教师丁："原来我们有一个有关开封各方面知识的教材（地方教材），教育局发的《宋都风情》。后来因为检查，说涉及收费问题，不属于教育范围，本来很好的一个教材给卡掉了。现在小孩都不了解开封古城，没有一个专门的读本，小孩就没办法了解。"

因此，所以校本课程的开发和应用与我们的理想有着很大的差距，亟待提高。

那么，不同地区、不同学校位置、不同层次、不同类型的学校之间是否存在差异？为此，我们对"学科内容或教学材料的变化"这一维度的平均值进行方差分析，分析结果见表 5-3。

表 5-3　学科内容或教学材料的变化情况方差分析表

来源		方差	自由度	平均方差	F 值	显著水平
学校位置	SS_b	127.540	3	42.513	47.764	0.000**
	SS_w	880.288	989	0.890		
	SS_t	1 007.828	992			
学校层次	SS_b	1.012	1	1.012	1.001	0.317
	SS_w	1 003.540	992	1.012		
	SS_t	1 004.553	993			

来源		方差	自由度	平均方差	F 值	显著水平
学校类型	SS$_b$	94.389	3	31.463	34.206	0.000**
	SS$_w$	912.460	992	0.920		
	SS$_t$	1 006.848	995			
地区	SS$_b$	35.989	3	11.996	12.255	0.000**
	SS$_w$	978.894	1000	0.979		
	SS$_t$	1 014.882	1003			

* 表示显著性水平为 0.1；** 显著性水平为 0.05。以下同。

由表 5-3 的方差分析可知，农村学校、乡镇学校、县城学校和城市学校之间，省级重点学校、市级重点学校、县（区）级重点学校和一般学校之间，河南、山西、内蒙古和甘肃等不同地区的学校之间，在新教材的使用和校本课程的开发方面存在显著性差异。

就学校使用新课教材来说，城市学校为 81.5％，农村学校为 63.3％；重点学校 82.5％，一般学校为 68.8％；河南、甘肃、山西和内蒙古分别为 72.2％、60.8％、76.5％和 68.5％。之所以出现这样的差异，或是学校不重视，或是对新教材不满意。

就开发和使用地方教材及校本教材来说，城市学校为 55.25％，农村学校为 24.00％。重点学校 65.75％，一般学校为 29.00％；河南、甘肃、山西和内蒙古分别为 32.75％、24.25％、40.25％和 50.05％。地方教材以及校本教材的开发和使用过低的原因可能是教师的课程知识缺乏或能力有限等。

因此，农村学校和城市学校、一般学校和重点学校、甘肃和其他三省（自治区）在新教材的使用和校本课程的开发和使用方面有较大的差距，在教学内容和教学材料变化方面有一定的差距。

二、教学组织结构的变化

教学组织结构的变化主要是教师之间在教学活动中的协作，诸如教师共同设计新课程、校本课程、共同备课、教学时间的分配等，这是新课程实施的一个基本保障和条件。问卷调查的具体情况如表 5-4。

表 5-4 教学组织结构的变化情况统计表

问题	完全符合		多数符合		少数符合		很少符合		完全不符合		平均值
	人数/人	百分比/%	人数/人	百分比/%	人数/人	百分比/%	人数/人	百分比/%	人数/人	百分比/%	
教研组成员定期在一起学习和分析新课程的理念	335	33.4	216	21.5	214	21.4	151	15.1	84	8.4	3.57
教研组成员就新课程定期在一起备课，制订统一的教学计划	274	27.3	181	18.0	227	22.6	183	18.3	135	13.4	3.28
根据课程内容组织学生进行小组讨论或专题研究	182	18.1	228	22.7	275	27.4	245	24.4	70	7.0	3.21
总平均值											3.35

从表 5-4 可知，"教学组织结构的变化"这一维度的总平均值为 3.35，平均值的百分比为 58.75%。在具体调查的三个问题中，问题"教研组成员定期在一起学习和分析新课程的理念"的"完全符合"和"多数符合"选项之和的百分比为 54.9%；问题"教研组成员就新课程定期在一起备课，制订统一的教学计划"的"完全符合"和"多数符合"选项之和的百分比为 45.3%；问题"根据课程内容组织学生进行小组讨论或专题研究"的"完全符合"和"多数符合"选项之和的百分比为 40.8%，三个问题的平均值分别为 3.57、3.28、3.21，平均值的百分比分别为 64.25%、57.0% 和 55.25%。

教研员张："新课程实施过程中教师协作情况与学校领导有直接关系。有的领导不让串岗，共同备课、设计教案就没有办法进行；有的校长说学科已经打通，大家要相互交流，这样教师之间的协作要好一些。"

教师朱："在课改前，我大概用 20～25 分钟讲，现在大概是 15～20 分钟吧，留下时间让学生活动、练习。……作业在学校完成不了，完成了家长就不愿意了，他们觉得没作业的话，老师也太不负责任了!"

因此，问卷调查和访谈结果显示学校组织结构这一维度的变化情况处于中等水平以上，良好以下。教师在教学中的沟通、协作有一定提高，而学生的主动性学习有待提高。

那么，不同状态变量之间是否存在差异？为此，我们对"教学组织结构的变化情况"这一维度的平均值进行了方差分析，分析结果见表 5-5。

表 5-5　教学组织结构的变化情况方差分析表

来源		方差	自由度	平均方差	F 值	显著水平
性别	SS_b	45.391	1	45.391	41.430	0.000**
	SS_w	1 076.987	983	1.096		
	SS_t	1 122.379	984			
职称	SS_b	49.385	8	6.173	5.575	0.000**
	SS_w	1 087.392	982	1.107		
	SS_t	1 136.777	990			
担任职务	SS_b	13.739	4	3.435	2.998	0.018*
	SS_w	1 105.408	965	1.146		
	SS_t	1 119.147	969			
学校位置	SS_b	141.944	3	47.315	46.648	0.000**
	SS_w	1 000.096	986	1.014		
	SS_t	1 142.040	989			
学校层次	SS_b	8.796	1	8.796	7.653	0.006**
	SS_w	1 136.685	989	1.149		
	SS_t	1 145.482	990			
学校类型	SS_b	106.342	3	35.447	33.680	0.000**
	SS_w	1 040.881	989	1.052		
	SS_t	1 147.223	992			
地区	SS_b	66.648	3	22.216	20.484	0.000**
	SS_w	1 081.313	997	1.085		
	SS_t	1 147.961	1000			

由对"教学组织结构的变化情况"这一维度平均值的方差分析可知，除年龄、教龄和受教层次三个状态指标的平均值差异不显著外，其余指标的平均值差异显著或极显著。其具体情况是：女教师的平均值是3.5，男教师的平均值是3.03，女教师比男教师的平均值高出11.7％；小教高级平均值最大，为3.82，中教三级平均值最小，为3.17，小教高级除了与小教三级和无职称的教师之间差异不显著外，与其他职称的教师之间差异显著或极显著；就职务来说，校长的平均值最小为3.02，教导主任的平均值为3.10，年级组长的平均值最大为3.53，教研组长平均值为3.25，教师平均值为3.40，校长和年级组长、科任教师之间，教导主任和年级组长之间存在着显著性差异。

就学校所处地理位置来说，城市学校、县城学校、城镇学校和农村学校的平均值分别为3.97、3.51、3.19、2.93，农村学校教师的教学组织结构变化程度最低；就学校类型来说，其平均值的大小依次为省级重点、市级重点、县（区）级重点和一般学校，分别为4.40、4.16、3.56、3.17，一般学校教师的教学组织结构变化程度最低；就地区来说，其平均值的大小依次为内蒙古、山西、河南和甘肃，分别为3.80、3.66、3.32、2.87，甘肃省教师的教学组织结构变化程度最低。造成教师的教学组织结构变化程度低的原因可能是受到教师教学知识、能力以及学校环境的影响。因此，我们应该关注农村地区、西部地区教师知识能力的培养和提高。

三、教师角色关系或行为的变化

教师角色关系或行为的变化，包括三个方面的内容。其一，教师角色，是传授知识或是启导学生；其二，学生的角色，是被动接受还是主动建构知识；其三，教师的行为，采用什么样的教学策略、组织课程、教学材料的方法，评估方法、教学媒体的采用等。角色关系或行为的转变决定着新课程改革的成败。问卷调查的具体情况如表5-6所示。

表 5-6 教师角色关系或行为的变化情况统计表

问题	完全符合		多数符合		少数符合		很少符合		完全不符合		平均值
	人数/人	百分比/%	人数/人	百分比/%	人数/人	百分比/%	人数/人	百分比/%	人数/人	百分比/%	
能根据所教内容选择适当的现代化教学手段	184	18.3	246	24.5	206	20.5	258	25.7	106	10.6	3.14
把学生看作是科学文化知识的建构者	200	19.9	298	29.7	325	32.4	130	12.9	44	4.4	3.48
总平均值											3.32

根据以上两个问题的回答情况来看，问题"能根据所教内容选择适当的现代化教学手段"的"完全符合"和"多数符合"的选项之和为42.8%，平均值为3.14，平均值的百分比分别为53.5%，得分不高；原因或是教师掌握现代化教学手段的能力欠缺，或是学校缺乏现代化的教学仪器设备；问题"把学生看作是科学文化知识的建构者"的"完全符合"和"多数符合"的选项之和为49.6%，平均值为3.48，平均值的百分比为62.0%。这说明教师经过近几年的新课程的培训和学习，在师生角色关系方面有所提高。

教师刘："在新课程实施中老师们也在不断地接受新鲜血液嘛！教师们通过培训、教研活动，还有领导给指点，老师们的教学观念已经有所转变了，教学方式变化肯定很大，转变很多的。我们也以学生为本，开发小孩的各种潜能了，培养他们的能力，不只是单纯为知识而知识。"

教师朱："前几年搞过这样的活动，综合小孩的各种素质的评价，考试成绩60%，平时表现40%，好像没坚持下来。对小孩的综合评价效果并不明显，而且对他们习惯的养成，可行性不是太好。家长不认同，不支持，都夭折了，家长不认同这种做法，他们只看最后的成绩，我小孩考多少分啊？"

这一维度的总平均值为3.32，百分比为58.0%。"角色关系或行为改变"这一维度的实施情况属于中等偏上，有待提高。

而这一维度平均值的差异性检验的结果如表 5-7 所示。

表 5-7 教师角色关系或行为的变化情况方差分析表

来源		方差	自由度	平均方差	F 值	显著水平
性别	SS_b	19.637	1	19.637	21.817	0.000**
	SS_w	878.478	976	0.900		
	SS_t	898.115	977			
年龄	SS_b	23.901	5	4.780	5.289	0.000**
	SS_w	891.208	986	0.904		
	SS_t	915.109	991			
教龄	SS_b	12.661	4	3.165	3.454	0.008**
	SS_w	898.939	981	0.916		
	SS_t	911.610	984			
职称	SS_b	40.246	8	5.031	5.676	0.000**
	SS_w	864.221	975	0.886		
	SS_t	904.966	983			
担任职务	SS_b	12.501	4	3.125	3.379	0.009**
	SS_w	887.066	959	0.925		
	SS_t	899.567	963			
学校位置	SS_b	57.340	3	19.113	21.963	0.000**
	SS_w	851.120	978	0.879		
	SS_t	908.461	981			
学校层次	SS_b	22.090	1	22.090	24.446	0.000**
	SS_w	886.450	981	0.904		
	SS_t	908.540	982			
学校类型	SS_b	35.407	3	11.802	13.216	0.000**
	SS_w	876.944	982	0.893		
	SS_t	912.351	985			
地区	SS_b	29.606	3	9.869	11.014	0.000**
	SS_w	886.169	989	0.896		
	SS_t	915.775	992			

由表 5-7 的方差分析可知，在进行检验的 10 个状态变量中，只有受教育程度这一变量在平均值之间没有显著性差异，其余 9 个状态变量在平均值上都存在着显著性差异。

对存在显著性差异的状态变量进行多重比较发现：与以上两个维度不同的是，在这一维度中，不同年龄、教龄的教师的平均值之间也存在着显著性差异，其平均值随着年龄、教龄的增长而依次降低。20

岁以下教师的平均值为 3.46，而 51～60 岁教师的平均值为 2.1；教龄5 年及 5 年以下的教师的平均值为 3.42，30 年以上的教师的平均值为2.86。这说明年龄越大，教龄越长，教师对于现代化教学手段的掌握越差，教师角色的转换越慢。

由对其他状态变量的平均值的方差分析可知：城市学校和农村学校、重点学校和一般学校、中西部地区和西部地区教师之间在这一维度上有着较大的差距，尤其是西部农村学校教师与其他教师的差距更大。虽然原因是多方面的，但不可否认，现代化教学仪器设备的短缺和教师素质偏低是主要原因。

四、教师知识及理解的变化

知识及理解主要调查教师对新课程宗旨的了解情况、对新的教学方法的使用情况以及对学习活动和师生角色的认识情况。这一维度的具体问卷调查情况见表 5-8。

表 5-8　教师知识及理解变化情况统计表

问题	完全符合		多数符合		少数符合		很少符合		完全不符合		平均值
	人数/人	百分比/%	人数/人	百分比/%	人数/人	百分比/%	人数/人	百分比/%	人数/人	百分比/%	
教学中体现"一切为了学生；为了学生的一切"新课程宗旨	346	34.5	277	27.6	265	26.4	98	9.8	16	1.6	3.84
不断探讨提高教学质量的方式和方法	396	39.4	309	30.8	221	22.0	65	6.5	11	1.1	4.01
教学中重视与学生的对话与交流	339	33.8	340	33.9	222	22.1	86	8.6	15	1.5	3.90
密切和其他任课教师的联系，共同做好教书育人工作	372	37.1	316	31.5	217	21.6	75	7.5	21	2.1	3.98

问题	完全符合		多数符合		少数符合		很少符合		完全不符合		平均值
	人数/人	百分比/%	人数/人	百分比/%	人数/人	百分比/%	人数/人	百分比/%	人数/人	百分比/%	
努力成为学生的朋友	411	40.9	320	31.9	192	19.1	66	6.6	13	1.3	4.07
为了胜任教学工作不断学习提高	534	53.2	296	29.5	135	13.4	34	3.4	4	0.4	4.32
总平均值											4.02

由表 5-8 可知：六个问题中的"完全符合"和"多数符合"两个选项的百分比之和分别为 62.1%、70.2%、67.7%、68.6%、72.8%和82.7%，每一个问题的平均值分别为 3.84、4.01、3.90、3.98、4.07、4.32，平均值的百分比分别为 71.0%、75.3%、72.5%、74.5%、76.8%、83.0%。这一维度的总平均值为 4.02，百分比为 75.5%。因此，教师对新课程的认识和理解达到了良好的水平，明显优于以上三个维度，说明新课程的理念为大多数教师所认识，这就为新课程的进一步实施奠定了比较坚实的基础。但如何给教师创设一个良好的、轻松的教学氛围，让教师把理念转变为行动，是我们应该仔细研究和探讨的问题。

教研员张："新课程实施以来，教师经过培训和教研活动，对于新课程的理念并不陌生，都能讲出一套一套的，但在实际教学工作中，就很少有老师考虑了，教师考虑的是我班学生学习成绩怎样，期中或年终在学校排名如何，我能不能拿奖金。"

通过对这一维度的总体平均数作差异性检验，结果如表 5-9。发现10 个状态变量中只有年龄、教龄和受教育层次等三个状态变量的平均数之间差异不显著，其余 7 个状态变量的平均数之间存在着极显著的差异。

表 5-9 　教师知识及理解情况方差分析表

来源		方差	自由度	平均方差	F 值	显著水平
性别	SS_b	25.134	1	25.134	43.146	0.000**
	SS_w	568.727	978	0.583		
	SS_t	594.861	979			
职称	SS_b	21.286	8	2.661	4.538	0.000**
	SS_w	572.848	977	0.586		
	SS_t	594.134	985			
担任职务	SS_b	11.830	4	2.957	4.977	0.001**
	SS_w	572.199	963	0.594		
	SS_t	584.029	967			
学校位置	SS_b	27.671	3	9.224	16.006	0.000**
	SS_w	565.312	981	0.576		
	SS_t	592.983	984			
学校层次	SS_b	16.753	1	16.753	28.554	0.000**
	SS_w	577.320	984	0.587		
	SS_t	594.073	985			
学校类型	SS_b	14.712	3	4.904	8.322	0.000**
	SS_w	579.819	984	0.589		
	SS_t	594.530	987			
地区	SS_b	12.899	3	4.300	7.270	0.000**
	SS_w	586.732	992	0.591		
	SS_t	599.631	995			

对平均数的进一步多重比较可以发现：性别方面，女教师比男教师高 8.8%；职称方面，小教高级教师的得分最高，为 4.29，中教三级教师得分最低，为 3.80，高出 12.25%；担任职务方面，年级组长得分最高，为 4.12，校长得分最低，为 3.64，年级组长比校长高出 12.0%；学校层次方面，小学教师比初中教师高 6.7%；学校位置方面，城市教师比农村教师高 10.6%；学校类型方面，地区分布上，内蒙古比甘肃高 9.4%。因此，国家或地方教育行政部门，一方面，在宏观上要关注地区、学校类别、城乡的差别；另一方面，要关注校长的课程理念的改变。

五、教师价值观念内化

教师对新课程的理念是否认同、在教学行为和教学信念上有否转变，是新课程实施的最根本的标志和保证。对教师价值观念的问卷调查结果如表5-10。

表 5-10　教师价值观念内化情况统计表

问题	完全符合		多数符合		少数符合		很少符合		完全不符合		平均值
	人数/人	百分比/%	人数/人	百分比/%	人数/人	百分比/%	人数/人	百分比/%	人数/人	百分比/%	
重视知识教学与学生日常生活的联系	357	35.6	348	34.7	218	21.7	66	6.6	13	1.3	3.97
鼓励学生从其他渠道获取知识	413	41.1	301	30.0	181	18.0	93	9.3	14	1.4	4.00
结合学生实际情况适当调整课程内容	240	23.9	275	27.4	254	25.3	164	16.3	68	6.8	3.45
在教学中重视学生人格的培育	469	46.7	322	32.1	152	15.1	52	5.2	7	0.0	4.19
总平均值											3.91

在该维度的四个问题中，得分最高的是"在教学中重视学生人格的培养"，"完全符合"和"多数符合"两个选项的百分比之和达到了78.8%，平均值的百分比为79.8%；得分最低的是"结合学生实际情况适当调整课程内容"，"完全符合"和"多数符合"两个选项的百分比之和为51.3%，平均值的百分比为61.3%。"教师价值观念内化"这一维度的总平均值为3.91，平均值的百分比为72.75%，整体水平居于良好的程度。因此，从问卷调查的结果看，"教育价值观念内化"与"知识与理解"的平均水平基本相同，都高于其他三个维度的平均水平。说明教师经过多次新课程培训，再加上前几年素质教育的推行，教师的教育价值观念有了较好的发展。

教师丁："就数学课来说吧，新课程强调数学就是生活中的数学，很多要通过观察生活来体验和学习。我们现在很多作业也留到家里去观察去揣摩，去接触去感受。"

不同状态变量对于教师教育价值内化的具体影响见表5-11。

表 5-11 教师价值观念内化情况方差分析表

来源		方差	自由度	平均方差	F值	显著水平
性别	SS_b	22.286	1	22.286	34.846	0.000**
	SS_w	624.856	977	0.640		
	SS_t	647.142	978			
职称	SS_b	23.009	8	2.876	4.502	0.000**
	SS_w	623.534	976	0.639		
	SS_t	646.543	984			
担任职务	SS_b	15.588	4	3.897	6.030	0.000**
	SS_w	619.740	959	0.646		
	SS_t	635.328	963			
受教育层次	SS_b	7.182	2	3.591	5.473	0.004**
	SS_w	641.657	978	0.656		
	SS_t	648.838	980			
学校位置	SS_b	43.387	3	14.462	23.492	0.000**
	SS_w	603.927	981	0.616		
	SS_t	647.313	984			
学校层次	SS_b	19.762	1	19.762	30.689	0.000**
	SS_w	632.998	983	0.644		
	SS_t	652.760	984			
学校类型	SS_b	12.793	3	4.264	6.569	0.000**
	SS_w	638.111	983	0.649		
	SS_t	650.904	986			
地区	SS_b	11.190	3	3.730	5.735	0.001**
	SS_w	644.601	991	0.650		
	SS_t	655.792	994			

进一步的方差分析告诉我们，不同年龄、教龄的教师在教育价值观念方面没有显著性差异。这说明教师的年龄的大小，教龄的长短不影响教师对与新课程理念的接受和内化。

而其余8个状态变量的平均数之间存在着极显著的差异。具体情况是：在职称方面，无论是小学教师或是初中教师，教育价值内化情况与职称成正比，教师职称越高，教育价值观念内化情况越好。在职务方面，年级组长得分最高，为4.13，校长得分最低，为3.50，校长在教育价值观念内化方面远远落后于学校其他成员；城市学校教师的教育价值观念内化情况远远优于农村学校教师的教育价值观念内化情况；重点学校教师的教育价值观念内化情况远远优于一般学校教师的教育价值观念内化；中西部地区学校教师的教育价值观念内化情况远远优于西部学校教师的教育价值观念内化。这说明教育价值观念内化与教师的知识素养、能力素养有很大的关联性。校长由于背负比较大的升学压力，教育价值观念内化的情况不甚理想。

六、小结

课程实施程度是课程改革中课程规划者、设计者、教育主管部门、教师、家长等社会各界最为关注的问题。课程实施程度的高低直接决定着新课程的进一步实施。新课程实施 7 年来，真实的状况如何呢？通过以上的分析，大致可以得出以下结论：

第一，新课程的实施程度不甚理想。从问卷调查和教师访谈的结果看，新课程实施的第一个维度——"学科内容或教学材料的变化"中，问题"所教学科完全采用新教材进行上课"的平均值的百分比为 71%，问题"学校开设了具有地方特色的校本课程"的平均值的百分比为 34.5%，校本课程的开发和应用与理想状态有极大的差距。组织结构变化这一维度的平均值的百分比为 58.8%，其中，问题"根据课程内容组织学生进行小组讨论或专题研究"的平均值的百分比为 41.0%，在教学中，有待进一步提高学生的自主学习的时间和机会。角色或行为的平均值为 57.8%，其中，问题"能根据所教内容选择适当的现代化教学手段"的平均值的百分比为 53.5%，加强教师的现代教育技术培训，增加、更新农村学校尤其是偏远山区学校的教学仪器是当务之急。而"知识和理解"平均值的百分比为 75.5%、"教育价值观念内化"的平均值的百分比为 72.6%，说明教师对新课程的知识、理念的掌握和转化有比较大的提高。

第二，课程实施的各个维度之间有一定的差异。从统计数据来看，从表层变革到真确式变革不是呈现由多到少、由高到低的过程，反而是学科内容或教学材料改变的表层式变革水平低于知识和理解以及价值内化的真确式变革水平。究其原因，是由把学生考试成绩仍然作为评判教师教学工作成绩的重要标准所致。教育行政部门、家长看成绩，校长要成绩，教师就不得不把新理念放到一边，扎扎实实做应试。

第三，各种状态变量对新课程实施有一定的影响作用。在考察的10个状态变量中，学校层次、学校类型、学校地理位置、学校所在地区等整体变量对课程实施程度的影响有显著性差异：小学新课程实施的程度高于初中；省级重点学校、市级重点学校、县（区）学校和一般学校新课程实施程度呈现逐级递减的情况；城乡学校之间在新课程实施程度上存在显著差别；不同地区之间也存在明显的差异，中西部地区明显高于西部地区。性别、年龄、教龄、担任职务等个体变量对课程实施程度的影响也有显著性差异：女教师新课程的实施程度明显好于男教师；年轻教师好于中老年教师；在学校中，校长的得分在"学科内容或教学材料的变化"、"教学组织结构的变化"、"教师角色关系或行为的转变"、"教师知识及理解"、"教师价值观念内化"五个方面都是最低的。而校长的教育价值观念的滞后在一定程度上会妨碍或制约学校教师实施新课程的积极性和主动性。

第三节　教师阻抗的现状分析

对于教师阻抗的分析主要是了解教师对新课程的态度和行为意向的现状。

一、态度

态度是指教师在面对新课程的表现，包括认为是否满意、有没有价值、有无意义、合理与否、有效与否、是否必要、是否复杂等价值表态。教师对新课程的态度如何在一定程度决定着教师实施新课程的阻抗的大小，也在一定程度上决定着教师实施新课程的程度。教师对新课程态度的问卷调查分析结果见表5-12。

表5-12　教师态度情况统计表

问题	完全符合		多数符合		少数符合		很少符合		完全不符合		平均值
	人数/人	百分比/%	人数/人	百分比/%	人数/人	百分比/%	人数/人	百分比/%	人数/人	百分比/%	
新课程的内容是令人满意的	191	19.2	326	32.8	345	34.7	105	10.6	27	2.7	3.55
新课程的实施是有价值的	275	27.7	384	38.6	267	26.9	59	5.9	8	0.8	3.88
新课程的设计富有弹性	307	30.8	378	37.9	255	25.6	45	4.5	12	1.2	3.93
总平均值											3.78

由表5-12可知，问题"新课程的内容是令人满意的"的平均值为3.55，平均值的百分比为64.8%，近2/3的教师对新课程是满意的，新课程为大部分的教师群体所认同；问题"新课程的实施是有价值的"平均值为3.88，平均值的百分比为72.0%，近3/4的教师认同新课程的价值所在。教师对于新课程态度的总平均值为3.78，总平均值的百分比为69.5%，因此，教师对新课程的态度是比较积极的，这对于新课程的成功实施有着决定意义。但部分教师对新课程标准及教材内容编排有一定的看法。

教师刘："从表面上看，新课程对知识教学的要求、难度下降了，但在能力方面的要求比以前高了不少，受教学仪器设备的限制，一般学校和广大的农村学校做起来就比较难完成。"

教师丁："我感觉有些教材点的处理存在一些问题，过去书中有例题，现在基本没有例题和解题方法，要是教研紧密了或者老师注意了还好点，老教师可以按过去的格式讲，新上岗的老师疏忽了，不注意，理科的那些规范他自己都不知道，要求不严的，书写的规范都不对。教材上放开了是叫孩子一题多解，不单一化，指导思想是对的。他们都不想想偏远地区，对教材不熟的老师，如果处理不好，对孩子造成很大的影响。其实翻翻他们的课本，看着没东西，可简单的东西，其实有学不完的东西。"

因此，课程标准和教材的制定和编写，要多听听一线教师的反映，不断地进行修改和补充，不能一劳永逸、一成不变。

通过方差分析发现教师对新课程的态度在年龄、教龄、职称和地区等状态变量存在着极显著的差异；在性别、担任职务、学校类型、学校位置等状态变量差异不显著。具体情况见表 5-13。

表 5-13 教师态度情况方差分析表

来源		方差	自由度	平均方差	F 值	显著水平
年龄	SS_b	15.514	5	3.103	5.101	0.000**
	SS_w	598.518	984	0.608		
	SS_t	614.032	989			
教龄	SS_b	18.295	4	4.574	7.599	0.000**
	SS_w	589.264	979	0.602		
	SS_t	607.560	983			
职称	SS_b	21.316	8	2.664	4.413	0.000**
	SS_w	586.856	972	0.604		
	SS_t	608.171	980			
学校层次	SS_b	4.854	1	4.854	7.854	0.005**
	SS_w	605.689	980	0.618		
	SS_t	610.544	981			
地区	SS_b	25.819	3	8.606	14.433	0.000**
	SS_w	588.519	987	0.596		
	SS_t	614.337	990			

年龄方面，41～50 岁年龄段的得分最高，为 3.94，然后向两段依次递减，60 岁以上的得分最低，为 3.33，其次为 20 岁以下，得分为 3.47，说明中年教师对新课程的态度是积极的。从教龄上分析，教龄由长到短则呈现出得分由高到低的趋势，这一点似乎与

年龄的情况相矛盾，原因可能是教龄长的教师样本偏少所导致的。在职称上的得分是与职称的高低呈现正比的关系。在年龄、教龄和职称等三个状态变量上出现这种现象，可能与教师的教学经验和精力有关。

学校层次方面，小学教师比初中教师更认同新课程，这可能与小学教师比初中教师的升学压力较小有关。从不同地区来分析，河南、甘肃、内蒙古和山西四地教师态度的平均值分别为 3.87、3.44、3.87、3.61，甘肃得分较低，显示出地区差异。

二、行为意向

行为意向是指教师在参与课程改革过程中，在教学或与人交往中对自己的行为的预期，如支持、赞许、接受等积极的行为意向，或抵制、反对、观望等消极的行为意向。它也是一个测量教师阻抗大小的重要指标，直接影响着新课程实施的程度。"行为意向"这一维度的问卷调查结果见表5-14。

表 5-14　教师行为意向情况统计表

问题	完全符合		多数符合		少数符合		很少符合		完全不符合		平均值
	人数/人	百分比/%	人数/人	百分比/%	人数/人	百分比/%	人数/人	百分比/%	人数/人	百分比/%	
在我的实际教学中，我会真正实施新课程	186	18.7	328	32.9	364	36.5	111	11.1	7	0.7	3.58
在我和同事的交流中，我会表示新课程是适合学生的能力的	203	20.4	344	34.5	325	32.6	103	10.3	21	2.1	3.64
我有机会向上级提出我在实施新课程中碰到的担忧和疑惑，以求得帮助	144	14.5	233	23.4	263	26.4	214	21.5	140	14.2	3.03

问题	完全符合		多数符合		少数符合		很少符合		完全不符合		平均值
	人数/人	百分比/%	人数/人	百分比/%	人数/人	百分比/%	人数/人	百分比/%	人数/人	百分比/%	
我认识到了新课程的可行性	249	25.0	341	34.3	307	30.9	88	8.8	10	1.0	3.73
我积极而公开地支持本校实施新课程	316	31.9	316	31.9	263	26.5	84	8.5	13	1.3	3.84
我对新课程改革虽有疑虑，但不至于打击我对新课程改革的信心	279	28.2	354	35.7	270	27.2	62	6.3	26	2.6	3.81
无论何时出现实施新课程改革方面的问题，我总容易找到解决办法	147	14.8	256	25.8	390	39.3	169	17.0	31	3.1	3.32
总平均值											3.46

由表 5-14 可知，教师对于新课程改革行为意向的总平均值为 3.46，平均值的百分比为 61.5%。教师在行为意向的得分略低于在态度上的得分。问题"我积极而公开地支持本校实施新课程"的平均值为 3.84，百分比为 71.0%，说明 70% 的教师是支持新课程的，而问题"在我的实际教学中，我会真正实施新课程"的平均值为 3.58，百分比为 65.0%，说明行为和态度之间有一定的落差。问题"我对新课程改革虽有疑虑，但不至于打击我对新课程改革的信心"的平均值为 3.81，百分比为 70.0%，说明大部分教师对于新课程是充满信心的。在新课程的推行过程中，如何使教师自始至终都充满信心是一个应该引起重视的问题。

在行为意向上，有 7 个状态变量存在显著性差异，具体情况见表 5-15。

表 5-15 教师行为意向情况方差分析表

来源		方差	自由度	平均方差	F 值	显著水平
年龄	SS_b	7.333	5	1.467	2.935	0.012*
	SS_w	486.262	973	0.500		
	SS_t	493.595	978			
教龄	SS_b	9.075	4	2.269	4.567	0.001**
	SS_w	480.836	968	0.497		
	SS_t	489.911	972			
职称	SS_b	12.170	8	1.521	3.081	0.002**
	SS_w	474.456	961	0.494		
	SS_t	486.626	967			
受教育层次	SS_b	5.772	2	2.886	5.758	0.003**
	SS_w	483.164	964	0.501		
	SS_t	488.936	966			
学校位置	SS_b	15.169	3	5.056	10.248	0.000**
	SS_w	476.651	966	0.493		
	SS_t	491.820	969			
学校类型	SS_b	6.861	3	2.287	4.567	0.003**
	SS_w	485.167	969	0.501		
	SS_t	492.028	972			
地区	SS_b	30.104	3	10.035	21.102	0.000**
	SS_w	464.103	976	0.476		
	SS_t	494.207	979			

通过多重比较，可以发现如下事实：年龄方面，41～50岁年龄段的教师平均值最高，为3.59，然后向两边依次递减，20岁以下的年轻教师平均值最低，为3.35；教龄和职称方面，教师的得分与教龄的长短和职称的高低成正比；受教育层次方面，大专毕业教师的得分比较低，中师毕业和本科毕业教师的得分基本持平，原因是大专毕业在初中任教会有一些压力。

在学校位置方面，城市学校教师得分高于农村学校教师的得分，但差距不大，城市教师与农村教师对新课的认同差距不大；在学校类型方面，虽然存在着显著性差异，但差距不大；但在地区这一变量上则大不一样，河南、甘肃、内蒙古和山西四地教师行为意向的平均值分别为3.53、3.07、3.77、3.37，甘肃得分较低，显示出一定的地区差异。

三、小结

教师在态度和行为意向两个方面的平均值为 3.62，百分比为 65.5%。问题"新课程的内容是令人满意的"的平均值为 3.55；问题"新课程的实施是有价值的"平均值为 3.88；问题"我积极而公开地支持本校实施新课程"的平均值为 3.84；问题"在我的实际教学中，我会真正实施新课程"的平均值为 3.58。所以，教师对于新课程的认同属于中等水平偏上，从阻抗的角度看，阻抗程度位于观望和支持之间，我们应该采取切实有效的措施来提高教师的认同程度。

同时，进一步方差分析和多重比较说明：男女教师之间、校长和学校成员之间、重点学校教师和一般学校教师之间阻抗差异不显著；而在年龄方面，中年教师阻抗最小；在教龄方面，工作 11～20 年的教师阻抗最小；在职称方面，教师阻抗与教师职称成反比；在学校位置方面，农村教师阻抗大于城市教师；初中教师阻抗大于小学教师；在地区方面，在调查的四地中，甘肃的得分最低，教师阻抗大于其他三地。这些结果，部分验证了以前的研究结论，部分否定了以前的研究结论。

第四节　教师知识的现状分析

教师知识既是新课程改革的必要条件，又是新课程改革的重要内容。新课程在课程决策、开发、研究能力和知识结构等方面对教师提出了许多新要求，教师能否真正承担起课程改革的重任，其知识可以说是新课程改革的核心问题。教师的学科知识、一般教学法知识、学科教学知识、自身及学生知识和教育价值等知识现状如何？能否满足和适应新课程对教师知识的要求？这是本研究关注的一个很重要的问题。

一、学科知识的现状分析

学科知识是教师知识的一个重要组成部分。它主要包括某一学科领域的主要事实和概念以及它们彼此之间的关系，各种范式或解释性框架结构以及对学科内的事实原则的理解。教师拥有学科知识的程度影响着如何把学科内容展示给学生。在教师知识调查问卷中，我们请教师回答了 6 个问题，具体情况如表 5-16。

表 5-16　教师学科知识情况统计表

问题	完全符合		多数符合		少数符合		很少符合		完全不符合		平均值
	人数/人	百分比/%	人数/人	百分比/%	人数/人	百分比/%	人数/人	百分比/%	人数/人	百分比/%	
了解所教学科的历史发展和前沿问题	173	17.4	365	36.8	313	31.5	124	12.5	18	1.8	3.55
熟悉所教学科的基本原理和理论发展	214	21.5	421	42.4	275	27.7	77	7.7	7	0.7	3.75
精通所教学科的内容知识	273	27.5	447	45.0	230	23.2	43	4.3	0	0	3.96
熟悉所教学科的研究方法	189	19.0	424	42.6	305	30.7	73	7.3	4	0.4	3.72
了解所教学科与其他学科的联系与区别	214	21.6	440	44.3	290	29.4	48	4.8	0	0	3.83
知晓所教学科对社会、学生发展的作用	295	29.7	417	42.0	236	23.7	43	4.3	3	0.3	3.96
总平均值											3.80

从表 5-16 可以看出，在对教师所作调查的 6 个问题中，得分最高的问题是"精通所教学科的内容知识"和"知晓所教学科对社会、学生发展的作用"，它们的平均值均为 3.96，平均值的百分比为 74.0%；得分比较低的是问题"了解所教学科的历史发展和前沿问题"和"熟悉所教学科的研究方法"平均值分别为 3.55 和 3.72，平均值的百分比

分别为 64.0%和 68.0%。这说明教师对学科内容的了解和把握好于学科前沿知识和学科研究方法。学科前沿知识需要教师不断学习，对学生的学习兴趣有一定的激发作用，而学科研究方法是学科发展的前提条件，也是学生学习的一个重要方面。6 个问题的总平均值为 3.80，平均值的百分比为 70.0%。

对 10 个状态变量进行方差分析，其结果如表 5-17。

表 5-17　教师学科知识情况方差分析表

来源		方差	自由度	平均方差	F 值	显著水平
年龄	SS$_b$	12.424	5	2.485	5.257	0.000**
	SS$_w$	463.717	981	0.473		
	SS$_t$	476.141	986			
教龄	SS$_b$	9.532	4	2.383	5.006	0.001**
	SS$_w$	464.609	976	0.476		
	SS$_t$	474.141	980			
职称	SS$_b$	9.373	8	1.172	2.475	0.012*
	SS$_w$	458.644	969	0.473		
	SS$_t$	468.017	977			
受教育层次	SS$_b$	9.488	2	4.744	10.023	0.000**
	SS$_w$	459.594	971	0.473		
	SS$_t$	469.082	973			
学校位置	SS$_b$	16.949	3	5.650	12.074	0.000**
	SS$_w$	455.301	973	0.468		
	SS$_t$	472.250	976			
学校类型	SS$_b$	7.390	3	2.463	5.135	0.002**
	SS$_w$	468.675	977	0.480		
	SS$_t$	476.065	980			
地区	SS$_b$	12.464	3	4.155	8.809	0.000**
	SS$_w$	464.080	984	0.472		
	SS$_t$	476.545	987			

方差分析的结果告诉我们，就学科知识而言，男女教师之间，校长和教导主任、年级组长和科任教师之间，小学教师和初中教师之间不存在显著性差异。其余 7 个状态变量的情况是：教师所拥有学科知识与教师的年龄、教龄、职称和受教育层次成正比；城市、县城、乡镇和农村教师的得分依次降低，城市教师的平均值为 4.01，农村教师的平均值为 3.65，城市教师所拥有学科知识明显优于农村教师；省级

重点、市级重点、县（区）级重点学校和一般学校教师的得分依次降低，省级重点学校教师的平均值为 4.01，一般学校教师的平均值为 3.76，重点学校教师所拥有学科知识明显优于一般学校教师；在地区分布上，河南平均值最高，为 3.86，甘肃平均值最低，为 3.52，说明不同地区教师之间所拥有学科知识存在差异。

二、一般教学法知识

一般教学法知识是教师具有的一般教学原理，有关课堂教学、管理的知识和技巧，以及关于教育目的和目标的知识和信念。是否拥有一般教学法知识是区分教师和其他人员的一个重要指标，是教师之所为教师的根本所在。掌握和了解教师的一般教学法知识状况对于探讨影响新课程实施因素有一定的价值。一般教学法知识的问卷调查结果如表5-18。

表 5-18　教师一般教学法知识情况统计表

问题	完全符合		多数符合		少数符合		很少符合		完全不符合		平均值
	人数/人	百分比/%	人数/人	百分比/%	人数/人	百分比/%	人数/人	百分比/%	人数/人	百分比/%	
具有给学生进行心理辅导的能力	207	20.7	400	40.1	286	28.7	94	9.4	11	1.1	3.70
掌握观察、调查和实验等基本的教育研究方法	150	15.0	392	39.3	345	34.6	97	9.7	13	1.3	3.57
会运用幻灯、投影等现代化教学媒体	339	34.0	315	31.6	196	19.7	103	10.3	43	4.3	3.84
能用考试以外的方法了解学生的学习情况	296	29.6	377	38.0	239	23.8	67	6.7	13	1.3	3.90
能给学生提供表达自己思想的机会	364	36.5	389	39.1	195	19.6	41	4.1	7	0.7	4.07
总平均值											3.82

由调查结果可知，教师对于一般性教学法知识掌握和运用比较差的是观察、调查和实验等基本的教育研究方法，平均值为3.57，平均值的百分比是64.2%；掌握和运用比较好的是教学技能和技巧。这一维度的总平均值为3.82，平均值的百分比是70.5%。在新一轮课程改革中十分强调教师的专业发展，强调教师成为研究者，教师教育研究方法素养不高，必定影响和制约教师的专业发展和新课程的实施。所以，我们应该采取措施想方设法提高其研究素养。

教师刘："我是师范毕业，虽然工作后通过自学考试取得了大专文凭，但在教学工作中有时仍然感到力不从心，感觉到现在的学生是越来越难管教了，有时虽然也翻阅一下有关儿童心理的书籍。"

教师朱："新课程改革提倡校本教研，什么行动研究呀，叙事研究呀，有时自己也想尝试一下，但由于时间和精力的限制，更重要的是以前没有这方面的学习和训练，也只能是想想而已。"

10个状态变量对一般教学法知识的影响如何呢？具体情况见表5-19。

表5-19 教师一般教学法知识情况方差分析表

来源		方差	自由度	平均方差	F值	显著水平
	SS_b	13.387	8	1.673	3.005	0.002**
职称	SS_w	540.777	971	0.557		
	SS_t	554.164	979			
	SS_b	8.751	2	4.376	7.775	0.000**
受教育层次	SS_w	547.574	973	0.563		
	SS_t	556.325	975			
	SS_b	32.885	3	1.0962	20.242	0.000**
学校位置	SS_w	527.986	975	0.542		
	SS_t	560.871	978			
	SS_b	8.564	1	8.564	15.190	0.000**
学校层次	SS_w	551.378	978	0.564		
	SS_t	559.942	979			

来源		方差	自由度	平均方差	F 值	显著水平
学校类型	SS$_b$	12.338	3	4.113	7.316	0.000**
	SS$_w$	549.788	978	0.562		
	SS$_t$	562.126	981			
地区	SS$_b$	5.199	3	1.733	3.064	0.027*
	SS$_w$	557.642	986	0.566		
	SS$_t$	562.840	989			

在考察的 10 个状态变量中，性别、年龄、教龄和担任职务 4 个状态变量对于一般教学法知识的影响差异不显著。而其余 6 个变量在一般教学法知识方面则存在显著性差异，具体情况是：职称方面，小学（初中）高职称教师的平均值明显高于低职称教师的平均得分，如小学高级教师的平均值为 4.04，百分比是 76.0％，小学三级教师的平均值为 3.35，百分比是 58.8％；受教育层次方面，平均值与教师受教育层次高低成正比，且差异显著；学校位置方面，城市教师平均值为 4.12，百分比是 78.0％，农村教师平均值为 3.62，百分比是 65.5％，有显著性差异；学校层次方面，小学教师平均值高于初中教师平均值，但差距不大；学校类型方面，省级重点、市级重点、县（区）级重点学校和一般学校教师的平均值依次降低，一般学校教师平均值明显低于其他学校教师平均值，如省级重点学校教师平均值为 4.06，百分比为 76.5％，农村学校教师平均值为 3.74，百分比为 68.5％；四地教师的平均值高低依次为内蒙古、河南、山西、甘肃。

三、学科教学知识

人们常说，一个学者未必能成为一个好教师。因为他可能具有广博的学科知识，但不一定能够很好把它传授给学生。要把学科知识传授给学生，教师必须具有学科教学知识。学科教学知识是学科知识和一般教学法知识的结合，教师学科教学知识包括教不同年级某一学科的知识和信念，了解在某一学科内学生对特定问题的理解、概念及其误解，对学科知识的选择和过滤，教学策略和教特定主题的表达知识。有关问卷调查的统计情况见表5-20。

表5-20　教师学科教学知识情况统计表

问题	完全符合		多数符合		少数符合		很少符合		完全不符合		平均值
	人数/人	百分比/%	人数/人	百分比/%	人数/人	百分比/%	人数/人	百分比/%	人数/人	百分比/%	
能用学生熟悉的例子解释学科的概念	331	33.2	416	41.7	214	21.4	33	3.3	4	0.4	4.04
能针对不同教学单元采用不同的教学方法	327	32.8	429	43.0	197	19.7	42	4.2	3	0.3	4.04
会运用不同的教学方式提高学生的学习兴趣	337	33.8	447	44.5	168	16.9	40	4.0	4	0.4	4.09
会使用适当的图解和图表来解释学科概念	272	27.3	403	40.5	255	25.6	58	5.8	8	0.8	3.88
教学目标既要关注结果又要关注过程	384	38.7	349	35.1	205	20.6	42	4.2	13	1.3	4.06
总平均值											4.02

　　我国现行的教师培养制度以师范教育为主，教师任职前学习了教育教学的有关理论和教学技能，具有比较扎实的学科教学知识，这一点也可以从表5-15的问卷调查中得到证实。在5个问题中，问题"会运用不同的教学方式提高学生的学习兴趣"平均值最高，为4.09，平均值的百分比是77.2%，问题"会使用适当的图解和图表来解释学科概念"平均值最低，为3.88，平均值的百分比是72.0%；这一维度的总平均值为4.02，平均值的百分比是75.5%，整体处于良好状态。

　　而10个状态变量的方差分析结果如表5-21所示。

表 5-21　教师学科教学知识情况方差分析表

来源		方差	自由度	平均方差	F 值	显著水平
年龄	SS_b	7.563	5	1.513	3.268	0.006 *
	SS_w	454.977	983	0.463		
	SS_t	462.539	988			
教龄	SS_b	6.627	4	1.657	2.307	0.007
	SS_w	453.173	978	0.463		
	SS_t	459.800	982			
职称	SS_b	9.501	8	1.188	2.578	0.009 *
	SS_w	447.369	971	0.461		
	SS_t	456.870	979			
受教育层次	SS_b	6.682	2	3.341	7.240	0.001 **
	SS_w	448.988	973	0.461		
	SS_t	455.670	975			
学校位置	SS_b	14.512	3	4.837	10.567	0.000 **
	SS_w	446.311	975	0.458		
	SS_t	460.823	978			
学校层次	SS_b	2.759	1	2.759	5.917	0.015 *
	SS_w	456.513	979	0.466		
	SS_t	459.272	980			
学校类型	SS_b	5.638	3	1.879	4.030	0.007 **
	SS_w	456.050	978	0.466		
	SS_t	461.688	981			
地区	SS_b	10.962	3	3.654	7.976	0.000 **
	SS_w	451.722	986	0.458		
	SS_t	462.684	989			

　　通过方差分析可以发现，在研究的 10 个状态指标（变量）中，性别、担任职务 2 个状态变量的平均值之间差异不显著，其余 8 个状态变量的平均值之间存在显著性差异。其具体情况是：年龄方面，教师的平均值随着年龄的增加而增加；教龄方面，呈现抛物线的形状，以工作 11～20 年的教师得分最高；职称方面，小学教师的平均值与职称高低成正比，初中教师的平均值差异不大；受教育层次方面，平均得分与受教育层次高低成正比，本科教师与专科和中专教师之间存在显著差异；学校位置方面，城市教师平均值是 4.23，百分比是 80.8%，农村教师平均值是 3.90，百分比是 72.5%，有显著性差异；学校层次方面，小学教师平均值高于初中教师平均值，但差距不大；学校类型

方面，得分高低顺序为市级重点、省级重点、县（区）级重点和一般学校；四个省（自治区）的教师的平均得分高低依次河南、内蒙古、山西、甘肃，但差距不大。

四、学生与自身知识

学生身心发展的知识，包括对学生身心发展特性的了解，特别是学生认知能力的发展，以及如何激励学生学习动机的心理因素等知识的了解；自身知识是指对教师这一职业的有关权利、义务和职责的了解和认识。它是教师实施有效教学和行使自己职责的基本条件，影响着新课程的实施和程度。从表 5-22 可以大致了解到教师有关学生和自身知识的情况。

表 5-22　教师的学生与自身知识情况统计表

问题	完全符合		多数符合		少数符合		很少符合		完全不符合		平均值
	人数/人	百分比/%	人数/人	百分比/%	人数/人	百分比/%	人数/人	百分比/%	人数/人	百分比/%	
教师对学生的期望，会影响学生的学习成绩	170	17.0	233	23.3	274	27.4	213	21.3	106	10.6	3.15
教师应设法增进社交能力	339	34.1	332	33.4	236	23.7	73	7.3	15	1.5	3.91
教师是专业人员，应受到社会大众的尊重	490	49.3	271	27.3	172	17.3	47	4.7	13	1.3	4.19
总平均值											3.75

教师对于自身和学生知识的了解情况呈现出比较大的差异，就问卷中的三个问题来说，"教师是专业人员，应受到社会大众的尊重"的平均值最大，为 4.19，平均值的百分比为 80.0%；"教师对学生的期望，会影响学生的学习成绩"的平均值最小，为 3.15，平均值的百分比为 53.7%。这一维度的总平均值为 3.75，总平均值的百分比为 68.75%，与教师的学科知识、一般教学法知识持平，基本达到良好的程度。

对 10 个状态变量进行方差分析，结果见表 5-23。

表 5-23 教师的学生与自身知识情况方差分析表

来源		方差	自由度	平均方差	F 值	显著水平
教龄	SS_b	6.069	4	1.517	2.650	0.032*
	SS_w	558.792	976	0.573		
	SS_t	564.861	980			
职称	SS_b	16.685	8	2.086	3.723	0.000**
	SS_w	543.354	970	0.560		
	SS_t	560.039	978			
学校位置	SS_b	14.133	3	4.711	8.403	0.000**
	SS_w	546.030	974	0.561		
	SS_t	560.163	977			
学校层次	SS_b	13.037	1	13.037	23.073	0.000**
	SS_w	551.453	976	0.565		
	SS_t	564.490	977			

由方差分析可以发现，在研究的 10 个状态指标（变量）中，性别、年龄、担任职务、受教育层次、学校类型和省（自治区）6 个状态变量的平均值之间差异不显著，其余 4 个状态变量的平均值之间存在显著性差异。其具体情况是：教龄方面，以工作 21～30 年的教师得分最低并与其他年龄的教师存在着显著性差异，工作 6～10 年的教师得分最高；职称方面，小学教师的平均值与职称高低成正比，初中教师的平均值差异不大；学校位置方面，城市教师和县城教师平均值无显著性差异，乡镇教师和农村教师平均值无显著性差异，但城市教师和农村教师之间差异显著；学校层次方面，小学教师平均值高于初中教师平均值，但差距不大。

五、教育价值目的知识

教育价值目的知识，是指有关教育目的和目标、理想、价值等知识，以及其哲学与历史的背景。这些知识对于课程改革的深入发展起着一定的促进和影响作用。教师的教育价值目的知识情况如表 5-24。

表 5-24 教师教育价值目的知识情况统计表

问题	完全符合		多数符合		少数符合		很少符合		完全不符合		平均值
	人数/人	百分比/%	人数/人	百分比/%	人数/人	百分比/%	人数/人	百分比/%	人数/人	百分比/%	
教师的专业任务,应以增进学生福祉为目标	243	24.5	306	30.9	319	32.2	90	9.1	32	3.2	3.64
教师应本着敬业乐业的精神,以教育工作为终生职业	452	45.3	317	32.8	184	18.5	32	3.2	12	1.2	4.17
教师应有多元文化的教育理念	575	57.7	275	27.6	123	12.3	22	2.2	2	0.2	4.40
总平均值											4.07

由表 5-24 可以知道,教师教育价值目的知识得分的总平均值为 4.07,总平均值的百分比为 76.7%,是五个维度中得分最高的。之所以出现这样的现象,与近年来各级教育主管部门不断推行的新课程知识与理念的各种进修和培训有着直接的联系。但是对此也不能盲目乐观,教师对有些问题的认识仍有待提高,如问题"教师的专业任务,应以增进学生的福祉为目标"的平均值为 3.64,百分比为 66.0%,得分偏低。

对 10 个状态变量进行方差分析,结果见表 5-25。

表 5-25 教师教育目的价值知识情况方差分析表

来源		方差	自由度	平均方差	F 值	显著水平
性别	SS_b	2.775	1	2.775	5.641	0.018*
	SS_w	477.135	970	0.492		
	SS_t	479.909	971			
年龄	SS_b	0.655	5	1.731	3.561	0.003**
	SS_w	476.919	981	0.486		
	SS_t	485.574	986			

来源		方差	自由度	平均方差	F 值	显著水平
教龄	SS_b	5.105	4	1.276	2.612	0.034*
	SS_w	476.881	976	0.489		
	SS_t	481.987	980			
学校位置	SS_b	13.125	3	4.375	9.085	0.000**
	SS_w	468.586	973	0.482		
	SS_t	481.712	976			
学校层次	SS_b	3.271	1	3.271	6.67	0.010**
	SS_w	478.058	976	0.490		
	SS_t	481.329	977			
学校类型	SS_b	4.428	3	1.476	3.009	0.029*
	SS_w	478.761	976	0.491		
	SS_t	483.189	979			
地区	SS_b	8.921	3	2.974	6.139	0.000**
	SS_w	476.658	984	0.484		
	SS_t	485.579	987			

由 5-25 的方差分析表可知,在分析研究的 10 个状态变量中,担任职务、职称、受教育层次和学校类型 4 个状态变量的平均值无显著差异,而学校类型和职称这两个状态变量在其他四个维度上存在着显著性差异,这是应该注意的。其余 6 个状态变量的具体情况是:性别方面,女教师高于男教师;年龄方面,31～40 岁这一年龄段的教师平均值最高,为 4.15,20 岁以下平均值最低,为 3.88;教龄方面,11～20 年教龄的教师得分最高,平均值 4.14,5 年及 5 年以下教龄的教师得分最低,平均值为 3.95;学校位置方面,城市教师和县城教师平均值无显著性差异,乡镇教师和农村教师平均值无显著性差异,但城市教师和农村教师之间差异显著;学校层次方面,小学教师平均值高于初中教师平均值,但差距不大;不同地区比较,河南最高,甘肃最低,山西、内蒙古居中。

六、小结

第一,教师知识的总平均值为 3.90,百分比为 72.5%,因此,教师知识的总体状况良好。在教师知识的构成中,学科知识、一般教学法知识和自身及学生知识相对较差，平均值的百分比在 70％左右；而学科教学知识和教育价值目的知识等相对较好，平均值的百分比在 75％左右。原因是因为新课程的教材编写体现了知识综合的特征，这可能使得部分教师不能很好适应这一变化；同时，新课程要求教师要掌握新的教育教学的现代化教学手段和技术，这对乡镇和农村教师来说可能相对困难。在新课程改革推进过程中，我们应该注意解决好这一问题。

第二，部分状态变量对教师知识的影响存在着显著性差异。在对变量的逐一考察分析中，10 个状态变量中只有性别、担任职务两个变量在教师知识的五个维度上差异不显著；而教龄、职称、学校位置、学校层次、学校类型和地区等六个变量在四个维度上存在着显著性差异。因此，在新课程实施过程中，我们应该关注不同地区、学校类型、学校位置、职称、担任职务教师之间的知识差异状况，对症下药，使教师知识能更好地适应新课程改革的需求。

第五节　教师认同的现状分析

我们知道，认同感是指教师对课程改革表现出的正面的态度和行为，是教师对改革接受或者拒绝的认知状态或内部导向。教师对课程改革的认同感越高，教师就积极支持和拥护课程改革，并付诸行动；教师对课程改革的认同感越低，就会形成阻抗，对课程改革持观望或反对的态度，导致课程改革的失败或流产。

认同感的架构由两部分组成：其一是因变量，即教师对新课程的态度和行为意向；其二是自变量，即影响认同感的因素。教师对新课程的态度和行为意向，即教师阻抗，前面已经分析过。下面结合问卷调查和教师访谈情况对影响教师认同的五个因素进行分析。

一、学校支持因素

学校作为一个组织，其组织氛围必然影响和制约着教师的思想和行为。一个积极进取、勇于创新、民主开放的学校必定鼓励教师实施课程变革，支持教师参加各种培训和教研活动，给教师提供充足的课程资源，教师之间能够互相学习讨教。学校内部的这种环境气候是教师实施新课程的必要条件。学校对于新课程的支持怎样呢？表 5-26 就是对这种状况的描述。

表 5-26　学校支持课程改革情况统计表

问题	完全符合		多数符合		少数符合		很少符合		完全不符合		平均值
	人数/人	百分比/%	人数/人	百分比/%	人数/人	百分比/%	人数/人	百分比/%	人数/人	百分比/%	
我们学校绝大多数老师都支持新课程	380	37.9	315	31.4	231	23.1	66	6.6	10	1.0	3.99
学校支持老师参加各种新课程培训	434	43.3	334	33.3	160	16.0	52	5.2	22	2.2	4.10
学校定期举办新课程实施的培训活动	242	24.2	261	26.0	212	20.9	209	20.9	78	7.8	3.38
在学校会议上，校长经常强调新课程的重要性	339	33.8	284	28.3	206	20.6	127	12.7	46	4.6	3.74
实施新课程碰到问题时，我可以寻求到更有经验的老师的建议	280	28.0	296	29.6	240	24.0	143	14.3	41	4.1	3.63
当我在实施新课程时总是能从学校获得足够的资源保障	103	10.3	170	17.0	263	26.4	298	29.9	164	16.4	2.75
总平均值											3.60

从表 5-26 中可以看出，"学校支持"这一维度的总平均值为 3.60，总平均值的百分比为 65%，支持程度为中等偏上，学校比较普遍地支持教师实行新课程。但部分学校领导出于各种原因，如担忧这次改革会不会与以往改革一样又是一阵风？积极推行课程改革会不会影响学生的考试成绩等？从而产生了等一等、看一看的观望态度。从精神和技术层面来分析，学校对教师精神层面的支持度比较高，问题"学校支持老师参加各种新课程培训"、"绝大多数教师支持新课程"和"在学校会议上，校长经常强调新课程的重要性"的平均值为 3.94，百分比为 73.58%；而学校对教师物质和技术层面的支持度比较低，问题"当我在实施新课程时总是能从学校获得足够的资源保障"和"实施新课程碰到问题时，我可以寻求到更有经验的老师的建议"的平均值为 3.25，百分比为 56.3%，选择"完全不符合"和"很少符合"的人数达 40% 多。

教师朱："学校对新课程还是蛮重视的，鼓励教师参加培训、进修，参加区里的教研活动。……说实在的，教学教具跟不上，咱稍微好一点的学校也满足不了，就是不能一个教室都配一台电脑，多媒体什么的。多媒体用得少，不做课件，除非上观摩课。最多给他们放碟、光盘什么的，帮助他们理解。农村学校条件就更差了。"

就"学校支持"这一维度来说，我们更加关心整体状态变量影响。因此，我们重点对学校位置、学校层次、学校类型和地区等做方差分析。具体情况见表 5-27。

表 5-27　学校支持课程改革情况方差分析表

来源		方差	自由度	平均方差	F 值	显著水平
学校位置	SS_b	55.494	3	18.498	29.107	0.000 **
	SS_w	623.437	981	0.636		
	SS_t	678.931	984			
学校层次	SS_b	22.229	1	22.229	33.322	0.000 **
	SS_w	656.419	984	0.667		
	SS_t	678.648	985			

来源		方差	自由度	平均方差	F 值	显著水平
学校类型	SS$_b$	29.598	3	9.866	14.888	0.000 **
	SS$_w$	652.079	984	0.663		
	SS$_t$	681.677	987			
地区	SS$_b$	23.531	3	7.844	11.770	0.000 **
	SS$_w$	661.073	992	0.666		
	SS$_t$	684.604	955			

由对这 4 个变量的方差分析及多重比较的结果可知：城市、县城、乡镇和农村学校的平均值依次为 4.02、3.62、3.44 和 3.42，城市学校在精神层面、物质层面和技术层面对于新课程改革的支持力度明显高于农村学校；小学和初中的平均值分别为 3.72 和 3.41，小学高于初中；省级重点、市级重点、县（区）重点和一般学校的平均值依次为 4.06、4.09、3.68 和 3.50，省级重点、市级重点学校明显优于县（区）重点和一般学校；河南、甘肃、内蒙古和山西的平均值依次为 3.61、3.27、3.89 和 3.63，说明不同地区在精神层面、物质层面和技术层面对于新课程改革的支持力度也有差距。因此，国家及地方教育行政部门，要采取切实可行的办法和措施来解决不同地区、不同类型学校的教学硬件和设施的差异问题，给农村教师尤其是偏远山区的农村教师提供充足的课程资源和有效的技术帮助是课程改革面临的重要问题。

二、校外支持因素

校外支持是指来自校外社群的支持，包括来自教育局各部门、师资培训院校及大学、专业团体，以及家长的协助等。这些条件是教师实施新课程的外在因素，它有形、无形地影响和制约着教师对于新课程的实施。校外支持状况见表 5-28。

表 5-28　校外支持情况统计表

问题	完全符合		多数符合		少数符合		很少符合		完全不符合		
	人数/人	百分比/%	人数/人	百分比/%	人数/人	百分比/%	人数/人	百分比/%	人数/人	百分比/%	平均值
教育局等教育部门为新课程实施提供支持	217	21.7	270	26.9	258	25.7	195	19.5	62	6.2	3.38
家长支持我实施新课程	152	15.2	219	21.9	320	31.9	235	23.5	76	7.6	3.14
教师培训机构为新课程实施提供了有效的技术的支持	189	18.9	278	27.8	297	29.7	164	16.4	72	7.2	3.38
教育专家为我实施新课程提供支持	127	12.7	204	20.5	224	22.5	232	23.3	210	21.1	2.81
充裕的书籍和资料，为实施新课程提供了有力的支持	165	16.5	195	19.5	284	28.4	232	23.2	123	12.3	3.05
总平均值											3.12

由表 5-28 可知，校外对课程改革的支持状况的总平均值为 3.12，平均值的百分比为 53％，整体处于中等水平。教育行政部门和教师培训机构的支持稍微好于学生家长支持和书籍资料的供给。农村教师尤其是偏远山区的农村教师几乎没有接受过新课程培训，更谈不上专家的指导，除了教材以外，没有其他的教学资料。但从对教研员和教师的访谈结果来看，随着新课程的进一步推进、受升学率等因素的影响，教育行政部门对于新课程的热情似乎有所降低，支持力度有所减少。这应该引起有关部门的重视，因为自上而下的教育改革如果缺乏强有力的行政领导，要想成功是不可能的。

教师刘："学生家长不是很支持，比如让学生办一个手抄报，家长都反对，说办这报有啥用呀，快考试了，这和考试有啥关系呀？净耽误时间！家长这边很难跟着走，家长还是关心自己孩子的成绩，其实这还是能锻炼孩子的综合能力的。"

教师朱："新课程的培训也上过两次，感觉收获不大，有些老师给你 PPT，读一节课，简直就像坐牢一样，真是受罪！……耽误时间还费事，不起一点作用。"

与"学校支持"一样，我们主要关注整体状态变量影响。因此，对学校位置、学校层次、学校类型和地区等作方差分析。具体情况见表 5-29。

表 5-29　校外支持情况方差分析表

来源		方差	自由度	平均方差	F 值	显著水平
学校位置	SSb	52.566	3	17.522	18.982	0.000**
	SSw	907.390	983	0.923		
	SSt	959.956	986			
学校层次	SSb	38.346	1	38.346	40.993	0.000**
	SSw	922.327	986	0.935		
	SSt	960.673	987			
学校类型	SSb	34.332	3	11.444	12.149	0.000**
	SSw	928.746	986	0.942		
	SSt	963.078	989			
地区	SSb	33.073	3	11.024	11.750	0.000**
	SSw	932.646	994	0.938		
	SSt	965.720	997			

由方差分析和多重比较的结果可知：城市、县城、乡镇和农村学校的平均值依次为 3.63、3.30、3.06 和 3.05，城市学校的教师得到的校外支持明显高于农村学校教师；小学的平均值为 3.40，初中的平均值为 3.00，小学得到的校外支持高于初中；省级重点、市级重点、县（区）重点和一般学校的平均值依次为 3.63、3.72、3.40 和 3.12，省级重点、市级重点学校的教师得到的校外支持明显优于一般学校教师得到的校外支持；河南、甘肃、内蒙古和山西的平均值依次为 3.25、2.88、3.64 和 3.23，甘肃明显低于其他三地的平均值，说明西部地区对教师的校外支持明显低于中部地区对教师的校外支持。

三、新课程实用性

新课程实用性是指新课程的内容与教师的知识、技能、信念，学校的实际教学资源和学生的实际状况的吻合情况，它从一个侧面影响着教师阻抗和新课程的实施程度。问卷调查情况如表 5-30 所示。

表 5-30　新课程实用性情况统计表

| 问题 | 完全符合 | | 多数符合 | | 少数符合 | | 很少符合 | | 完全不符合 | | 平均值 |
	人数/人	百分比/%	人数/人	百分比/%	人数/人	百分比/%	人数/人	百分比/%	人数/人	百分比/%	
新课程的理念符合当前实际的教育思想	311	31.0	304	30.3	278	27.7	80	8.0	29	2.9	3.79
新课程的理念符合当前我班级的教学规模	131	13.1	246	24.6	366	36.7	177	17.7	78	7.8	3.18
新课程的内容符合我班学生的实际需要	142	14.2	252	25.3	382	38.3	188	18.9	32	3.2	3.32
课程的理念能在我日常的教学工作中实现	147	14.7	321	32.2	340	34.1	178	17.8	12	1.2	3.41
新课程改革让学生对学习活动更感兴趣	235	23.5	335	33.4	315	31.4	100	10.0	17	1.7	3.67
新课程建议的教学方法符合我的教学风格	192	19.2	334	33.3	374	37.3	94	9.4	8	0.8	3.61
我有足够的知识、技能来发挥新课程的优点	160	16.0	341	34.1	382	38.2	109	10.9	9	0.9	3.53
总平均值											3.50

因此，由表 5-30 的数据可知，新课程实用性的总平均值为 3.50，总平均值的百分比为 62.5%，因此，教师对新课程的总体满意程度为中等偏上。

一般的小学和初中教师感觉到当前的班级规模与新课程的要求基本吻合，但对于学生的要求可能偏高；而重点的小学和初中教师的感觉可能与此正好相反，教师们感觉到现在的班级规模偏大，教学中很难顾及所有学生。同时，教师认为，新课程的内容和和旧教材相比各有千秋。

教师刘："新教材选的文章特别好，大多数文章都挺适合小孩，贴近小孩的生活，小孩特别感兴趣。小孩对科技很有兴趣，不用你老师说，他们在下面查到很多资料，你不用上课哗哗哗讲那么多。有兴趣了，你不用说他们也能知道，没有兴趣，你讲再多，也走不进孩子的心里。我最大的感受，就是新教材的文章贴近生活。老教材用的文章太老了，小孩特别不感兴趣。"

教师朱："我感觉困惑、不太能接受的一点就是：每节课要求小孩识字太多了。尤其一、二年级，一节课要求写的字、要求认的字课后生词表上将近十四五个字，田字格的字有十个，增加太多了。必须一节课要掌握住，还得会用。我觉得有点困难，好的小孩（学习好的）还可以，但是不能兼顾每个小孩，成绩差一点的话不行。家长也反映：怎么一节课这么多字啊？觉得难以接受。"

进一步的方差分析说明对于新课程实用性的认识在以下状态变量上存在显著性差异，见表5-31。在有显著性差异的六个状态变量中，我们重点分析学校位置、学校类型、地区等群体变量的情况。由多重比较的结果可知：城市、县城、乡镇和农村学校的平均值依次为3.78、3.54、3.39和3.37，城市学校教师对于新教材的接受程度高于农村学校教师；省级重点、市级重点、县（区）重点和一般学校的平均值依次为3.82、3.75、3.64和3.42，一般学校教师对于新教材的接受程度最低；河南、山西、内蒙古和甘肃的平均值依次为3.53、3.19、3.76、3.51，甘肃省学校教师对于新教材的接受程度最低。出现这种情况与教师的知识素养、教学技能的差异有关。

表 5-31   新课程实用性情况方差分析表

来源		方差	自由度	平均方差	F 值	显著水平
	SS_b	9.281	1	9.281	16.325	0.000**
性别	SS_w	552.045	971	0.569		
	SS_t	561.327	972			
	SS_b	14.667	68	1.833	3.274	0.001**
职称	SS_w	543.760	971	0.560		
	SS_t	558.426	979			
	SS_b	25.742	3	8.581	15.594	0.000**
学校位置	SS_w	535.940	974	0.550		
	SS_t	561.682	977			
	SS_b	6.186	1	6.186	10.864	0.001**
学校层次	SS_w	556.283	977	0.569		
	SS_t	562.469	978			
	SS_b	15.070	3	5.023	8.944	0.000**
学校类型	SS_w	549.315	978	0.562		
	SS_t	564.385	981			
	SS_b	19.484	3	6.495	11.713	0.000**
地区	SS_w	546.165	985	0.554		
	SS_t	565.649	988			

四、关心事项

关心事项主要是指教师对自己知识、能力以及学生成长与发展的关注和担忧。关心事项的问卷调查结果如表 5-32 所示。

表 5-32   教师关心事项情况统计表

问题	完全符合		多数符合		少数符合		很少符合		完全不符合		平均值
	人数/人	百分比/%	人数/人	百分比/%	人数/人	百分比/%	人数/人	百分比/%	人数/人	百分比/%	
我具备实施新课程的知识和技能	145	14.5	364	36.4	374	37.4	105	10.5	12	1.2	3.52
对学生能力的关注促使我实施新课程	246	24.6	341	34.1	298	29.8	90	9.0	23	2.3	3.73

问题	完全符合		多数符合		少数符合		很少符合		完全不符合		平均值
	人数/人	百分比/%	人数/人	百分比/%	人数/人	百分比/%	人数/人	百分比/%	人数/人	百分比/%	
实施新课程时,我有足够的时间备课	120	12.0	225	22.5	324	32.4	227	22.7	103	10.3	3.03
新课程改革照顾到了学生的个别差异	255	25.5	293	29.3	272	27.2	149	14.9	30	3.0	3.59
总平均值											3.47

由表 5-32 可知,关心事项得分的总平均值为 3.47,总平均值的百分比为 61.8%,与课程实用性基本持平。有 63% 左右的教师具备实施新课程的知识和能力,认为新课程照顾到了学生的个别差异。但有一半左右的教师认为没有足够的时间备课。

教师刘:"老教材和新教材的不一样在于,老教材对小学低年级语文组词、笔画、笔顺这些基础都打得很牢,但是新教材强调扩充阅读量,对字词造句不是太抓了。其实我觉得基础知识新课改抓得不好。一节课给你好多字,要认的字,一类二类,老教材重视基础知识,有相当一部分是不能抛弃的,尤其是小学,还是应该抓基础的。"

教师朱:"过去是字词句段,一步一步来,现在是一上去就是段,小孩都没基础。让他们泛泛地读呀认呀,那么多他不会用,抓得不死,这儿用一个词他也不知道合适不合适。有的小孩家里辅导跟得上的,这些问题可能不太突出;小孩家里辅导跟不上的,这个问题特别突出。"

因此,对新课程实施,教师担忧和顾及的问题还是不少,这应该引起我们的重视。

通过对在 10 个状态变量进行方差分析(分析结果见表 5-33)可

知，性别、年龄、教龄、职称、担任职务和学校层次 6 个状态变量在这一维度上差异不显著，这是本维度的一个显著特征。

表 5-33　教师关心事项情况方差分析表

来源		方差	自由度	平均方差	F 值	显著水平
受教育层次	SS_b	12.751	2	6.376	11.008	0.000**
	SS_w	564.125	974	0.579		
	SS_t	576.876	976			
学校位置	SS_b	18.267	3	6.089	10.678	0.000**
	SS_w	557.107	977	0.570		
	SS_t	575.374	980			
学校类型	SS_b	6.566	3	2.189	3.756	0.011*
	SS_w	570.501	979	0.583		
	SS_t	577.067	982			
地区	SS_b	23.116	3	7.705	13.677	0.000**
	SS_w	556.054	987	0.563		
	SS_t	579.169	990			

下面对存在差异的 4 个维度作多重比较：在受教育层次中，本科、大专和中专的平均值分别为 3.61、3.37 和 3.45，本科和大专教师之间存在极显著的差异；城市、县城、乡镇和农村学校的平均值分别为 3.70、3.50、3.40、3.30，农村教师得分最低；省级、市级、县（区）级和一般学校平均值分别为 3.60、3.70、3.55、3.42，一般学校教师得分最低；河南、甘肃、内蒙古和山西的平均值分别为 3.51、3.10、3.62、3.53，甘肃教师得分最低。因此，问卷结果显示整体变量上存在一定的差异。

五、成本效益

非金钱的成本效益是教师在教学上的考虑。诸如教师在面对新课程改革所需的学习时间和准备处理时间及工作，从改革中获得的满足感和教学成效、专业发展机会以及同事之间的关系。成本效益的问卷调查统计结果如表 5-34 所示。

表 5-34　课程改革成本效益情况统计表

问题	完全符合		多数符合		少数符合		很少符合		完全不符合		平均值
	人数/人	百分比/%	人数/人	百分比/%	人数/人	百分比/%	人数/人	百分比/%	人数/人	百分比/%	
比较新课程增加的工作量和在教学中的满足感,是值得的	212	21.2	338	33.8	307	30.7	105	10.5	39	3.9	3.58
比较新课程增加的工作量和教师获得的新知识,是值得的	290	29.1	344	34.5	272	27.3	74	7.4	17	1.7	3.82
比较新课程增加的工作量和学生能力的发展,是值得的	282	28.3	389	39.0	252	25.3	66	6.6	8	0.8	3.87
比较新课程产生的问题和学生从新课程中的所得,是值得的	254	25.5	392	39.4	270	27.1	71	7.1	9	0.9	3.81
比较新课程增加的工作量和自己获得的表扬,是值得的	186	18.7	333	33.5	315	31.7	122	12.3	39	3.9	3.51
比较新课程增加的工作量和自己获得的专业发展,是值得的	263	26.5	371	37.3	279	28.1	64	6.4	17	1.7	3.80
总平均值											3.73

由 5-34 可知,成本效益这一维度的总平均值为 3.73,总平均值的百分比为 68.25%,基本达到了良好的程度,大部分教师认为虽然新课程增加了自己的工作量,但与学生能力、自己的知识和专业发展相比较还是值得去做的;部分教师认为自己为新课程付出了不少的汗水但获得的满足感和表扬略显不足。

教师丁："使用新教材以来，教师上课需要准备的东西多，要不怎么把课堂还给学生，怎么吸引学生呢？这些都是老师在备课的时候要做的，不仅备教材也要备学生，提问的时候看学生怎么反应，工作量肯定增加了，自己感觉到学生在综合能力方面也有一些变化。但学校对做得好的好像也没有什么奖励的。"

因此，在新课程实施过程中，对积极参与新课程改革并且取得一定成绩的教师要给予适当的物质奖励、精神鼓励，使他们感觉到学校对其工作的肯定，从而更好地发挥教师新课实施的积极性和主动性。同时，国家和教育主管部门也应该采取一定的措施，逐步提高教师尤其是农村教师的生活待遇。

通过方差分析可知，成本效益这一维度达到极显著差异的状态变量只有职称、学校位置和地区三个变量，见表5-35。

表 5-35　课程改革成本效益情况方差分析表

来源		方差	自由度	平均方差	F 值	显著水平
职称	SS_b	13.490	8	1.686	2.611	0.008*
	SS_w	627.779	972	0.646		
	SS_t	641.269	980			
学校位置	SS_b	13.817	3	4.606	7.138	0.000**
	SS_w	629.722	976	0.645		
	SS_t	643.539	979			
地区	SS_b	26.237	3	8.746	13.931	0.000**
	SS_w	619.634	987	0.628		
	SS_t	645.871	990			

而上述三个变量的差异与我们估计的基本相同，得分的高低在职称上是由高到低，在学校位置上是由城市到农村，在地区上甘肃较低，其余三地的情况基本相同。

六、小结

影响教师认同感的五个因素的总平均值为 3.48，总平均值百分比为 62%。五个因素的得分呈现出一定的差异："校外支持"的平均值最低，为 3.12。问题"家长支持我实施新课程"、"充裕的书籍和资料，为实施新课程提供了有力的支持"和"教育专家为我实施新课程提供支持"的平均值分别为 3.15、3.05 和 2.81，平均值的百分比分别为 53.75%、51.25% 和 45.25%，可见校外支持亟待提高。同时，在"关心事项"中，问题"实施新课程时，我有足够的时间备课"的平均值为 3.03，近一半的教师没有足够的时间备课，反映出教师工作量的增加；在"课程实用性"中，问题"新课程的理念符合当前我班级的教学规模"的平均值为 3.18，将近一半的教师认为新课程理念与当前的班级规模不符。学校对于改革的支持和教师感觉到改革成本效益也显得偏低。

同时，五个影响因素在学校层次、学校类型、学校位置、地区等变量上的得分有显著性差异。具体情况是：省级重点学校、市级重点学校、县（区）学校和一般学校的得分呈现逐级递减的情况；城市学校、城镇学校和农村学校得分也呈现逐步递减的现象。

第六节　教师信念的现状分析

一、学生管教

教师对学生持什么样的观点直接决定着教师怎样对待学生的行为方式，决定着新课程的理念能不能很好地贯彻执行。教师有关"学生管教"的问卷调查情况见表 5-36。

表 5-36　学生管教情况统计表

问题	完全符合		多数符合		少数符合		很少符合		完全不符合		平均值
	人数/人	百分比/%	人数/人	百分比/%	人数/人	百分比/%	人数/人	百分比/%	人数/人	百分比/%	
当学生犯错时，善于使用协商与辅导的技巧，才能成为成功的教师	472	48.2	341	34.8	132	13.5	31	3.2	4	0.4	4.27
管理学生应从爱护学生的角度出发	637	64.0	270	27.1	76	7.6	11	1.1	2	0.2	4.54
教师应尊重学生的不同意见	609	61.0	293	29.3	84	8.4	11	1.1	2	0.2	4.50
教师应鼓励学生自我管理，培养其自主性	637	63.8	274	27.4	70	7.0	12	1.2	5	0.5	4.54
对学生友善，常会使得他们变得太随便	135	13.5	205	20.6	274	27.5	279	28.0	104	10.4	3.01
班级常规应该由老师与学生共同讨论后制定	415	41.6	309	31.0	187	18.8	59	5.9	27	2.7	4.03
教师与学生之间应保持距离，以维持教师威严	59	5.9	166	16.6	253	25.4	307	30.8	212	21.3	3.45
教师要常常提醒学生：在学校中学生的地位与老师不同	56	5.7	101	10.2	187	18.9	352	35.5	295	29.8	3.74
总平均值											4.02

　　由表 5-36 可知，教师对于"学生管教"的认识和态度的总体情况处于良好。平均值达到了 4.02，平均值的百分比为 75.5%。但教师在对这一维度认识上出现了理论和实践的背离：在"管理学生应从爱护学生的角度出发"、"教师应尊重学生的不同意见"和"教师应鼓励学

生自我管理，培养其自主性"三个观念问题的回答中，平均值等于或超过了4.5，平均值的百分比达到了87.5%，说明通过近几年新课程的培训和学习，教师对待学生的观念发生了很大的变化；但教师在"对学生友善，常会使得他们变得太随便"、"教师与学生之间应保持距离，以维持教师威严"和"教师要常常提醒学生：在学校中学生的地位与老师不同"等问题的得分就明显低一些，平均值为3.01，平均值的百分比为50.3%，说明在教学管理工作中以管教为主的传统的管理观念仍然占据一定的地位。

在访谈中，教师也表露出这样的问题，对学生的自主能力持怀疑的态度。

教师刘："课后要求学生读读说说，选你喜欢背的段落。选择喜欢的，小孩就喜欢短的，他不是选择认为很美的段，而是哪个短我就喜欢哪个，可能就选第一句话或是最后一句话，很少啊！对于这样的课后要求，我觉得哪段好就指定背哪段，根本不按教材的要求做。毕竟现在学生小，得强制，不强制不行，他们都很懒。他们说这样做是以人为本从学生出发，其实学生得不到好处，像这种皮筋儿似的要求，我觉得就不应该出现在教材中。"

因此，教师在学生管教的理念和态度方面仍需要提高。

那么，10个状态变量在学生管教方面会有什么差异呢？具体情况见表5-37。

表5-37　学生管教情况方差分析表

来源		方差	自由度	平均方差	F 值	显著水平
性别	SS$_b$	4.399	1	4.399	15.679	0.000**
	SS$_w$	265.996	948	0.281		
	SS$_t$	270.395	949			
年龄	SS$_b$	8.079	5	1.616	5.810	0.000**
	SS$_w$	266.447	958	0.278		
	SS$_t$	274.526	963			

来源		方差	自由度	平均方差	F值	显著水平
教龄	SS$_b$	10.694	4	2.673	9.706	0.000**
	SS$_w$	262.764	954	0.275		
	SS$_t$	273.457	958			
职称	SS$_b$	13.741	8	1.718	6.307	0.000**
	SS$_w$	257.621	946	0.272		
	SS$_t$	271.362	954			
担任职务	SS$_b$	3.772	4	0.943	3.377	0.009**
	SS$_w$	260.563	933	0.279		
	SS$_t$	264.335	937			
学校层次	SS$_b$	2.057	1	2.057	7.304	0.007*
	SS$_w$	269.024	955	0.282		
	SS$_t$	271.082	956			
地区	SS$_b$	22.741	3	7.580	28.930	0.000**
	SS$_w$	251.805	961	0.262		
	SS$_t$	274.547	964			

　　由表 5-37 可知，在如何管教学生这一维度上，出现了一些意想不到的情况：在其他维度上一贯呈现显著性差异的学校地理位置（城、乡学校）和学校类型（重点学校、一般学校）两个变量却在学生管教的问题上没有显著性差异，也就是说，无论农村教师还是城市教师，无论省级重点学校的教师还是一般学校的教师，他们对这一问题的看法不存在差异。

　　对存在显著性差异的 7 个状态变量作进一步的多重分析，其具体情况如下，在性别上，男、女教师得分分别为 3.91 和 4.05，差距很小；在年龄方面，20 岁以下的新任教师得分低于其他教师的得分；在教龄和职称方面，得分与教龄的长短和职称的高低成正比；在职务方面，年级组长得分最高，校长和科任教师得分偏低；在学校层次方面，小学教师的得分高于初中教师的得分，但差距不大，在地区方面，河南、甘肃、内蒙古和山西的教师的平均值分别为 4.13、3.79、3.81、

3.85，河南省教师的得分较高。总体说来，对于如何管教学生，教师之间的认识差距不大。

二、课程与教学计划

教师对于课程与教学计划的理解，决定着对于新课程理念理解状况，影响着新课程实施程度。"课程与教学计划"的问卷调查的具体情况见表 5-38。

表 5-38　教师对课程与教学计划理解情况统计表

问题	完全符合		多数符合		少数符合		很少符合		完全不符合		平均值
	人数/人	百分比/%	人数/人	百分比/%	人数/人	百分比/%	人数/人	百分比/%	人数/人	百分比/%	
课程和教学的主要目标，应该是培养学生自尊、成就感和学习的主动性	454	45.5	314	31.5	170	17.0	53	5.3	7	0.7	4.16
教科书的内容是专家确认的知识，教师教学时不必质疑	304	30.5	341	34.2	187	18.8	112	11.2	52	5.2	3.74
教学应与学生的生活经验相联系，从生活中取材	419	41.9	356	35.6	187	18.7	28	2.8	9	0.9	4.15
课程的设计与发展应配合学生的兴趣、需要与认知能力	470	47.1	359	36.0	143	14.3	24	2.4	2	0.2	4.27
学生能够自己理解所学的学习效果比依靠别人告诉的学习效果好	431	43.3	355	35.7	159	16.0	47	4.7	3	0.3	4.17
总平均值											4.10

由表5-38的统计情况可知：教师对"教学与教学计划"的平均值为4.10，平均值的百分比为77.5%，属于良好的等级。教师对教学目的、课程设计、学生的学习理论等问题有比较好的认识，得分平均值都在4.10以上，百分比都达到了80%以上，但教师对课程及课程理论的认识较差，如仍然把教材看作圣经不敢轻易改动。

教研员张："你问老师什么是课程，不知道，老师不讲课程。课程就是教材，教材让我怎么做我就怎么做，老师不敢随意指出教材的问题。"

10个状态变量对于课程与教学计划的影响情况见表5-39。由方差分析可知：校长和教师之间、城市学校教师和农村学校教师之间、重点学校教师和一般学校教师之间以及小学教师和初中教师之间，对于课程与教学计划的理解和认识没有显著性差异。

表5-39　教师对课程与教学计划理解情况方差分析表

来源		方差	自由度	平均方差	F值	显著水平
性别	SS_b	1.954	1	1.954	5.194	0.023*
	SS_w	366.106	973	0.376		
	SS_t	368.060	974			
年龄	SS_b	9.741	5	1.948	5.303	0.000**
	SS_w	361.109	983	0.367		
	SS_t	370.85	988			
教龄	SS_b	10.317	4	2.579	7.00	0.000**
	SS_w	360.147	978	0.368		
	SS_t	370.465	982			
职称	SS_b	9.902	8	1.238	3.347	0.001**
	SS_w	359.018	971	0.370		
	SS_t	368.920	979			
受教育层次	SS_b	5.932	2	2.966	8.027	0.000**
	SS_w	359.915	974	0.370		
	SS_t	365.847	976			
地区	SS_b	19.308	3	6.436	17.990	0.000**
	SS_w	352.751	986	0.358		
	SS_t	372.059	989			

对具有显著性差异的其余6个状态变量作进一步的多重比较分析，具体情况是：性别方面，女教师平均值为4.12，男教师平均值为

4.02，女教师得分稍微高于男教师；年龄方面，31～40年龄段的教师得分最高，为4.20，依次向两端递减，20岁以下教师的得分为2.89，51～60岁教师得分为3.84；教龄方面，工作10～20年的教师得分最高，为4.22，依次向两端递减，5年以下的教师得分最低，为3.95；受教育层次方面，教师的得分与受教育层次的高低成正相关；地区方面，河南、甘肃、内蒙古和山西的教师的平均值分别为4.20、3.88、3.92、3.95，河南省教师的得分较高，其他三地基本持平，有一定的地区差异。

三、教学与评价

教师对于"教学与评价"的问卷调查情况见表5-40。

表5-40　教师教学与评价情况统计表

问题	完全符合		多数符合		少数符合		很少符合		完全不符合		平均值
	人数/人	百分比/%	人数/人	百分比/%	人数/人	百分比/%	人数/人	百分比/%	人数/人	百分比/%	
教师除了书本上的知识技能外，也应该强调情感、态度和价值观	552	55.4	318	31.9	107	10.7	16	1.6	3	0.3	4.41
教学主要应该增进学生的内在学习动机	468	47.0	363	36.4	150	15.1	14	1.4	1	0.1	4.29
教师应该鼓励学生依照本身的能力与兴趣，采取不同的方式来学习	510	51.3	338	34.0	125	12.6	21	2.1	0	0.0	4.36
对同一班级的学生，可以用相同的教学方式，教授相同的内容	144	14.4	180	18.0	271	27.2	276	27.7	127	12.7	3.06

问题	完全符合		多数符合		少数符合		很少符合		完全不符合		平均值
	人数/人	百分比/%	人数/人	百分比/%	人数/人	百分比/%	人数/人	百分比/%	人数/人	百分比/%	
进行学习评价时，应该用多种评价方式而不只依据学校定期考试的分数来评价学生的学习成绩	510	51.2	338	33.9	124	12.4	21	2.1	4	0.4	4.33
教师不应该使用同一标准来评价所有学生	533	53.4	284	28.5	122	12.2	42	4.2	17	1.7	4.28
教师应该将学生进行排名以了解学生的学习程度	74	7.4	160	16.1	246	24.7	329	33.1	185	18.6	3.43
进行学习评价时，除了知识的评价外，也需包含情意与技能的评价	442	44.5	334	33.6	172	17.3	38	3.8	8	0.8	4.17
"纸笔测验"比"观察学生"更能了解学生的学习情形	103	10.3	163	16.4	287	28.8	315	31.7	126	12.7	3.25
教师最主要的工作是传授学科知识及技能	101	10.1	212	21.3	340	34.1	243	24.4	101	10.1	3.03
只要能够增进学生的学业成绩，就是"好老师"	49	4.9	100	10.1	228	22.9	380	38.2	237	23.8	3.66
总平均值											3.54

由表 5-40 可知，这一维度的平均值为 3.54，所以，教师对于教学和成绩评价的认识整体处于中等，但教师对教学的认识和对评价的认识存在比较大的差异：对教学的认识，如"教师除了书本上的知识技

能外，也应该强调情感、态度和价值观"、"教学主要应该增进学生的内在学习动机"和"教师应该鼓励学生依照本身的能力与兴趣，采取不同的方式来学习"等问题得分的平均值的百分比达到了80％以上；而对评价的认识，如"对同一班级的学生，可以用相同的教学方式，教授相同的内容"、"教师最主要的工作是传授学科知识及技能"等问题得分的平均值的百分比仅达到50％左右；对教学认识的得分高于对评价的得分。同时，对评价的认识有矛盾的地方，如问题"进行学习评价时，应该用多种评价方式而不是只依据学校定期考试的分数来评价学生的学习成绩"的得分为4.33，而问题"'纸笔测验'比'观察学生'更能了解学生的学习情形"的得分为3.25。造成教学与评价差异的原因是升学第一、成绩第一的观念在作祟。

对"教学与评价"这一维度进行方差分析，发现性别、年龄等个体特征变量差异显著，而学校位置和学校类型等群体变量差异不显著，具体结果见表5-41。

表 5-41　教师教学与评价情况方差分析表

来源		方差	自由度	平均方差	F 值	显著水平
性别	SS_b	277.078	1	277.078		0.004**
	SS_w	31 221.496	955	32.693		
	SS_t	31 498.574	956			
年龄	SS_b	879.238	5	175.848	8.475	0.000**
	SS_w	31 213.260	966	32.312		
	SS_t	32 092.498	971			
教龄	SS_b	876.113	4	219.028	6.791	0.000**
	SS_w	30 994.776	961	32.253		
	SS_t	31 870.889	965			
职称	SS_b	1 284.924	8	160.615	5.047	0.000**
	SS_w	30 359.039	954	31.823		
	SS_t	31 643.963	962			
地区	SS_b	2 023.346	3	674.449	21.734	0.000**
	SS_w	30 069.717	969	31.032		
	SS_t	32 093.063	972			

通过多重比较可知：在职务方面，校长的得分最低；而性别、年龄、教龄、职称、受教育层次等个体变量的差异情况与"课程与教学计划"的情况大体一致。这里不再赘述。

四、学生学习

教师对"学生学习"的问卷调查情况见表 5-42。

表 5-42　教师对学生学习理解情况统计表

问题	完全符合		多数符合		少数符合		很少符合		完全不符合		平均值
	人数/人	百分比/%	人数/人	百分比/%	人数/人	百分比/%	人数/人	百分比/%	人数/人	百分比/%	
学生都是依赖的，不会主动地学习	44	4.4	106	10.6	225	22.6	363	36.4	258	25.9	3.69
学生主要的任务就是把书念好，按时交作业	41	4.1	85	8.5	166	16.6	417	41.8	288	28.9	3.83
学生应该服从教师的管教	84	8.4	173	17.3	356	35.7	261	26.2	124	12.4	3.17
由教师讲述教学的效果会大于学生自己摸索知识	67	6.7	167	16.8	282	28.4	357	36.0	120	12.1	3.30
教师"怎么教"比学生"如何学"重要	41	4.1	121	12.2	196	19.8	434	43.8	200	20.2	3.64
学生通常没有能力运用逻辑推理来解决自己的问题	60	6.1	141	14.3	311	31.5	351	35.5	125	12.7	3.34
总平均值											3.50

由表 5-42 可知，平均值为 3.50，平均值的百分比为 62.5%。教师对"学生学习"的得分与对"教学与评价"的得分基本持平，属于中等程度，与"学生管家"和"课程与教学计划"有较大的差距。问题

"学生应该服从教师的管教"、"由教师讲述教学的效果会大于学生自己摸索知识"、"学生通常没有能力运用逻辑推理来解决自己的问题"的平均值分别为 3.17、3.30、3.34，百分比在 50.0% 左右，说明教学中传统的教师主体、学生客体的观点占据一定的位置。

由方差分析可知（表 5-43），对于"学生学习"这一维度，受教育层次、学校位置、学校层次等状态变量差异不显著，就是说，无论是本科毕业生、大专毕业生，还是中专毕业生，他们对学生学习的认识没有差异。城市学校的教师和农村学校的教师对学生学习的认识没有差异；小学教师和初中教师对学生学习的认识没有差异。

表 5-43 教师对学生学习理解情况方差分析表

来源		方差	自由度	平均方差	F 值	显著水平
年龄	SS_b	12.843	5	2.569	4.153	0.001**
	SS_w	603.717	976	0.619		
	SS_t	616.560	981			
教龄	SS_b	21.244	4	5.311	8.709	0.000**
	SS_w	591.524	970	0.610		
	SS_t	612.769	974			
职称	SS_b	33.155	8	4.144	6.909	0.000**
	SS_w	577.691	963	0.600		
	SS_t	610.846	971			
学校类型	SS_b	9.187	3	3.062	4.982	0.002**
	SS_w	596.225	970	0.615		
	SS_t	605.412	973			
地区	SS_b	32.453	3	10.818	18.113	0.000**
	SS_w	584.107	978	0.597		
	SS_t	616.56	981			

通过多重比较，发现性别、年龄、教龄、职称、担任职务、受教育层次、地区等状态变量的差异情况与其他维度的情况大体一致。这里不再赘述。

五、小结

第一，教师信念的平均值为 3.80，百分比为 70.0%，属于良好水平。在调查的 4 个维度中，"学生管教"、"课程与教学设计"、"教学与评价"和"学生学习"的平均值依次为 4.02、4.01、3.55 和 3.50，"学生管教"和"课程与教学计划"两个维度的平均值都在 4.0 以上，明显高于"教学与评价"和"学生学习"两个维度的得分。同时，在每个维度中，有关教育理念、价值的问题的得分明显高于有关具体教学问题的得分，说明教师心里想的和实际做的有一定的背离。这一现象应该引起我们的注意。

第二，各种状态变量对教师信念有一定的影响作用。在考察的 10 个状态变量中，学校层次、学校类型、学校位置等整体状态变量对教师信念没有明显的影响。而性别、年龄、教龄、职称、担任职务和受教育层次等个体变量对教师信念显著性影响。女教师的得分高于男教师；30～40 岁教师的得分高于其他年龄段的教师得分；教龄 10～20 年的教师得分最高；在学校中，校长的得分是最低的；得分的高低与教师职称成正比，与学历成正比。

第七节　学校文化的现状分析

一、投入改革

一个追求发展、与时俱进的学校一定要有一种不断改革的学校文化氛围。只有全体教职工对改革充满热情，相互鼓励，相互支持，才能为教师营造一个全身心投入改革的环境。教师"投入改革"的问卷调查情况见表 5-44。

表 5-44　投入改革情况统计表

问题	完全符合		多数符合		少数符合		很少符合		完全不符合		平均值
	人数/人	百分比/%	人数/人	百分比/%	人数/人	百分比/%	人数/人	百分比/%	人数/人	百分比/%	
教师之间懂得怎样互相支持	258	26.0	333	33.5	296	29.8	82	8.3	24	2.4	3.72
我们有明确的方法以配合学校已决定好的优先发展次序	168	17.0	322	32.5	349	35.2	129	13.0	23	2.3	3.49
教师们经常评估现行学校计划的成就	136	13.7	286	28.8	353	35.6	171	17.3	45	4.5	3.30
教师互相鼓励对方承担新方案的责任	145	14.6	276	27.9	356	36.0	161	16.3	52	5.3	3.30
教学方法和策略得到教师充分的讨论	172	17.4	293	29.6	315	31.8	171	17.3	39	3.9	3.39
我为达成学校的共同目标而工作	263	26.6	381	38.5	266	26.9	65	6.6	15	1.5	3.82
教师之间有公认的程序去决定新计划	140	14.2	286	29.0	363	36.8	168	17.0	29	2.9	3.34
校长让老师有足够的自主空间把工作做好	182	18.4	305	30.8	280	28.3	145	14.7	76	7.6	3.41
革新的持续成功取决于行政方面的不断支持	240	24.4	323	32.8	314	31.9	97	9.8	11	1.1	3.69
总平均值											3.50

由表 5-44 可知，"投入改革"的平均值为 3.50，百分比为 62.5%，处于中等程度。新课程改革已经进行了 6 年，各级教育行政部门在大力推进改革，而学校投入改革的热情不高，这一问题应该引起我们的

重视。在"投入改革"的 9 个问题中，教师的得分比较接近，问题"教师之间懂得怎样互相支持"的得分最高，为 3.72，问题"教师们经常评估现行学校计划的成就"和"教师互相鼓励对方承担新方案的责任"的得分最低，同为 3.30，最高分与最低分的极差为 0.42，显示出教师对这 9 个问题回答的一致性。

进一步的方差分析（表 5-45）告诉我们：教师在性别、年龄、教龄和受教育层次等个体状态变量方面不存在显著性差异，分析结果与实际情况相吻合，因为学校文化是与学校整体相关的。因此，对于学校文化的分析，我们侧重于整体状态指标。

表 5-45　投入改革情况方差分析表

来源		方差	自由度	平均方差	F 值	显著水平
职称	SS_b	15.864	8	1.983	3.683	0.000**
	SS_w	513.153	953	0.538		
	SS_t	529.017	961			
担任职务	SS_b	7.667	4	1.917	3.501	0.008**
	SS_w	512.367	936	0.547		
	SS_t	520.034	940			
学校位置	SS_b	19.503	3	6.501	12.167	0.000**
	SS_w	511.314	957	0.534		
	SS_t	530.817	960			
学校层次	SS_b	3.199	1	3.199	5.824	0.016*
	SS_w	527.891	961	0.549		
	SS_t	531.090	962			
学校类型	SS_b	20.027	3	6.676	12.523	0.000**
	SS_w	511.738	960	0.533		
	SS_t	531.765	963			
地区	SS_b	14.619	3	4.873	9.097	0.000**
	SS_w	518.502	968	0.536		
	SS_t	533.121	971			

对呈现出显著性差异的状态变量进行多重比较，结果显示：职务方面，校长的得分最高，为 3.77，教研组长的得分最低，为 3.32，呈现出与其他维度的差异性，说明校长对于改革的积极一面；学校位置

方面，城市教师得分明显高于其他三类教师的得分，具有显著性差异；学校层次方面，小学教师得分高于初中教师，但差距不大；学校类型方面，省级重点和市级重点学校教师的得分明显高于县级和一般学校教师的得分；在调查的4个地区中，山西得分最高，甘肃最低。说明不同地区、不同类型、不同层次的学校投入改革的热情和精力是不同的，会在一定程度上影响学校新课程的实施。

二、专业协作

教师之间的相互学习、相互帮助、相互支持和共同工作是健康学校文化的重要条件，是学校改革和课程改革的重要保障。"专业协作"的问卷调查结果见表5-46。就统计结果来看，"专业协作"的总平均值为3.82，平均值的百分比为70.5%，整体处于良好水平。8个问题中，得分最高的是"教师之间尽力维持良好的关系"，为3.99，得分最低是"同事普遍支持我下的专业决定"，为3.53，二者的极差为0.46，差距在11.0%左右。在"专业协作"中，教师比较注重同事之间的人际关系和友情，而专业支持和鼓励则相对较差，这可能与教师封闭的传统教学文化有关。这种状况不利于教师的改革与创新，不利于新课程的实施，应该提倡和鼓励教师的专业协作。

表5-46 教师专业协作情况统计表

问题	完全符合		多数符合		少数符合		很少符合		完全不符合		平均值
	人数/人	百分比/%	人数/人	百分比/%	人数/人	百分比/%	人数/人	百分比/%	人数/人	百分比/%	
教师之间尽力维持良好的关系	325	32.8	381	38.5	239	24.1	38	3.8	7	0.7	3.99
教师互相进行学习	331	33.4	380	38.4	217	21.9	53	5.4	9	0.9	3.98
教师尊重同事的个人特质	309	31.1	386	38.9	237	23.9	54	5.4	6	0.6	3.95
同事普遍支持我的专业决定	166	16.9	331	33.6	374	38.0	91	9.2	23	2.3	3.53

问题	完全符合		多数符合		少数符合		很少符合		完全不符合		平均值
	人数/人	百分比/%	人数/人	百分比/%	人数/人	百分比/%	人数/人	百分比/%	人数/人	百分比/%	
遇到困难，教师之间愿意互相帮助	327	33.0	371	37.4	233	23.5	48	4.8	12	1.2	3.96
教师之间经常鼓励对方做专业决定	216	21.8	337	34.1	308	31.1	107	10.8	21	2.1	3.63
教师愿意与人分享困难	226	22.9	326	33.0	300	30.4	114	11.5	22	2.2	3.63
教师之间看重同事间的友情	297	29.9	385	38.7	244	24.5	57	5.7	11	1.1	3.91
总平均值											3.82

对"专业协作"作进一步的方差分析，发现年龄、教龄、担任职务受教育层次等个体状态变量对之影响不大。而整体状态变量则有比较大的影响。具体情况见表 5-47。

表 5-47 教师专业协作情况方差分析表

来源		方差	自由度	平均方差	F 值	显著水平
性别	SS_b	5.945	1	5.945	10.794	0.001**
	SS_w	527.087	957	0.551		
	SS_t	533.032	958			
职称	SS_b	20.006	8	2.501	4.643	0.000**
	SS_w	514.884	956	0.539		
	SS_t	534.890	964			
学校位置	SS_b	17.025	3	5.675	10.520	0.000**
	SS_w	518.382	961	0.539		
	SS_t	535.406	964			
学校层次	SS_b	3.010	1	3.010	5.449	0.020*
	SS_w	532.501	964	0.552		
	SS_t	535.511	965			
学校类型	SS_b	15.549	3	5.183	9.563	0.000**
	SS_w	521.897	963	0.542		
	SS_t	537.446	966			
地区	SS_b	15.131	3	5.044	9.352	0.000**
	SS_w	523.660	971	0.539		
	SS_t	538.791	974			

就整体变量来分析：城市学校、县城学校、乡镇学校和农村学校教师的平均值分别为 4.06、3.86、3.74 和 3.71，可以比较明显的分为两类：城市学校为一类，县城学校、乡镇学校和农村学校为另一类，农村学校尤其是偏远山区学校由于学校规模、教师人数的原因，专业协作情况不理想；小学和初中教师的得分虽然有显著性差异，但差距很小；省级重点、市级重点、县（区）重点和一般学校教师的平均值分别为 4.21、4.17、3.88、3.76。明显地，省级重点、市级重点学校为一类，县（区）重点和一般学校为另一类；河南、甘肃、山西和内蒙古教师的平均值分别为 3.89、3.52、3.85、3.78，地区之间存在着差距。

三、专业自信

教师"专业自信"的问卷调查结果如表 5-48 所示。

表 5-48　教师专业自信情况统计表

问题	完全符合		多数符合		少数符合		很少符合		完全不符合		平均值
	人数/人	百分比/%	人数/人	百分比/%	人数/人	百分比/%	人数/人	百分比/%	人数/人	百分比/%	
我为能成为一名教育工作者而感到自豪	399	40.1	335	33.7	199	20.0	43	4.3	18	1.8	4.06
我经常反思自己的工作	403	40.7	36.5	36.8	191	19.3	26	2.6	6	0.6	4.14
我承认自己需要得到同事的支持	410	41.2	407	40.9	163	16.4	10	1.0	3	0.3	4.23
我常对深造或参加专业发展的同事给予鼓励	362	36.5	402	40.5	203	20.4	24	2.4	2	0.2	4.11
我关心学校将来会变成什么样	422	42.5	341	34.3	175	17.6	39	3.9	17	1.7	4.12

问题	完全符合		多数符合		少数符合		很少符合		完全不符合		平均值
	人数/人	百分比/%	人数/人	百分比/%	人数/人	百分比/%	人数/人	百分比/%	人数/人	百分比/%	
我经常赞扬对学校做了好事的同事	309	31.1	373	37.6	248	25.0	55	5.5	5	0.5	4.17
我清楚地知道，为了达成共同目标，自己能够贡献些什么	262	26.5	430	43.4	259	26.2	33	3.3	6	0.6	3.92
总平均值											4.10

由调查结果知道，中小学教师具有良好的专业自信，平均值为4.10，平均值的百分比为77.5%，远远高于投入改革、校长领导和学校愿景的得分。所调查的7个问题中，问题"我清楚地知道，为了达成共同目标，自己能够贡献些什么"和"我为能成为一名教育工作者而感到自豪"的得分相对较低，而"我常对深造或参加专业发展的同事给予鼓励"、"我经常反思自己的工作"、"我经常赞扬对学校做了好事的同事"、"我承认自己需要得到同事的支持"、"我关心学校将来会变成什么样"等问题没有过高或过低的得分。

在10个状态变量中，经方差分析发现，没有一个状态变量的平均值之间呈现显著性差异，说明不同性别、年龄、教龄的教师以及不同学校位置、学校类型、学校层次和地区的教师在专业自信上没有显著性差异。这是在所有影响因素中不曾出现的，原因是什么值得分析。

四、专业价值观

教师"专业价值观"的问卷调查结果见表5-49。由统计结果可知：教师的专业价值观的平均得分为3.82，平均值的百分比为70.5%，处于良好程度。问题"课堂教学经验使我理解学生的学习"得分最高，问题"教师会按照社会大众的决定去评估学生成就"得分最低，其余四个问题得分基本相同，说明教师对于专业价值观的不同方面的认识有一定差异。

表 5-49 教师专业价值观情况统计表

问题	完全符合		多数符合		少数符合		很少符合		完全不符合		平均值
	人数/人	百分比/%	人数/人	百分比/%	人数/人	百分比/%	人数/人	百分比/%	人数/人	百分比/%	
课堂教学经验使我理解学生的学习	311	31.4	436	44.0	207	20.9	32	3.2	3	0.3	4.05
工作团队的内聚力影响教师之间的合作	316	31.9	372	37.5	179	18.1	90	9.1	34	3.4	3.85
教师会按照社会大众的决定去评估学生成就	175	17.7	316	32.0	335	33.9	135	13.7	26	2.6	3.52
教师按照学校决定的优先次序而工作	212	21.4	365	36.9	334	33.8	65	6.6	13	1.3	3.71
社会改变,我的教学也相应地改变	282	28.5	383	38.7	258	26.1	56	5.7	11	1.1	3.88
教师们相信每一个学生都能够学习	352	35.6	291	29.5	233	23.6	86	8.7	26	2.6	3.87
总平均值											3.82

　　由进一步的方差分析（表5-50）可知，性别、担任职务、受教育层次和学校层次三个状态变量的平均值差异不显著，其余状态变量的平均值差异显著。下面具体分析与学校文化相关的整体变量的差异情况：就学校位置而言，城市学校和农村学校教师的平均值分别为4.03、3.75，城市学校教师的专业自信明显高于农村教师的专业自信；重点学校教师的得分高于一般学校教师的得分，重点学校教师的专业自信高于一般学校教师的专业自信；河南、甘肃、内蒙古、山西教师的平均值分别为3.89、3.62、3.77、3.70，在专业自信方面差距不大。

表 5-50　教师专业价值观情况方差分析表

来源		方差	自由度	平均方差	F 值	显著水平
年龄	SS_b	6.624	5	1.325	3.040	0.010**
	SS_w	422.744	970	0.436		
	SS_t	429.369	975			
教龄	SS_b	5.006	4	1.252	2.866	0.022*
	SS_w	420.971	964	0.437		
	SS_t	425.977	968			
职称	SS_b	8.335	8	1.042	2.401	0.014*
	SS_w	415.255	957	0.434		
	SS_t	423.591	965			
学校位置	SS_b	14.309	3	4.770	11.081	0.000**
	SS_w	413.646	961	0.430		
	SS_t	427.954	964			
学校类型	SS_b	8.593	3	2.864	6.571	0.000**
	SS_w	420.239	964	0.436		
	SS_t	428.832	967			
地区	SS_b	10.168	3	3.389	7.859	0.000**
	SS_w	419.200	972	0.431		
	SS_t	429.369	975			

五、校长领导

校长对学校具有极其重要的作用，人们常说，一个好校长就是一所好学校。校长领导是学校文化的一个重要方面，对新课程改革具有决定性意义。教师对学校文化中"校长领导"的评价情况见表 5-51。

表 5-51　校长领导情况统计表

问题	完全符合		多数符合		少数符合		很少符合		完全不符合		平均值
	人数/人	百分比/%	人数/人	百分比/%	人数/人	百分比/%	人数/人	百分比/%	人数/人	百分比/%	
校长对全体员工最有影响力	322	32.5	333	33.6	229	23.1	79	8.0	28	2.8	3.85
学校的行政人员关心我	173	17.5	261	26.4	334	33.7	143	14.4	79	8.0	3.31
校长鼓励教师的专业发展	304	30.7	307	31.0	248	25.1	88	8.9	41	4.1	3.78
教师共同落实会议中的决定	197	19.9	320	32.3	321	32.4	106	10.7	47	4.7	3.52
总平均值											3.61

校长领导的得分平均值为 3.61，平均值的百分比为 65.25%，总体水平不高。问题"学校的行政人员关心我"的得分仅为 3.31，只有过半的教师认为学校领导关心教师，"教师共同落实学校会议中的决定"得分也相对过低。因此，校长的领导能力、学校领导对教师的工作、生活和专业发展的关心有些欠缺。

在对"校长领导"有关问题的回答中，性别、年龄、教龄和受教育层次等个体状态变量无显著性差异（表 5-52）。担任职务方面，校长、教导主任、年级组长、教研组长和教师对此问题的回答平均值分别为 4.06、3.74、3.56、3.51、3.59，校长得分最高，其他教师基本相同，说明校长和其他人在此问题上存在差异；在学校位置方面，城市学校得分明显高于农村学校；学校层次方面，小学得分高于初中得分；学校类型方面，重点学校的得分远远高于一般学校的得分；在地区方面，河南、甘肃、内蒙古、山西教师的平均值分别为 3.68、3.19、3.81、3.58。因此，不同地区、不同地理位置、不同类型、不同层次等学校的校长领导状况有着较大的差距。

表 5-52　校长领导情况方差分析表

来源		方差	自由度	平均方差	F 值	显著水平
职称	SS_b	31.792	8	3.974	5.116	0.000**
	SS_w	752.627	969	0.777		
	SS_t	784.419	977			
担任职务	SS_b	13.263	4	3.316	4.172	0.002**
	SS_w	756.532	952	0.795		
	SS_t	769.795	956			
学校位置	SS_b	29.857	3	9.952	12.777	0.000**
	SS_w	757.864	973	0.779		
	SS_t	787.721	976			
学校层次	SS_b	15.636	1	15.636	19.762	0.000**
	SS_w	772.220	976	0.791		
	SS_t	787.856	977			

来源		方差	自由度	平均方差	F 值	显著水平
学校类型	SS_b	12.811	3	4.270	5.360	0.001**
	SS_w	777.509	976	0.797		
	SS_t	790.320	979			
地区	SS_b	30.84	3	10.281	13.298	0.000**
	SS_w	760.744	984	0.773		
	SS_t	791.586	987			

六、学校愿景

学校愿景作为学校全体师生的共同愿望和设想，对师生具有强大的感召力，影响着教师的日常行为。学校愿景对新课程实施具有深刻的影响作用。"学校愿景"问卷调查结果如表 5-53 所示。

表 5-53　学校愿景情况统计表

问题	完全符合		多数符合		少数符合		很少符合		完全不符合		平均值
	人数/人	百分比/%	人数/人	百分比/%	人数/人	百分比/%	人数/人	百分比/%	人数/人	百分比/%	
教师会为学校的发展建立一个共同的目标	209	21.2	312	31.6	293	29.3	132	13.4	42	4.3	3.52
学校发展目标能反映同事的共识	188	19.0	323	32.7	320	32.4	127	12.9	29	2.9	3.52
学校关心学生的个别差异	194	19.6	308	31.2	311	31.5	129	13.1	46	4.7	3.48
教师们同心协力，为了学校的共同目标而工作	242	24.4	350	35.4	288	29.1	85	8.6	24	2.4	3.74
对学校的共同目标能否面对未来，教师之间是有讨论的	175	17.7	345	34.9	329	33.3	115	11.6	24	2.4	3.54
总平均值											3.56

由统计分析的结果可知：教师对于"学校愿景"回答的总平均值

为 3.56，平均值的百分比为 57.75%，为中等程度。教师对于问题"教师会为学校的发展建立一个共同的目标"、"学校发展目标能反映同事的共识"、"教师们同心协力，为了学校的共同目标而工作"、"对学校的共同目标能否面对未来，教师之间是有讨论的"的回答得分比较接近，教师无论对建立共同的目标，还是完成共同的目标，都持一个中性的态度，对于学校目标的建立和发展漠不关心。这是我们应该关注的问题。

对"学校愿景"作方差分析，具体结果见表 5-54。

方差分析的结果告诉我们：年龄、教龄和受教育层次等一些主要的个体状态变量对于"学校愿景"的影响不显著，因此，我们重点分析整体变量对于"学校愿景"的影响情况。城市学校、县城学校、乡镇学校和农村学校教师的平均值分别为 3.86、3.56、3.43、3.48，城市学校教师的得分明显优于其他三类学校教师的得分；小学教师的平均得分高于初中教师的平均得分；省级重点、市级重点、县（区）重点和一般学校的教师平均值分别为 4.15、3.86、3.61、3.49，省级重点学校教师得分明显高于一般学校教师得分；在地区方面，河南、甘肃、内蒙古和山西教师的平均值分别为 3.59、3.24、3.71、3.63，学校愿景存在着地区差距。

表 5-54　学校愿景情况方差分析表

来源		方差	自由度	平均方差	F 值	显著水平
性别	SS_b	4.962	1	4.962	7.193	0.007
	SS_w	661.584	959	0.690		
	SS_t	666.546	960			
职称	SS_b	21.081	8	2.635	3.920	0.000**
	SS_w	643.361	957	0.672		
	SS_t	664.442	965			
担任职务	SS_b	10.962	4	2.740	3.982	0.003**
	SS_w	647.541	941	0.688		
	SS_t	658.503	945			
学校位置	SS_b	24.948	3	8.316	12.367	0.000**
	SS_w	646.184	961	0.672		
	SS_t	671.132	964			

来源		方差	自由度	平均方差	F 值	显著水平
学校层次	SS$_b$	12.300	1	12.300	17.996	0.000**
	SS$_w$	659.589	965	0.684		
	SS$_t$	671.889	966			
学校类型	SS$_b$	19.255	3	6.418	9.466	0.000**
	SS$_w$	653.600	964	0.678		
	SS$_t$	672.855	967			
地区	SS$_b$	16.980	3	5.660	8.372	0.000**
	SS$_w$	657.103	972	0.676		
	SS$_t$	674.08	975			

七、小结

第一，学校文化的平均值为 3.73，百分比为 68.25%，属于良好水平。在调查的 6 个维度中，"投入改革"、"专业协作"、"专业自信"和"专业价值观"、"校长领导"和"学校愿景"的平均值依次为 3.50、3.82、4.10、3.81、3.61、3.56，明显分为三个层次："专业自信"为第一层次；"专业协作"和"专业价值观"为第二层次；"投入改革"、"校长领导"和"学校愿景"为第三层次。

第二，各种状态变量对学校文化有一定的影响作用。在考察的 10 个状态变量中，年龄、教龄和受教育层次等三个个体变量对学校文化没有显著性影响；而学校层次、学校类型、学校位置、地区等整体状态变量对学校文化有明显的影响。在有显著性影响的状态变量中，具体情况是：在学校中，校长的得分最高，这一特征正好与教师信念相反；在学校位置方面，城市学校教师的得分明显高于县城学校、乡镇学校和农村学校教师的得分；在学校类型方面，省级重点和市级重点学校教师的得分明显高于县级和一般学校教师的得分；在地区方面，甘肃省教师得分较低，其他三地基本相同。

第六章 变量之间的相关和回归分析

第五章对新课程实施程度、教师阻抗程度、教师知识、教师认同、教师信念、学校文化等单一变量的现状进行了描述性分析，对性别、年龄、教龄、职称、担任职务等个人状态变量，以及学校层次、学校类别、学校位置和不同地区等群体状态变量进行了方差分析。通过分析，使我们对新课程实施程度、教师阻抗程度和各影响因素（变量）的现状有了比较深入的了解，为本研究奠定了坚实的基础。但是，仅仅依靠这样的分析，我们无法了解教师知识、教师认同、教师信念和学校文化等因素与教师阻抗程度和新课程实施程度之间存在着怎样的关系，它们之间是如何相互联系的。因此，必须对这些变量进行关系分析。

在教育研究中，对变量之间关系的探讨主要采用相关分析和回归分析。前者主要是分析两个变量或多个变量之间的关联程度或密切程度；后者则主要分析两个变量或多个变量之间的因果关系，在关系的探讨上则更进一步。以下我们对问卷调查所获得的数据资料进行相关分析和回归分析。

第一节　变量之间的相关分析

在教育研究中，可以发现许多事物或现象之间存在着某种联系，如学生学习成绩与智力水平、学习成绩与教师教学水平等，它们之间都以一定的形式相互影响、相互作用和相互制约，这就要求我们去探索和揭示事物或现象之间的联系。事物之间的联系大致可以分为两类：一类是确定性关系，变量之间存在着一一对应的关系，即函数关系（因果关系）；另一类是不完全确定的关系，两个变量之间存在着相互依赖、相互影响的关系，却不是严格的一一对应关系，称为相关关系。相关关系反映的是变量之间是否存在联系以及联系的程度。确定性关系与相关关系之间往往无法截然区分：一方面，由于测量误差等随机因素的影响，确定性关系在现实中往往通过相关关系表现出来；另一方面，当人们对客观事物的内部规律了解得更深刻时，相关关系又可能转化为确定性关系。因此，相关关系是函数关系（因果关系）的基础，变量之间只有存在相关关系，才可能存在函数关系（因果关系）。

相关分析用于描述两个变量或多个变量之间联系的密切程度，它反映的是当控制了其中一个变量的取值后，另一个变量还有多大的变异程度。相关分析有一个显著的特点是变量不分主次，被置于同等的地位。变量之间的相关关系可以分为三种情况：正相关、负相关和零相关。两个变量之间同方向变动的关系叫正相关，即一个变量的数值变大，与其相关的另一变量的数值也随之增大；或反之，一个变量的数值变小，另一变量的数值也随之变小。变量之间反方向变动的关系称为负相关，即一个变量的数值变大伴随的却是另一变量的数值变小。所谓零相关，是指两个变量之间不存在相关关系。

人们一般采用散点图的形式来直观地观察两个变量之间是否存在相关关系，用相关系数来度量变量之间的关联程度或密切程度。在教育研究中，随着研究变量的类型不同，研究者用不同的方法计算相关系数：两变量都用等距量表测量时，采用皮尔逊积差相关；两变量都用等级量表测量时，采用斯皮尔曼等级相关；一变量用等距量表测量，另一变量为真实的二分变量，采用点二列相关；两变量都用称名量表分类，采用列联相关。在本研究中，依据变量的特性，我们采用皮尔逊积差相关来计算相关系数。

在本研究中，每一个因素都有多个维度。为了更具体、深入地把握每一因素和教师阻抗程度之间的相互关系，每一因素和新课程实施程度之间的相互关系，我们不仅要关注各种因素与课程实施程度的整体相关程度，而且要依据因素的不同维度之间的相关情况进行优势分析，寻找最优因素或准优因素，从而判定研究因素对教师阻抗和课程实施影响的大小。具体方法如下。

在灰色系统理论中（刘思峰等，1999），假设 $X_i(i=1,2,\cdots,s)$ 为相关因素行为序列，$Y_j(j=1,2,\cdots,m)$ 为系统特征行为序列，且

$$r_{ij} = \begin{bmatrix} r_{11} & r_{12} & \cdots & r_{1m} \\ r_{21} & r_{22} & \cdots & r_{2m} \\ \vdots & \vdots & & \vdots \\ r_{s1} & r_{s2} & \cdots & r_{sm} \end{bmatrix}$$

为其灰色关联矩阵，则有：

（1）若存在 l，$j \in \{1, 2, \cdots, m\}$，满足

$$r_{il} \geqslant r_{ij}; i = 1, 2, \cdots, s$$

则称因素 X_l 优于因素 X_j，记为 $X_l > X_j$。若 $\forall j = 1, 2, \cdots, m$，$j \neq$

l，恒有 $X_l > X_j$ ，则称 X_l 为最优因素。

（2）若存在 $l, j \in \{1, 2, \cdots, m\}$ ，满足

$$\sum_{l=1}^{m} r_{il} \geqslant \sum_{j=1}^{m} r_{ij} ; i = 1, 2, \cdots, s$$

则称因素 X_l 准优于因素 X_j ，记为 $X_i \geqslant X_j$ 。

把上述数学公式用语言表达出来就是：若某一因素的每一个维度与行为特征序列的相关系数都大于其他因素与行为特征序列的相关系数，则称这一因素为最优因素；若某一因素的每一个维度与行为特征序列的相关系数之和大于其他因素与行为特征序列的相关系数之和，则称这一因素为准优因素。最优因素或准优因素表示与行为特征变量有着最密切的关联或相关，可能对因变量起着决定性的作用。

下面逐一分析每一因素对教师阻抗和课程实施的影响程度。

一、教师知识与教师阻抗的相关分析

教师知识是影响教师阻抗的一个重要因素，与新课程实施程度有着较高的关联程度。教师知识与教师阻抗之间存在着怎样的关系呢？表 6-1 就是根据问卷调查所计算出的教师阻抗的两个层次与教师知识的五个维度之间的相关系数矩阵。

表 6-1　教师知识与教师阻抗的相关分析

	学科知识	一般教学法知识	学科教学知识	学生与自身知识	教育目的价值知识
态度	0.418 **	0.319 **	0.378 **	0.293 **	0.317 **
	0.000	0.000	0.000	0.000	0.000
	982	980	980	978	978
行为表现	0.574 **	0.485 **	0.448 **	0.289 **	0.335 **
	0.000	0.000	0.000	0.000	0.000
	971	969	970	969	967

表中每一方格中的第一行为教师阻抗的某一维度与教师知识的某一维度的相关系数；第二行为两维度之间的相关的显著性水平；第三行为样本的数目（容量）。

由表 6-1 可以看出，在学科知识、一般教学法知识、学科教学知识、学生及自身知识以及教育目的价值知识中，学科知识与教师的态

度和行为表现的相关系数都大于其他指标，因此，学科知识为最优因素。教师知识每一维度与态度和行为表现相关系数之和的大小顺序依次为学科知识、一般教学法知识、学科教学知识、教育目的价值知识、学生与自身知识。教师的学科知识、一般教学法知识、学科教学知识与教师的态度和行为表现的关联程度较高，而教师有关学生与自身知识、教育目的价值知识与教师的态度和行为表现的关联程度较低。

造成这种现象的原因是新课程对教师在课程决策、开发、研究能力和知识结构上提出了许多新要求：教师不再只是课程的执行者，而且是课程的建设者、调适者，是课程实施中问题的协商者、解决者；教师不再只是知识的传授者和管理者，而是学生发展的促进者和引导者；在教学活动中，教师既要关注知识体系中的事实、概念、法则、理论，还要关注与知识紧密相关的、有助于各种能力形成技巧掌握的步骤、作业方式与技术。教师只有充足的学科知识、一般教学法知识和学科教学知识才能较好地满足课程改革的需要。因此，教师的学科知识、一般教学法知识和学科教学知识的高低或多少，可能影响和制约教师对课程改革的态度和行为表现，从而可能形成新课程实施中教师的阻抗。

二、教师信念与教师阻抗的相关分析

教师信念与教师阻抗相关分析见表 6-2。

表 6-2　教师信念与教师阻抗的相关分析

	学生管教	课程与教学计划	教学与评价	学生学习
态度	0.317 **	0.338 **	0.251 **	0.067 *
	0.000	0.000	0.000	0.038
	954	979	964	971
行为表现	0.253 **	0.279 * *	0.145 * *	−0.023
	0.000	0.000	0.000	0.477
	944	969	952	961

由表 6-2 可知，在教学信念的四个维度中，课程与教学计划与教师的态度和行为表现的关联程度最高，为最优因素，其余三个维度的关联程度大小依次为学生管教、教学与评价和学生学习。而教师有关学生

学习的信念与教师的行为表现出现负相关。教师如何理解课程与教学目标？教师如何对待教材的内容？是把学生看作自我管理的主体，或者是需要监督管理的客体？教师在这些问题上的观念不同，他们对待新课程的态度和行为意向必定不同。因此，教师在"课程与教学计划"、"学生管教"和"教学与评价"三个指标上得分的高低可能影响教师对于新课程的态度和行为表现，从而可能形成新课程实施中教师的阻抗。

三、学校文化与教师阻抗的相关分析

学校文化作为学校组织氛围，必然影响教师的思想和行为意向，从而影响到新课程的实施程度。学校文化与教师对新课程态度和行为意向的相关分析见表 6-3。

由表 6-3 可知，在学校文化中没有最优因素，准优因素为投入改革。学校文化与教师阻抗的关联程度的大小依次为投入改革、学校愿景、专业协作、校长领导、专业价值观和专业自信。从相关程度看，投入改革、学校愿景和专业协作为第一层次；校长领导和专业价值观为第二层次；专业自信为第三层次。说明投入改革、学校愿景、专业协作与教师对新课程的态度和行为表现关系密切，对教师阻抗的形成有较大的影响作用。学校作为一个组织，其组织氛围对于每一个成员有着潜移默化的影响。一个有明确的发展目标、积极进取、勇于改革、相互支持和共同分享的学校文化，一定程度上会使教师对课程改革抱有积极的态度和行为意向。

表 6-3 学校文化与教师阻抗的相关分析

	投入改革	专业协作	专业自信	专业价值观	校长领导	学校愿景
态度	0.258**	0.280**	0.186**	0.291**	0.284**	0.261**
	0.000	0.000	0.000	0.000	0.000	0.000
	963	966	975	967	978	965
行为表现	0.491**	0.452**	0.279**	0.357**	0.403**	0.448**
	0.000	0.000	0.000	0.000	0.000	0.000
	952	955	963	955	967	954

四、教师认同与教师阻抗的相关分析

教师对新课程的认同直接决定着教师的态度和行为表现，是影响新课程实施的一个关键因素。教师认同与教师态度和行为表现的相关分析见表6-4。

表6-4　教师认同与教师阻抗的相关分析

	学校支持	校外支持	课程实用性	关心事项	成本效益
态度	0.366**	0.360**	0.512**	0.477**	0.588**
	0.000	0.000	0.000	0.000	0.000
	986	988	978	980	985
行为表现	0.539**	0.544**	0.620**	0.571**	0.603**
	0.000	0.000	0.000	0.000	0.000
	975	976	967	972	974

由表6-4可知，在教师认同因素中，没有最优因素，准优因素为成本效益。五个因素与态度和行为表现的密切程度依次为成本效益、课程实用性、关心事项、学校支持和校外支持。因此，在课程改革中，教师的投入与产出、课程的实用性、对学生学习成绩的影响等问题，在很大程度上决定着教师对于新课程的态度和行为意向。因为面对改革，人们首先考虑的是改革能否给自己带来收益、能带来多大的收益、改革的难度有多大、条件是否成熟、对未来的发展会产生怎样的影响。

五、影响因素与教师阻抗的整体相关分析

以上我们分别对教师知识、教师认同、教师信念和学校文化与教师阻抗之间进行了相关分析，使我们有了一个比较具体的了解和认识。表6-5为新课程实施程度与影响变量的总的相关分析。

表6-5　影响因素与教师阻抗的相关分析

	教师知识	教师认同	教师信念	学校文化
教师阻抗	0.574**	0.725**	0.287**	0.478**
	0.000	0.000	0.000	0.000
	931	942	897	908

从表 6-5 可知，就本研究分析和探讨的四个影响因素来说，教师对新课程的认同感与教师阻抗关联度最高，教师知识和学校文化与教师阻抗关联度次之，教师信念与教师阻抗关联度最小。教师对于课程改革的态度和行为意向首先取决于他们是否认同改革、自己的知识储备与改革是否适应，还取决于学校的组织氛围是否有利于改革。

六、教师知识与新课程实施程度的相关分析

本研究把新课程的实施分为由表层变化到真确式改变等五个不同的维度：教材及教学材料的改变、组织结构的变化、教师角色或行为的转变、知识及理解的变化和教育教学的价值观念的变化。新课程实施的五个维度与学科知识、一般教学法知识、学科教学知识、学生与自身知识和教育目的价值知识等教师知识的相关系数矩阵如表 6-6。

表 6-6　教师知识与新课程实施程度的相关分析

	教材及教学材料	组织结构	角色关系或行为	知识及理解	价值观念
学科知识	0.292**	0.314**	0.297**	0.414**	0.404**
	0.000	0.000	0.000	0.000	0.000
	988	985	977	980	979
一般教学法知识	0.316**	0.359**	0.363**	0.460**	0.454**
	0.000	0.000	0.000	0.000	0.000
	990	987	979	982	981
学科教学知识	0.265**	0.266**	0.266**	0.262**	0.483**
	0.000	0.000	0.000	0.000	0.000
	990	987	979	983	981
自身及学生知识	0.151**	0.104**	0.187**	0.218**	0.262**
	0.000	0.000	0.000	0.000	0.000
	988	985	977	980	979
教育目的价值知识	0.193**	0.149**	0.182**	0.304**	0.307**
	0.000	0.000	0.000	0.000	0.000
	988	985	977	981	979

就教师知识和课程实施程度的各维度的相关程度或密切程度来说，由表 6-6 可知，教师知识的五个维度与新课程实施维度的关联程度（相关系数）的大小有着显著的差别，如学科教学知识与课程实施程度中

的价值观念转变的相关系数最大，为 0.483，表示学科教学知识与教育教学价值观念转变二者关系最密切；而自身及学生知识与课程实施程度中的组织结构改变的相关系数最小，为 0.104，表示二者之间的关系最疏远，互动性不强。

通过优势分析可以发现：在教师知识的五个维度中，不存在最优因素，就是说，没有任何一个知识维度与课程实施程度的相关系数全部大于其他知识与课程实施程度的相关系数。但一般教学法知识的相关系数普遍大于其他维度，仅仅小于学科教学知识与价值观念的相关系数。计算课程实施程度与知识的五个维度的相关系数，其大小顺序依次为一般教学法知识、学科知识、学科教学知识、教育目的价值知识和自身及学生知识，分别是 0.440、0.499、0.439、0.242、0.286，因此，准优因素为一般教学法知识。可见，不同知识类型与课程实施程度的关联程度是不同的。

因此，新课程的实施程度与教师所拥有的一般教学法知识、学科知识和学科教学知识存在着显著的关联性，部分原因是由于这三部分知识是实施教学的基本要求，在新课程实施的前期，它们的作用就比较明显。与此同时，价值观念知识和自身及学生知识是属于深层次的，与新课程的表层变化似乎关联不密切，在新课程实施的初期难以起到立竿见影的效果，但与教师对知识及理解变化和教育教学价值观念的变化有着相对比较高的关联程度。从表 6-5 中可以清楚地看到，教师知识及理解和教育教学价值观念的变化与教师的价值观念知识和自身及学生知识之间的关联度明显大于教材及教学材料的变化与教师的价值观念知识和自身及学生知识之间的关联度，我们不能忽视教师的价值观念知识和自身及学生知识的潜在价值。

七、教师认同与新课程实施程度的相关分析

中小学教师对于新课程的认同程度直接影响着他们的所作所为，教师对于新课程的认同也受到多种因素的制约和影响。分析和研究认

同的各维度与课程实施程度的关联程度，对于探寻影响新课程实施原因有一定的积极作用。认同感与新课程实施程度的关系矩阵如表 6-7 所示。

从表 6-7 中可以直观地看到，教师对新课程的认同与新课程实施的程度之间的相关系数明显大于教师知识与新课程实施程度之间的相关系数。相关系数最大的是学校支持与组织结构改变之间的相关系数，为 0.612；最小的是态度与组织结构改变之间的相关系数，为 0.180；相关系数的平均值为 0.395，在四个变量中是最高的。

表 6-7　教师认同与新课程实施程度的相关分析

	教材及教学材料	组织结构	角色关系或行为	知识及理解	价值观念
学校支持	0.475 **	0.612 **	0.520 **	0.573 **	0.542 **
	0.000	0.000	0.000	0.000	0.000
	996	993	986	989	987
校外支持	0.407 **	0.468 **	0.403 **	0.458 **	0.427 **
	0.000	0.000	0.000	0.000	0.000
	998	995	987	990	989
课程实用性	0.403 **	0.426 **	0.388 **	0.517 **	0.492 **
	0.000	0.000	0.000	0.000	0.000
	989	986	980	981	980
关心事项	0.328 **	0.355 **	0.322 **	0.436 **	0.431 **
	0.000	0.000	0.000	0.000	0.000
	991	988	980	984	982
成本效益	0.243 **	0.270 **	0.264 **	0.415 **	0.399 **
	0.000	0.000	0.000	0.000	0.000
	991	988	980	983	982

由优势分析可知，在学校支持、校外支持、课程实用性、关心事项、成本效益等认同的五个维度中，学校支持与新课程实施程度各维度之间的相关系数大于其余四个维度与新课程实施程度各维度之间的相关系数，与课程实施程度的关联度最高，被称为最优因素。五个维度中相关系数之和的大小依次为学校支持、课程实用性、校外支持、关心事项、成本效益，分别是 2.722、2.226、2.163、1.872、1.591。从直观上看，五个维度明显分为三个层次：学校支持为第一层次；课程实用性和校外支持为第二层次；关心事项和成本效益为第

三层次。

　　学校鼓励和支持教师参加各种新课程培训、学校定期举办培训活动、为教师提供必要的资源、能得到其他教师的帮助等校内支持氛围是教师真正实施新课程不可或缺的重要条件；新课程本身的实用性、教育行政部门的支持和督促、大专院校及教育科研机构的咨询和指导、学生家长的理解和支持等因素是教师实施新课程的有力保障；而教师对于新课程实施的关心事项和成本效益等问题的考虑相对处于次要位置。通过认同感与新课程实施程度的相关分析我们可以得出以上基本认识。

八、教师信念与新课程实施程度的相关分析

　　新课程实施程度与教师信念之间的相关分析如表 6-8 所示。

表 6-8　教师信念与新课程实施程度的相关分析

	教材及教学材料	组织结构	角色关系或行为	知识及理解	价值观念
学生管教	0.075 **	0.123 **	0.077 **	0.327 **	0.299 **
	0.020	0.000	0.017	0.000	0.000
	965	962	955	959	958
课程与教学计划	0.101 **	0.121 **	0.132 **	0.285 **	0.316 **
	0.002	0.000	0.000	0.000	0.000
	990	987	979	982	981
教学与评价	−0.001	0.014	−0.023	0.189 **	0.205 **
	0.977	0.660	0.470	0.000	0.000
	973	970	962	965	965
学生学习	−0.040	−0.038	−0.049	0.055	0.053
	0.210	0.231	0.124	0.089	0.100
	982	979	971	974	973

　　通过教师信念和课程实施程度的相关系数的计算可知，本维度的准优因素为课程与教学计划；教师信念的四个维度与课程实施程度的相关系数分别为 0.213、0.233、0.084、−0.015。

　　从新课程实施程度与教师信念之间的相关系数来分析，有以下几个特点：其一，从整体上看，新课程实施程度与教师信念之间的关联

程度明显小于新课程实施程度与教师知识、认同感和学校文化等因素之间的关联程度；其二，准优因素（课程与教学计划）的相关系数相对较小；其三，某些维度之间出现了负相关；其四，某些维度之间的相关系数达不到显著性水平，相关程度不具有统计学意义。总之，新课程实施程度与教师信念的关联度不高。但是有一个现象应当引起我们的注意：随着课程实施程度由表层式变革到真确式变革，实施程度与教师信念的关联度呈现逐步提高的趋势，从表 6-2 中可以看到，教师知识和理解以及价值观念的改变等与教师信念的各维度的相关系数明显大于与教师教材及教学材料改变的相关系数，说明教师信念对于课程实施程度的影响是深层的而不是表层的。

造成二者之间关联度不高的原因，可能是教师理论与实践的背离。教师对于现代教育教学理论能够理解和接受，但在面对社会、家长对于学校教师的要求，面对应试教育要求时，出现二难选择，使得心里想的和实际做的出现矛盾，最终屈服于实际的需要。因此，给教师提供一个轻松的、自由的环境是新课程成功的保障。

九、学校文化与新课程实施程度的相关分析

学校文化作为学校的组织文化，它的核心是内隐规矩和内隐概念，对教师行为有很重要的影响。课程改革本身就是一场教育教学文化的改革，学校只有具有积极进取、团结协作、共同发展目标的学校文化，才能保证课程改革的贯彻实施。新课程实施程度与学校文化之间的相关分析如表 6-9 所示。

表 6-9　学校文化与新课程实施程度的相关分析

	教材及教学材料	组织结构	角色关系或行为	知识及理解	价值观念
投入改革	0.385**	0.480**	0.382**	0.476**	0.394**
	0.000	0.000	0.000	0.000	0.000
	972	969	961	964	963
专业协作	0.311**	0.398**	0.319**	0.469**	0.405**
	0.000	0.000	0.000	0.000	0.000
	975	972	964	967	966

続表

	教材及教学材料	组织结构	角色关系或行为	知识及理解	价值观念
专业自信	0.142**	0.127**	0.127**	0.234**	0.223**
	0.000	0.000	0.000	0.000	0.000
	985	982	974	977	976
专业价值观	0.281**	0.255**	0.233**	0.354**	0.354**
	0.000	0.000	0.000	0.000	0.000
	976	973	967	969	967
校长领导	0.320**	0.338**	0.283**	0.365**	0.286**
	0.000	0.000	0.000	0.000	0.000
	988	985	977	980	979
学校愿景	0.371**	0.433**	0.347**	0.450**	0.386**
	0.000	0.000	0.000	0.000	0.000
	976	973	965	968	967

在投入改革、专业协作、专业自信、专业价值观、校长领导和学校愿景等六个维度中，投入改革与知识及理解变化之间的相关系数最大，为0.476，专业自信与组织结构的变化和角色关系和行为的转变之间的相关系数最小，同为0.127。学校文化和新课程实施程度之间所有的相关系数均达到显著性水平。通过优势分析可知，在学校文化的六个维度中，投入改革与新课程实施程度各维度之间的相关系数大于其余五个维度与新课程实施程度各维度之间的相关系数，与课程实施程度的关联度最高，被称为优因素；而专业自信与新课程实施程度各维度之间的相关系数最小，与课程实施程度的关联度最低。学校文化的六个维度与课程实施程度的相关系数分别为0.552、0.490、0.213、0.383、0.418和0.523。因此，六个维度明显分为三个层次：投入改革、学校愿景和专业协作为第一层次，与新课程实施程度有较高的关联性；专业价值观和校长领导为第二层次，与新课程实施程度有一定的关联性；专业自信为第三层次，与新课程实施程度的关联性最低。

十、教师阻抗与新课程实施程度的相关分析

教师阻抗是影响和制约教师实施新课程的关键因素，决定着新课

程实施的成功与否。表 6-10 是新课程实施程度与教师阻抗的相关分析。由表 6-10 可知，教师阻抗与新课程实施程度有着比较密切的联系，对于新课程的实施有着制约和影响作用。就教师阻抗来说，教师对于新课程的行为意向与新课程实施程度的相关高于教师态度与新课程实施程度的相关。就新课程实施程度来说，从教材及教学材料的改变、组织结构的变化、教师角色关系或行为的转变、知识及理解的变化和教育教学的价值观念的变化，他们与教师阻抗的密切程度逐步增加。

表 6-10 教阻抗与新课程实施程度的相关分析

	教材及教学材料	组织结构	角色关系或行为	知识及理解	价值观念
态度	0.219 **	0.180 **	0.207 **	0.330 **	0.331 **
	0.000	0.000	0.000	0.000	0.000
	991	988	981	984	982
行为表现	0.361 **	0.399 **	0.372 **	0.451 **	0.430 **
	0.000	0.000	0.000	0.000	0.000
	980	977	969	973	972

十一、影响因素与新课程实施程度的整体相关分析

以上我们分别对教师知识、教师对新课程的认同、教师信念和学校文化与新课程实施程度之间进行了相关分析，使我们有了一个比较具体的了解和认识。但仅仅这样做还远远不够，我们还必须从整体上对这些变量进行相关分析。表 6-11 为新课程实施程度与影响变量的总的相关分析。

表 6-11 影响因素与新课程实施程度的相关分析

	教师知识	教师认同	教师信念	学校文化	教师阻抗
新课程实施程度	0.505 **	0.677 **	0.163 **	0.557 **	0.471 **
	0.000	0.000	0.000	0.000	0.000
	924	918	896	901	948

从表 6-11 可以知道，就本研究分析和探讨的五个影响变量来说，教师对新课程的认同感与新课程的实施程度关联度最高，教师知识、学校文化和教师阻抗与新课程的实施程度关联度次之，教师信念与新

课程的实施程度关联度最小。

"态度决定行动。"人们只有认同和接受某一种思想观念，才可能有积极的行为表现。教师只有认同和接受新课程的理念和实践意义，才可能有积极的行为表现，才可能积极投入到新课程改革的活动中来，把新课程的理念付诸实际行动中来；教师知识作为教师从事教育教学活动的基本条件，是进行新课程改革不可或缺的，是教师把新课程理念落实到教学实践中的前提条件，在很大程度上影响和制约着新课程的实施程度；学校文化作为一所学校的组织气氛或氛围，影响或制约着学校的每一个成员，必然影响到教师对新课程的实施程度；教师信念是学校文化中的深层指令，它像"幽灵"一样影响着学校的教育实践，同时，又被学校文化所影响，因此，理解、控制和重建这一"幽灵"成了学校文化建设的关键所在。

十二、小结

从以上对影响因素与教师阻抗之间的相关分析和影响因素与新课程实施程度之间的相关分析中可以得出如下结论：

第一，在教师知识、教师信念、学校文化和教师对新课程的认同四个因素中，教师对于新课程的认同与教师阻抗和新课程实施程度的相关程度都是最高的；教师知识与教师阻抗和新课程实施程度的相关程度位居第二；学校文化与教师阻抗和新课程实施程度的相关程度位居第三；教师信念与教师阻抗和新课程实施程度的相关程度最低。因此，要降低教师阻抗和提高新课程实施程度，应该首先关注影响教师认同新课程的因素，其次要关注教师的知识现状对于教师阻抗和新课程实施程度的影响，再次是学校文化和教师信念。

第二，在教师知识中，不同类别的知识，教师阻抗和新课程实施的影响程度存在着差异。就教师知识与教师阻抗的关系来说，学科知识为最优因素，与教师阻抗的密切程度依次为学科知识、一般教学法知识、学科教学知识、教育目的价值知识和自身及学生知识；就教师知识与新课程实施程度的关系来说,其密切程度依次为一般教学法知识、学科知识、学科教学知识、教育目的价值知识和学生和自身及学生知识。二者的顺序基本相同。因此,学科知识、一般教学法知识和学科教学知识是影响教师阻抗和新课程实施的主要因素,应该予以关注。

第三,教师信念与教师阻抗、教师信念与新课程实施程度之间的总体相关系数明显小于其他三个因素与教师阻抗和新课程实施程度的相关系数,在四个因素中处于最后的位置。同时,呈现出新的特点:其一,在某些维度之间出现了负相关;其二,某些维度之间的相关系数达不到显著性水平,相关程度不具有统计学意义。

在教学信念的四个维度中,课程与教学计划与教师的态度和行为表现的关联程度最高,为最优因素,其余三个维度的关联程度大小依次为学生管教、教学与评价和学生学习;而课程与教学计划与新课程实施程度五个维度的相关系数之和最大,为准优因素,其余因素大小依次为学生管教、教学与评价和学生学习,与教师阻抗的排列顺序相同。因此,教师在课程与教学计划、学生管教和教学与评价三个指标上得分的高低可能影响教师对于新课程的态度和行为表现,形成新课程实施中的教师阻抗,阻碍新课程实施程度。

第四,教师认同与教师阻抗、教师认同与新课程实施程度之间的总体相关系数在四个因素中处于首要位置。就教师认同与教师阻抗的相关程度而言,没有最优因素,准优因素为成本效益。五个因素与教师阻抗的密切程度依次为成本效益、课程实用性、关心事项、学校支持和校外支持;就教师认同与新课程的实施程度而言,学校支持与新课程实施程度各维度之间的相关系数大于其余四个维度与新课程实施程度各维度之间的相关系数,与课程实施程度的关联度最高,被称为最优因素。五个维度中相关系数之和的大小依次为学校支持、课程实用性、校外支持、关心事项、成本效益。二者的顺序出现不一致,原因有待进一步探讨。按照结果优先的原则,应该首先考虑教师认同与新课程实施程度的相关关系。

第五，学校文化与教师阻抗、学校文化与新课程实施程度之间的总体相关系数在四个因素中处于中间位置。就学校文化与教师阻抗的相关程度而言，在学校文化中没有最优因素，准优因素为投入改革，相关程度的大小依次为投入改革、学校愿景、专业协作、校长领导、专业价值观和专业自信；就学校文化与新课程实施程度的相关程度而言，投入改革为最优因素，相关程度的大小依次为投入改革、学校愿景、专业协作、校长领导、专业价值观和专业自信。二者的顺序完全相同。因此，投入改革、学校愿景和专业协作等一些具体、显性、互动的因素对教师阻抗和新课程实施程度的影响较大，而专业价值观和专业自信等隐性因素影响较小。

第二节　变量间的回归分析

回归分析是研究变量与变量之间的变化规律，通过一定的数学表达式来描述这种关系，进而确定一个或几个变量的变化对另一个变量的影响程度，并进行预测或控制的一种数理统计方法。在教育研究中回归分析具有如下功能：研究教育目标的定量指标（作为回归分析中的因变量）与影响这一指标的有关因素的密切程度；找出对教育目标真正起作用的主要因素和它们之间的定量关系式，排除无关及次要因素，从而揭示教育目标与有关因素之间的本质联系。

回归分析的基本步骤如下。

其一，确定回归方程中的自变量和因变量。因变量是我们研究的结果变量，一目了然，很容易找到。自变量的选取一般有四种方法，即强制法、逐步法、向前法和向后法。逐步法的具体做法是首先分别计算各自变量对因变量（y）的贡献大小，按由大到小挑选贡献最大的一个先进入方程；随后重新计算各自变量对因变量（y）的贡献，并考察已在方程中的变量是否由于新变量的引入而不再有统计意义。如果有，则将它剔除，并重新计算各自变量对因变量（y）的贡献。如仍有变量低于入选标准，则继续考虑剔除，直到方程内没有变量可被剔除，方程外没有变量可被引进为止。本研究对于回归自变量的选取采用逐步法。

其二，从收集到的样本数据出发确定自变量和因变量之间的数学关系，建立回归方程。

其三，对回归方程进行各种统计检验。通过样本数据建立一个回归方程后，不能立即就用于对某个实际问题的预测。因为这个模型的参数是样本数据估计拟合出来的经验方程，还需要对它作以下的统计检验：①回归方程的显著性检验。检验因变量与所有自变量之间的线性关系是否显著，是否可以用线性模型来描述因变量和自变量之间的关系；②回归系数显著性检验。回归方程显著性检验只能检验所有回归系数是否同时与零有显著性差异。如果检验出所有回归系数不同时为零，仍然不能保证方程中仍存在与零无显著差异的回归系数。也就是说，经过回归方程的显著性检验，仍然不能保证回归方程中不包含不能较好解释说明因变量变化的自变量。因此，可以通过回归系数显著性检验对每个回归系数进行考察。

下面我们对导致教师阻抗和影响新课程实施程度的因素逐一进行回归分析。

一、教师知识与教师阻抗的回归分析

教师知识与教师阻抗的回归分析是探讨教师知识这一独立因素对教师阻抗的影响程度的大小，主要分析不同知识维度对于教师阻抗的影响大小。回归分析的步骤和结果如下。

1. 采用逐步法筛选自变量

首先分别计算出每一个知识维度对教师阻抗的贡献程度。课程知识、一般教学法知识、课程教学知识、自身及学生知识以及教育目的价值知识的独立回归系数分别为 0.529、0.392、0.451、0.286 和 0.348；然后按照由大到小的顺序依次把课程知识、课程教学知识、一般教学法知识、教育目的价值知识和自身及学生知识进入回归方程，按照每一自变量的偏回归系数的 $t < 0.05$ 进入，$t > 0.10$ 剔除的原则，五个指标都符合标准，可以全部用来进行回归分析。

2. 对回归方程显著性检验

对由五个知识变量所建立的回归方程的方差分析结果如表 6-12 所示。因此，回归方程达到了极显著的水平，具有统计学意义，可以进行预测和控制。

表 6-12　教师知识与教师阻抗回归方程的方差分析

引入变量	方差来源	平方和	自由度	均方	F 值	显著性水平
截距	回归	148.010	5	29.602	105.062	0.000
学科知识	残差	260.624	925	0.282		
学科教学知识	总计	408.634	930			
一般教学法知识						
教育目的价值知识						
自身及学生知识						

3. 对回归系数进行显著性检验

对五个知识维度的偏回归系数进行 t 检验的结果见表 6-13。

表 6-13　教师知识与教师阻抗的偏回归系数及其 t 检验

引入变量	未标准化系数		标准化系数	t 值	显著性水平
	系数	标准误			
截距（a）	0.856	0.129		6.629	0.000
学科知识（x_1）	0.353	0.033	0.368	10.545	0.000
学科教学知识（x_2）	0.104	0.037	0.107	2.813	0.005
一般教学法知识（x_3）	0.078	0.032	0.089	2.397	0.017
教育目的价值知识（x_4）	0.095	0.031	0.101	3.116	0.002
自身及学生知识（x_5）	0.086	0.027	0.098	3.173	0.002

可见，五个维度的偏回归系数都达到了极显著的水平，对于教师阻抗有较大的影响作用。

通过回归方程的方差分析和各个自变量偏回归系数 t 检验，教师知识与教师阻抗之间的因果关系可以用回归方程表示：

$$Y = 0.856 + 0.353x_1 + 0.104x_2 + 0.078x_3 + 0.095x_4 + 0.086x_5$$

回归方程的含义是：在其他变量为零的情况下，x_1（学科知识）增加一个单位，则 Y（态度和行为意向）增加 0.353 个单位，教师阻抗则减少 0.353 个单位。依此类推。

因此，在教师知识中，学科知识对于教师阻抗的影响程度最大，其次是学科教学知识和教育目的价值知识，教师学生与自身知识和一般教学法知识影响最小。

二、教师信念与教师阻抗的回归分析

采用逐步回归法，依据每一自变量的偏回归系数的 $t < 0.05$ 进入，$t < 0.10$ 剔除的原则，学生管教、课程与教学计划和学生学习三个自变量可以进入回归方程，而教学与评价则被排斥在回归方程之外，回归方程的方差分析和变量的偏回归系数的 t 检验结果分别见表 6-14 和表 6-15。

表 6-14　教师信念与教师阻抗回归方程的方差分析

引入变量	方差来源	平方和	自由度	均方	F 值	显著性水平
截距	回归	68.971	3	22.990	63.094	0.000
学生管教	残差	325.393	893	0.364		
课程与教学计划	总计	394.364	896			
学生学习						

表 6-15　教师信念与教师阻抗的偏回归系数及其 t 检验

引入变量	未标准化系数		标准化系数	t 值	显著性水平
	系数	标准误			
截距（a）	1.683	0.162		10.364	0.000
学生管教（x_1）	0.320	0.051	0.261	6.326	0.000
课程与教学计划（x_2）	0.181	0.041	0.260	6.812	0.000
学生学习（x_3）	−0.143	0.029	−0.170	−4.866	0.000

通过回归方程的方差分析和各个自变量偏回归系数 t 检验，教师信

念与教师阻抗之间的因果关系可以用回归方程表示：

$$Y = 1.683 + 0.320x_1 + 0.181x_2 - 0.1436x_3$$

所以，教师对于学生的管教持怎样的观点，对课程与教学计划如何认识，直接影响着对新课程实施的态度和意向性，教师在这两个维度上得分越高，其阻抗越小；而教师在学生学习上的得分越高，其阻抗越大，呈现出反方向的性质，原因是什么需要进一步探究。

三、学校文化与教师阻抗的回归分析

采用逐步回归法，依据每一自变量的偏回归系数的 $t < 0.05$ 进入，$t > 0.10$ 剔除的原则，投入改革、专业协作、专业自信、专业价值观和校长领导五个指标可以进入回归方程，而学校愿景被排除在回归方程之外。回归方程的方差分析结果、变量的偏回归系数的 t 检验结果分别见表 6-16 和表 6-17。

表 6-16　学校文化与教师阻抗回归方程的方差分析

引入变量	方差来源	平方和	自由度	均方	F 值	显著性水平
截距	回归	95.588	5	19.118	56.364	0.000
投入改革	残差	305.939	902	0.339		
专业协作	总计	401.527	907			
专业价值观						
校长领导						
专业自信						

表 6-17　学校文化与教师阻抗的偏回归系数及其 t 检验

引入变量	未标准化系数		标准化系数	t 值	显著性水平
	系数	标准误			
截距（a）	1.599	0.127		12.572	0.000
投入改革（x_1）	0.127	0.042	0.143	3.052	0.002
专业协作（x_2）	0.120	0.041	0.133	2.910	0.004
专业价值观（x_3）	0.164	0.036	0.161	4.527	0.000
校长领导（x_4）	0.086	0.031	0.112	2.815	0.005
专业自信（x_5）	0.045	0.018	0.078	2.477	0.013

通过回归方程的方差分析和各个自变量偏回归系数 t 检验，学校文化与新课程实施程度之间的因果关系可以用回归方程表示：

$$Y = 1.599 + 0.127x_1 + 0.120x_2 + 0.1646x_3 + 0.086x_4 + 0.045x_5$$

在学校文化中，对于教师阻抗的影响居第一的是专业价值观，居第二的是投入改革和专业协作，居第三的是校长领导和专业自信，学校愿景对于教师阻抗的影响差异不显著。

四、教师认同与教师阻抗的回归分析

采用逐步回归法，依据每一自变量的偏回归系数的 $t < 0.05$ 进入，$t > 0.10$ 剔除的原则，五个自变量都可以进入回归方程。回归方程的方差分析结果见表 6-18，回归系数的 t 检验结果见表 6-19。

表 6-18　教师认同与教师阻抗回归方程的方差分析

引入变量	方差来源	平方和	自由度	均方	F 值	显著性水平
截距	回归	23.994	5	46.799	248.521	0.000
课程实用性	残差	176.257	936	0.188		
成本效益	总计	410.251	941			
关心事项						
学校支持						
校外支持						

表 6-19　教师认同与教师阻抗的偏回归系数及其 t 检验

引入变量	未标准化系数		标准化系数	t 值	显著性水平
	系数	标准误			
截距（a）	0.880	0.081		10.878	0.000
课程实用性（x_1）	0.198	0.028	0.227	7.029	0.000
成本效益（x_2）	0.313	0.023	0.378	13.448	0.000
关心事项（x_3）	0.133	0.025	0.154	5.247	0.000
学校支持（x_4）	0.062	0.025	0.078	2.474	0.014
校外支持（x_5）	0.058	0.021	0.087	2.807	0.005

通过回归方程的方差分析和各个自变量偏回归系数 t 检验，教师认同与教师阻抗之间的因果关系可以用回归方程表示：

$$Y = 0.880 + 0.198x_1 + 0.313x_2 + 0.133x_3 + 0.062x_4 + 0.058x_5$$

所以，就教师认同与教师阻抗的关系来说，成本效益是最重要的，其次是课程本身的实用性和关心事项。学校支持和校外支持对于教师阻抗的影响作用很小。

五、多种因素与教师阻抗的回归分析

采用逐步回归法，依据每一自变量的偏回归系数的 $t < 0.05$ 进入，$t > 0.10$ 剔除的原则，教师认同、教师知识和教师信念等三个自变量可以进入回归方程，学校文化被排除在回归方程之外。回归方程的方差分析结果见表 6-20。

表 6-20　多种因素与教师阻抗回归方程的方差分析

引入变量	方差来源	平方和	自由度	均方	F 值	显著性水平
截距	回归	202.187	3	67.396	363.047	0.000
教师认同	残差	147.212	793	0.186		
教师知识	总计	349.398	796			
教师信念						

回归系数的 t 值检验结果见表 6-21。

表 6-21　多种因素与教师阻抗的偏回归系数及其 t 检验

引入变量	未标准化系数		标准化系数	t 值	显著性水平
	系数	标准误			
截距（a）	0.193	0.130		1.403	0.161
教师认同（x_1）	0.602	0.029	0.607	2.0945	0.000
教师知识（x_2）	0.216	0.037	0.178	5.767	0.000
教师信念（x_3）	0.125	0.034	0.093	3.677	0.000

通过回归方程的方差分析和各个自变量偏回归系数 t 检验，多种因素与教师阻抗之间的因果关系可以用回归方程表示：

$$Y = 0.193 + 0.602x_1 + 0.216x_2 + 0.125x_3$$

所以，就多种因素与教师阻抗的关系来说，教师认同最重要，其次是教师知识和教师信念，学校文化对教师阻抗没有显著性影响。

六、教师知识与新课程实施程度的回归分析

采用逐步回归法，依据每一自变量的偏回归系数的 $t < 0.05$ 进入，$t > 0.10$ 剔除的原则选择回归自变量。教育目的价值知识和自身及学生知识两个自变量达不到要求被排除在回归方程之外。因此，教师知识

与新课程实施程度的回归分析的自变量分别是课程知识、一般教学法知识和学科教学知识。

对由课程知识、一般教学法知识和学科教学知识所建立的回归方程的方差分析结果如表 6-22 所示。对三个知识维度的偏回归系数进行 t 检验的结果见表 6-23。

表 6-22 教师知识与新课程实施程度回归方程的方差分析

引入变量	方差来源	平方和	自由度	均方	F 值	显著性水平
截距	回归	136.120	3	45.373	124.392	0.000
一般教学法知识	残差	335.582	920	0.365		
学科知识	总计	471.702	923			
学科教学知识						

表 6-23 教师知识与新课程实施程度的偏回归系数及其 t 检验

引入变量	未标准化系数		标准化系数	t 值	显著性水平
	系数	标准误			
截距（a）	1.188	0.129		9.185	0.000
一般教学法知识（x_1）	0.288	0.037	0.307	7.839	0.000
学科知识（x_2）	0.187	0.038	0.182	4.937	0.000
学科教学知识（x_3）	0.134	0.040	0.128	3.312	0.001

通过回归方程的方差分析和各个自变量偏回归系数 t 检验，教师知识与新课程实施程度之间的因果关系可以用回归方程表示：

$$Y = 1.118 + 0.288x_1 + 0.187x_2 + 0.134x_3$$

因此，在教师知识中，一般教学法知识对于课程实施的影响程度最大，其次是学科知识和学科教学知识，而自身及学生知识和教育目的价值知识当前对课程实施程度的影响差异不显著。就教师知识来说，要提高教师实施新课程的程度，应该重点提高其一般教学法知识、学科知识和学科教学知识。

七、教师认同与新课程实施程度的回归分析

采用逐步回归法，依据每一自变量的偏回归系数的 $t < 0.05$ 进入，$t > 0.10$ 剔除的原则选择回归自变量。学校支持、课程实用性和关心事

项等三个自变量可以进入回归方程，校外支持和成本效益被排斥在回归方程之外。回归方程的方差分析结果见表6-24，回归系数的 t 检验结果如表 6-25 所示。

表 6-24　教师认同与新课程实施程度的方差分析

引入变量	方差来源	平方和	自由度	均方	F 值	显著性水平
截距	回归	260.598	3	86.866	391.548	0.000
学校支持	残差	206.545	931	0.222		
课程实用性	总计	467.143	9934			
关心事项						

表 6-25　教师认同与新课程实施程度的偏回归系数及其 t 检验

引入变量	未标准化系数		标准化系数	t 值	显著性水平
	系数	标准误			
截距（a）	0.862	0.084		10.323	0.000
学校支持（x_1）	0.480	0.023	0.560	20.789	0.000
课程实用性（x_2）	0.130	0.029	0.140	4.431	0.000
关心事项（x_3）	0.142	0.026	0.154	5.432	0.000

通过回归方程的方差分析和各个自变量偏回归系数 t 检验，认同感与新课程实施程度之间的因果关系可以用回归方程表示：

$$Y = 0.846 + 0.480x_1 + 0.130x_2 + 0.142x_3$$

所以，就认同感与新课程实施的关系来说，学校对于新课程改革的支持是最重要的，其次是关心事项、课程本身的实用性，而校外支持和成本效益对课程实施程度没有显著性影响。

八、教师信念与新课程实施程度的回归分析

采用逐步回归法，依据每一自变量的偏回归系数的 $t < 0.05$ 进入，$t > 0.10$ 剔除的原则选择回归自变量。学生管教、课程与教学计划、教学与评价和学生学习四个自变量都可以进入回归方程。回归方程的方差分析结果和变量的偏回归系数的 t 检验结果分别见表 6-26 和表 6-27。

表 6-26　教师信念与新课程实施程度回归方程的方差分析

引入变量	方差来源	平方和	自由度	均方	F值	显著性水平
截距	回归	43.444	4	10.861	23.688	0.000
课程与教学计划	残差	408.529	891	0.459		
学生管教	总计	451.973	895			
学生学习						
教学与评价						

表 6-27　教师信念与新课程实施程度的偏回归系数及其 t 检验

引入变量	未标准化系数		标准化系数	t值	显著性水平
	系数	标准误			
截距（a）	2.268	0.189		12.015	0.000
课程与教学计划（x_1）	0.267	0.051	0.231	5.273	0.000
学生管教（x_2）	0.293	0.058	0.221	5.011	0.000
学生学习（x_3）	-0.116	0.035	-0.127	-3.349	0.001
教学与评价（x_4）	-0.167	0.061	-0.122	-2.711	0.007

　　通过回归方程的方差分析和各个自变量偏回归系数 t 检验，教师信念与新课程实施程度之间的因果关系可以用回归方程表示：

$$Y = 2.268 + 0.267x_1 + 0.293x_2 - 0.116x_3 - 0.167x_4$$

　　所以，教师对于学生的管教持怎样的观点、对课程与教学计划如何认识，直接影响着其新课程实施的程度，教师在这两个维度上得分越高，其新课程实施的程度也越高；而教师在学生学习、教学与评价两个维度上的得分越高，其新课程实施程度越低，呈现出反方向的性质，原因是什么需要进一步探究。

九、学校文化与新课程实施程度的回归分析

　　采用逐步回归法，依据每一自变量的偏回归系数的 $t < 0.05$ 进入，$t > 0.10$ 剔除的原则选择回归自变量。投入改革、学校远景、专业价值观和专业协作等四个指标进入回归方程，而校长领导和专业自信被排除在回归方程之外。回归方程的方差分析结果、变量的偏回归系数的 t 检验结果分别见表 6-28 和表 6-29。

表 6-28 学校文化与新课程实施程度回归方程的方差分析

引入变量	方差来源	平方和	自由度	均方	F 值	显著性水平
截距	回归	162.996	4	40.749	123.983	0.000
投入改革	残差	294.484	896	0.329		
学校愿景	总计	457.479	900			
专业价值观						
专业协作						

表 6-29 学校文化与新课程实施程度的偏回归系数及其 t 检验

引入变量	未标准化系数		标准化系数	t 值	显著性水平
	系数	标准误			
截距（a）	1.185	0.124		9.569	0.000
投入改革（x_1）	0.267	0.044	0.280	6.137	0.000
学校愿景（x_2）	0.161	0.037	0.189	4.346	0.000
专业价值观（x_3）	0.108	0.035	0.099	3.062	0.002
专业协作（x_4）	0.115	0.041	0.120	2.778	0.006

通过回归方程的方差分析和各个自变量偏回归系数 t 检验，学校文化与新课程实施程度之间的因果关系可以用回归方程表示：

$$Y = 1.185 + 0.267x_1 + 0.161x_2 + 0.1086x_3 + 0.115x_4$$

在学校文化中，对于新课程实施程度的影响居第一的是投入改革，居第二的是学校愿景，居第三的是专业协作和专业价值观，专业自信和校长领导对于新课实施程度的影响差异不显著。

以上就单一因素与新课程实施程度之间关系进行了回归分析，下面对教师知识、教师认同、教师信念和学校文化等多因素与新课程实施程度之间关系进行了回归分析。

十、教师阻抗与新课程实施程度的回归分析

采用逐步回归法，依据每一自变量的偏回归系数的 $t<0.05$ 进入，$t>0.10$ 剔除的原则选择回归自变量，行为表现可以进入回归方程，而态度被排除在回归方程之外，回归方程的方差分析结果和变量的偏回归系数的 t 检验结果分别见表 6-30 和表 6-31。

表 6-30　教师阻抗与新课程实施程度回归方程的方差分析

引入变量	方差来源	平方和	自由度	均方	F 值	显著性水平
截距	回归	128.983	1	128.983	350.377	0.000
行为表现	残差	348.287	946	0.368		
	总计	477.270	947			

表 6-31　教师阻抗与新课程实施程度的偏回归系数及其 t 检验

引入变量	未标准化系数		标准化系数	t 值	显著性水平
	系数	标准误			
截距（a）	1.744	0.098		17.863	0.000
行为表现（x_1）	0.517	0.028	0.520	18.717	0.000

通过回归方程的方差分析和各个自变量偏回归系数 t 检验，教师阻抗与新课程实施程度之间的因果关系可以用回归方程表示：

$$Y = 1.744 + 0.517x_1$$

所以，教师对于新课程的行为表现直接影响着其新课程实施的程度；而教师对新课程的态度对新课程实施程度影响不显著，原因是什么需要进一步探究。

十一、多因素与新课程实施程度的回归分析

采用逐步回归法，依据每一自变量的偏回归系数的 $t<0.05$ 进入，$t>0.10$ 剔除的原则选择回归自变量。教师知识、认同感和学校文化进入回归方程，教学信念被排除在回归方程之外。多因素与新课程实施程度之间的回归方程的方差分析结果见表 6-32 。

表 6-32　多因素与新课程实施程度回归方程的方差分析

引入变量	方差来源	平方和	自由度	均方	F 值	显著性水平
截距	回归	213.187	3	71.062	303.370	0.000
教师认同	残差	183.646	784	0.234		
教师知识	总计	396.833	787			
学校文化						

变量的偏回归系数的 t 检验结果见表 6-33 。

表 6-33　多因素与新课程实施程度的偏回归系数及其 t 检验

引入变量	未标准化系数		标准化系数	t 值	显著性水平
	系数	标准误			
截距（a）	0.268	0.131		2.052	0.040
教师认同（x_1）	0.562	0.036	0.532	15.67	0.000
教师知识（x_2）	0.155	0.041	0.119	3.786	0.000
学校文化（x_3）	0.187	0.034	0.172	5.428	0.000

通过回归方程的方差分析和各个自变量偏回归系数 t 检验，学校文化与新课程实施程度之间的因果关系可以用回归方程表示：

$$Y = 0.268 + 0.562x_1 + 0.155x_2 + 0.187x_3$$

所以，在分析和研究的四个因素中，教师认同对于新课程实施的影响居于首要的位置，学校文化居于第二位的作用，教师知识居于第三位的作用，教学信念对于新课程的实施的影响作用差异不显著。

十二、小结

从以上对影响因素与教师阻抗之间的回归分析和影响因素与新课程实施程度之间的回归分析中可以得出如下结论。

第一，就分析和研究的四个影响因素来说，教师认同不论是对教师阻抗的影响还是对于新课程实施程度的影响都处于最重要的位置；教师知识对于教师阻抗的影响处于第二位，对于新课程实施程度的影响则处于第三位；教师信念对于教师阻抗的影响处于第三位，对于新课程实施程度则没有显著性影响；学校文化对教师阻抗没有显著性影响，但对于新课程实施程度的影响则处于第二位。从上面的分析可以得出两个基本结论：其一，在现阶段，与新课程实施有直接关系的教师知识和技能、教师的投入与产出、课程的可操作性、对于学生学习成绩的影响等显性因素对于教师阻抗和新课程实施程度有重要影响。而教师信念、学校文化等隐性因素对于教师阻抗和新课程实施程度的影响相对较小；其二，教师信念和学校文化对于教师阻抗和新课程实施影响的不一致性，从一个侧面说明了教师阻抗和课程实施本身的复杂性。因此，要减少或降低教师的阻抗，提高新课程的实施程度，首先应该采取措施提高教师对于新课程的认同，关注教师的知识状况，同时也不能忽视学校文化和教师信念的影响。

第二，就认同感对教师阻抗和新课程实施程度的影响来说，与教师自身利益联系密切的因素，如课程改革的成本效益、课程本身的实用性、关心事项，对教师阻抗有显著的影响，而学校支持和校外支持等外部条件则影响较小；而影响课程实施程度的因素则是内外因素的结合，其中学校对于新课程改革的支持是最重要的，其次是关心事项、课程本身的实用性，而校外支持和成本效益对课程实施程度的影响较小。因此，加强学校对课程改革的支持、加强对新课程本身的实用性的研究、关心教师的所思所想是降低教师阻抗、提高新课程实施程度的重要条件。

第三，就教师知识对教师阻抗和新课程实施程度的影响来说，教师拥有的学科知识和学科教学知识对教师阻抗和新课程实施程度的影响最大；教育目的价值知识和学生与自身知识对教师阻抗和新课程实施程度的影响次之。在教师知识中，一般教学法知识对于教师阻抗和新课程实施程度的影响出现背离：一方面，一般教学法知识对于新课程实施的影响在教师知识中居于首要地位，极大地影响着新课程实施程度；另一方面，一般教学法知识对于教师阻抗则没有影响。原因是一般教学法中所包含的现代教育技术、教育研究方法的内容对于新课程的实施起着至关重要的作用。要提高教师实施新课程的程度，应该重点提高其一般教学法知识、学科知识和学科教学知识。

第四，就教师信念对教师阻抗和新课程实施程度的影响来说，教师对于学生管教持怎样的观点，对课程与教学计划如何认识是影响教师阻抗、制约新课程实施程度的关键因素，教师对这两方面的认识越高，其阻抗越小，新课程实施程度越高；教师对于教学与评价的认识与教师阻抗和课程实施关系不大；而教师有关学生学习与教师阻抗和课程实施呈现出反向的性质，教师得分越高，其阻抗越大，课程实施程度越低，原因是什么需要进一步探究。

第五，就学校文化对教师阻抗和新课程实施程度的综合影响来说，投入改革直接影响和决定着教师阻抗和课程实施程度，是第一影响要素；专业协作居第二位；学校愿景居第三位；专业自信和学校领导处于最后。

第七章 结论和建议

本书的最后一部分主要有两个方面的内容：依据本研究的结果得出研究结论；根据研究结论提出降低教师阻抗、提高新课程实施程度的具体建议。

第一节 研究的结论

一、新课程实施有待提高

研究结果表明，截至 2007 年 8 月，新课程改革取得了一定的成绩，小学和初中新课程实施实现了课程改革目标的 2/3。但也存在一些突出问题：部分（约 1/3）学校或学科没有完全采用新教材；部分（约 2/3）学校没有开设地方课程和校本课程；教师的共同学习、备课的氛围没有形成；学生小组学习和专题讨论没有普遍实行；教师课程意识淡薄，在他们眼中只有教材，没有课程；校长的课程理念和教育价值观念低于学校其他成员。

同时，不同类型的学校在新课程实施方面存在比较大的差异：城市学校的新课程实施达到了新课程理想目标的 3/4，农村学校的新课程实施达到新课程理想目标的一半；省市级重点学校的实施程度远远高于一般学校；西部地区的实施程度低于中部地区。

二、新课程的实施有一定程度的教师阻抗

教师在态度和行为意向两个方面的平均值为 3.67，百分比为 66.75%，教师的阻抗程度位于观望和支持之间。大部分（3/4）教师积极而公开地支持学校实施新课程，认为新课程的内容是令人满意的，新课程对学生的发展是有价值的。但是，由于各种各样的原因，有人怀疑新课程能否持续推行？新课程会不会像前几年的素质教育一样来去一阵风？有人抱怨现有教学条件不能满足新课程的教学要求，或者抱怨学生家长不理解、不支持新课程，学校领导态度不积极，致使部分教师对于新课程处于观望状态。调查结果显示，教学中真正实施新课程的教师只有 2/3。

教师阻抗在不同状态变量方面有所差异。这些差异主要来自于年龄、职称等教师的个体变量。如调查结果显示，中年教师的阻抗最小，新任教师和老教师的阻抗较大；教师的阻抗与教师职称的高低成反相关。而学校类型、学校地理位置等整体变量对教师阻抗的影响不大，城乡学校之间、重点学校和一般学校之间教师的阻抗没有显著性差异。

三、教师知识对新课程实施有较大的阻抗作用

首先，相关分析和回归分析的结果显示，在研究的四个因素中，教师知识对教师阻抗和新课程实施程度的影响处于第二位，大于教师信念和学校文化对教师阻抗和新课程实施程度的影响。因此，要降低教师阻抗，提高新课程实施程度，教师的现有知识必须与新课程对教师知识的要求相适应。由对教师知识现状分析可知，教师的现有知识只达到了新课程对教师知识要求的 72.5%，不能很好地满足新课程对于教师的知识要求。同时，农村学校，尤其是偏远山区的农村学校，教师的现有知识与新课程的要求相差更远，只达到新课程对教师知识要求的 60.0%左右。

其次，在教师知识中，不同类别的知识与教师阻抗和新课程实施的影响程度存在着差异。就教师知识与教师阻抗的关系来说，学科知识为最优因素；教师知识的不同维度与教师阻抗的密切程度依次为学科知识、一般教学法知识、学科教学知识、教育目的价值知识、学生与自身知识。教师知识的不同维度与新课程实施程度的密切程度依次为一般教学法知识、学科知识、学科教学知识、教育目的价值知识和学生与自身知识。因此，学科知识、一般教学法知识和学科教学知识是影响教师阻抗和新课程实施的主要因素，应该予以关注。

但是，在现有教师知识的构成中，教师的学科知识、一般教学法知识和学生与自身知识相对较差，只达到了新课程对教师知识要求的 70%左右，而教师的学科教学知识和教育价值目的知识等方面相对较好，达到了新课程对教师知识要求的 75%左右，原因是因为新课程的教材编写体现了知识综合的特征，这可能使得部分教师不能很好适应这一变化；同时，新课程要求教师要掌握现代化教学手段和技术，这对乡镇和农村教师来说可能相对困难。

因此，要降低教师知识对新课程实施的阻抗，提高新课程实施程

度，必须加强教师，尤其是农村教师的学科知识、一般教学法知识和学科教学知识的培训。

四、学校内外支持、课程本身的特点、改革成本效益等因素影响和制约着教师阻抗和新课程实施程度

首先，相关分析和回归分析的结果显示，在研究和分析的四个因素中，教师认同对教师阻抗和新课程实施程度的影响位于首位，远远大于教师知识、教师信念和学校文化对教师阻抗和新课程实施程度的影响。

其次，不同因素对教师阻抗和新课程实施的影响程度有极大的差异。与教师自身利益联系密切的因素，如课程改革的成本效益、课程本身的实用性、关心事项，对教师阻抗影响显著，而学校支持和校外支持等外部条件则影响较小；而影响课程实施程度的因素则是内外因素的结合，其中，学校对于新课程改革的支持是最重要的，其次是关心事项、课程本身的实用性，而校外支持和成本效益对课程实施程度的影响较小。因此，学校对课程改革支持力度的大小、新课程本身实用性的高低、对教师权益关注程度的高低是制约和影响教师阻抗和新课程实施程度的重要因素。

但是，学校对课程改革的支持程度只达到了新课程要求的65%，学校对教师精神层面的支持相对较高，对教师物质和技术层面的支持程度比较低，学校不能给教师提供足够的教学资源和技术与技能支持；在"关心事项"中，近一半的教师没有足够的时间备课，反映出教师工作量的增加；在"课程实用性"中，近一半的教师认为新课程理念与当前的班级规模不符。在"成本效益"中，部分教师认为自己的投入与产出不成比例。因此，要降低教师阻抗，提高新课程实施程度，必须加强对新课程的研究，提高学校对新课程的支持力度，提高教师的待遇。

五、现有的学校文化制约和影响着教师阻抗和新课程实施程度

首先，学校文化对新课程实施的影响大于教师知识和教师信念对新课程实施的影响，在分析和研究的四个因素中居第二位。现状分析显示，学校文化的总体水平不甚理想，只达到了新课程要求的68.5%；农村学校，尤其是偏远山区的农村学校，学校文化与新课程的要求差距更大。主要问题有：学校不能给教师提供足够的改革空间，缺乏公认的执行新课程的计划和程序，教师之间不能很好鼓励对方承担新方案的实验，校长对教师的影响力、行政人员对教师的关心、教师落实学校的决定等方面则显得不足，学校发展目标不能很好地反映教师共识，教师不能很好地为学校的目标而工作。

其次，就学校文化对教师阻抗的影响而言，在研究和分析的6个指标中，居第一位的是专业价值观，居第二位的是投入改革和专业协作，居第三位的是校长领导和专业自信，学校愿景对于教师阻抗的影响差异不显著；就学校文化对新课程实施程度的影响而言，在研究和分析的6个指标中，居第一位的是投入改革，居第二位的是学校愿景，居第三位的是专业协作和专业价值观，专业自信和校长领导对于新课实施程度的影响差异不显著。综合以上分析，投入改革直接影响和决定着教师阻抗和课程实施程度，是第一影响因素；专业协作和专业价值观居第二位；学校愿景居第三位；专业自信和学校领导处于最后。

而现状分析告诉我们，在学校文化中，投入改革平均只达到新课程要求的62.5%；专业协作只达到新课程要求的70.5%，教师比较注重同事之间的人际关系和友情，而专业支持和鼓励则相对较差，这样可能不利于教师的改革与创新，不利于新课程的实施；专业价值观只达到新课程要求的70.5%；学校愿景只达到新课程要求的57.75%，教师无论对建立共同的目标，还是完成共同的目标，都持一个中性的态度，对于学校目标的建立和发展漠不关心。因此，激发学校的改革热情，加强教师之间的专业协作，提升教师的专业价值观，构建积极

向上的学校愿景，是降低教师阻抗、提高新课程实施程度的必然选择。

六、教师信念水平不高

首先，教师教学信念的高低是导致教师阻抗的重要原因。研究结果显示，教师信念对于教师阻抗有着显著的影响作用，在研究的四个因素中居第三位。当前，教师信念水平只达到了新课程要求的 70.0% 左右，有较大的提升空间。存在的主要问题是，传统的教育观念仍有一定的市场，如在师生关系上，部分教师仍然坚持教师要有威严，不能对学生太友善；教师和学生之间应该保持一定的距离，要时时刻刻提醒学生师生有别。在教与学的关系上，认为学生具有一定的依赖性，教师的教比学生的学更重要，教师的教授效果要比学生自学的效果好；在教学评价上，仍然强调以考试测验为主的传统评价方式。同时，不同年龄、教龄、担任职务的教师之间教学信念存在显著性差异，例如，30～40 岁的教师信念水平高于其他年龄段的教师；教龄 10～20 年的教师教学信念水平最高；校长的教育信念水平最低。而城乡教师之间、重点学校和一般学校教师之间，初中与小学教师之间教学信念差异不显著。

其次，就教师信念对教师阻抗的影响来说，在学生管教、课程与教学计划、教学与评价和学生学习等四个因素中，教师对于学生管教持怎样的观点，对课程与教学计划如何认识，直接影响着教师阻抗的大小，教师在这两个维度上得分越高，其阻抗越小，而教师在学生学习上的得分越高，其阻抗越大，呈现出反方向的性质，原因是什么需要进一步探究。因此，要减少或降低教师阻抗，教师必须提高其教学信念水平，实现由传统教育信念向现代教育信念的转变。

就教师信念和新课程实施程度的影响来说，教师对于学生管教持怎样的观点、对课程与教学计划如何认识是制约新课程实施程度的关键因素，教师对这两方面的认识越高，新课程实施程度越高；教师对于教学与评价的认识与课程实施关系不大；而教师对于学生学习的认识与课程实施呈现出反向的性质，教师得分越高，课程实施程度越低，具体原因需要进一步探究。

第二节　建议和对策

一、各级政府及教育行政部门要提高认识，加强领导，增强对新课程实施的监督和评价，坚定不移地推动新课程的实施

党的十六大明确提出，教育改革发展的目标是培养和造就数以亿计的高素质劳动者、数以千万计的专门人才和一大批拔尖创新人才。要实现这一目标，教育必须与时俱进，坚持改革。特别要以课程改革为突破口，全面推进素质教育，使我国的基础教育适应时代的发展，从而为国家经济和社会发展培养迫切需要的高素质的劳动者、建设者、管理者和领导者。但是，基础教育课程改革是一项复杂的系统工程，从规划到实施会涉及人、财、物的投入，社会各界的认同和支持等方方面面的问题。在调查过程中我们发现，农村学校特别是偏远山区的农村学校办学条件简陋，没有现代化的教学仪器设备，网络不通，使得常规教学无法正常进行，更不用说培养学生的信息技术修养；学生家长只要成绩不要素质。诸如此类的问题单靠教育行政部门或学校是没有办法解决的。因此，各级政府特别是地方政府要充分认识到课程在学校教育中的核心地位，把基础教育课程改革纳入到教育改革与发展的重要内容之中，要充分认识到课程改革不单纯是教材的更换或改革，而是从教育理念、培养目标、教学内容到评价方式、管理体制等均要进行改革。要充分认识到课程改革的功败垂成影响和决定着为国家经济和社会发展所提供的人才质

量。特别要明确，基础教育课程改革绝不仅仅是教育行政部门、学校和教师的事情，也是政府部门的重要工作。

由于本次课程改革，中央没有成立相应的课程改革领导小组，因此，一些地方政府特别是省级政府也没有成立课程改革领导小组，课程改革只是教育行政部门的事情。课程改革中的一些重大问题难以协调。甚至在一些地方，教育系统内部也缺乏协调和沟通。调查发现，一些地方的教育行政部门负责人和中小学校长对课程改革的紧迫性认识不足，对基础教育课程改革持观望态度，甚至个别地方还抱有怀疑、拒斥态度。在农村，教师们普遍认为农村学校办学条件不好，师资水平不高，课程改革应该慢慢来，等城市学校全部实施了新课程、积累了一定经验后，农村学校再进行。这些认识既不利于课程改革的全面推进，也不利于农村基础教育的发展，如果不尽快改变，将会贻误农村教育发展的大好机遇。因此，建议成立国家基础教育课程改革领导小组，对基础教育课程改革进行宏观协调，提高课程改革的决策层次和领导层次，加强对基础教育课程改革的领导和协调，增强地方政府领导对基础教育课程改革的紧迫感、使命感和责任感。

本次课程改革实施采用的是自上而下的权力强制模式和策略，要想取得理想的实施效果，必须采取以下行动策略：第一，建立层层控制的教育管理体制，采用强制的而不是协商的方式持续推进。基础教育课程改革作为我国面向21世纪教育振兴行动计划的一个重要组成部分，是落实科教兴国、提高全民族素质和创新能力的有力保障。任何一个地区、学校和教师必须全力以赴投入到课程改革中去，任何怀疑、观望的态度都是要不得的。目前，社会上出现了一些质疑新课程的声音，致使一些地区、学校、教师出现了比较浓厚的观望情绪，怀疑新课程是否能进行下去，面对这种现象必须采取层层控制的有力措施。第二，建立有效的信息反馈和评价机制，把新课程的实施情况纳入有效的监督之下。要建立新课程实施的信息网络，及时了解新课程的实施情况，及时发现实施中的不足和存在的问题，寻找对策。第三，建立有效奖惩系统，对积极参与、实施效果好的学校和教师给予奖励，对消极的学校和教师进行批评和惩罚。

二、加强舆论宣传，动员社会参与，构建有利于新课程推行的支持系统

课程改革的顺利推进，需要社会各界对新课程的理解、参与和支持，需要一种自下而上的坚实的支撑力量。调查发现，在推进课程改革的过程中，理解、参与、支持课程改革的社会氛围还没有形成，主要表现在：有关领导对课程改革的重要意义认识不足、重视程度不够，对课程改革采取应付的态度；应试教育仍有市场，无论政府、社会对学校的评价，还是家长、校长对老师的评价，都是以考试分数、升学率为主要尺度的，教师在课程改革中即使各个方面都取得了成绩，如果学生的考试分数没有提高，那就会受到方方面面的压力。因此，在基础教育课程改革中，教师最担心、最顾虑的就是学生的学习成绩是否下降。这导致新课程在实施过程中出现衰减效应或"缩水"现象，甚至出现"穿新鞋，走老路"的情况，这就必然影响新课程目标的实施和人才培养的质量，甚至有可能出现教学质量的滑坡。

基础教育课程改革关系到国家的前途和未来、民族的兴旺与发达，各级教育行政主管部门、各级各类学校，特别是有关媒体要高度重视基础教育课程改革，大力宣传基础教育课程改革的重要意义，营造良好的改革氛围，真正使社会、家长、学校形成推动基础教育课程改革的合力。因此，要广泛深入地做好舆论宣传工作，有关媒体应以专版或专栏等形式，定期或不定期报道新课程改革的进展、成效、先进典型、成功经验等，引导全社会参与和支持新课程改革工作；学校要主动正面宣传新课程改革给教师、学生、学校带来的新变化、新风貌，要通过多种形式向家长宣传新课程的重要意义、指导思想、目标和要求，让社会、社区和家庭，了解、支持学校新课程改革工作，形成课程改革与发展的良好社会环境。

三、加大教育经费投入

推进课程改革需要有一定的经费投入作为保障。由于国家对中小学，尤其是农村中小学的投入不足，农村学校的办学条件简陋，经费普遍比较紧张，严重制约着新课程改革的推进。从调查的结果看，城镇一般学校和农村学校现有的办学条件离新课程改革的要求还相距甚远，有些学校连一台计算机都没有，图书资料普遍不足，无教学辅助用房。一些学校没有钱让教师参加培训，无力为教师提供教学参考书刊，更谈不上更新教学设备、改善办学条件。因此，国家要加大教育经费投入，设立课程改革专项经费，改善和提高农村学校的办学条件，资助农村教师参加教学技能培训。

四、加强地方课程和校本课程的开发和实施力度

本次课程改革实行国家、地方、学校三级课程管理体制，以国家课程为主，实现国家课程、地方课程、学校课程的有机结合。这样的课程体系，既体现了一个国家的意志，又尽可能满足学生个性发展的需要，同时还考虑到地方和学校的差异性。这样做有利于满足地方和学校需要，办出特色学校，有利于尽可能适应学生个性发展的需要，也有利于教师自身专业的发展。调查发现，地方课程的开发和推行发展缓慢，校本课程的开发和实行严重不足，这极大地影响了新课程的实施程度。因此，各地区教育部门应根据当地教学特点，大力开发和推行地方课程，不断提高教师课程意识和课程开发能力，充分调动教师的积极性，发挥教师特长，争取尽快开发出一批高质量的地方课程和校本课程，真正做到学校有特色、学生有特长。

五、进一步加强农村教师，尤其是偏远山区和少数民族地区教师的培训

我国基础教育的根本在农村，少数民族地区农村基础教育是基础

教育的重要组成部分，是国家基础教育体系中的重点和难点。课程改革能否在广大的农村和少数民族地区顺利推进，直接关系到全国基础教育课程改革的成败。教师是课程改革的主力军，是具体的课程实施者。新课程改革"成也教师，败也教师"，师资水平直接影响乃至决定课程实施的方向、质量和深度。新课程改革给农村教师，尤其是偏远山区和少数民族地区教师带来巨大压力，他们驾驭新课程的能力远比城镇里的教师要弱。他们急需课程改革专家的专业引领，需要从专家那里得到全面系统的关于新课程改革的教育教学和学科专业理论的深入指导。

调查发现，农村学校，尤其是偏远山区和少数民族地区学校教师的知识状况与新课程的要求相差甚远，成为形成教师阻抗新课程的一个重要因素。要想降低教师阻抗，提高新课程的实施程度，必须加强对农村教师的知识培训。培训内容应该以学科知识、一般教学法知识和学科教学知识为主，而不是以新课程的教育理念为主，因为教师经过课程改革前的培训和以前素质教育理论的影响，并不缺乏现代教育观念，而是缺少与新课程相适应的基本知识和基本教学技能。新课程强调学科之间的交叉和融合，而分科的教师教育模式使得部分教师面对新课程时感觉到力不从心；新课程强调现代化教育技术的应用和对学生信息能力的培养，农村教师备感缺乏；新课程倡导教师行动研究的专业发展，而农村教师的教育教学研究能力无从谈起。因此，农村教师培训应该着重教师学科知识、现代教育技术和教学方式、基本教育研究方法等内容培养。

农村教师，尤其是偏远山区和少数民族地区教师的培训应以校本培训为主，培训者应在加强新课程理论教学的同时，针对教师在实际教学中出现的问题，提出可供教师参照的配套教学案例以及可行性的教学模式，即注重培训内容的针对性和实用性；通过培训使教师认识到交流合作的重要性，改变以自身价值为主的竞争，把工作重心放在学生发展上，借鉴其他教师的经验，查补自身的缺陷，形成严谨的教风和良好的人际关系。这样，不仅教师素质得到提高，教学工作也将会有声有色。

六、做好与新课程同步的高考制度改革

高考作为中小学教学的指挥棒，对于课程改革的实施起着至关重要的作用。高考成绩的高低是校长和教师最为关心的事项，是导致教师阻抗、影响新课程实施程度的重要因素。新课程提出了知识与技能、过程与方法、情感态度价值观的"三维目标"，改变了以往课程过于注重知识传授的倾向，强调形成学生积极主动的学习态度，使获得知识的过程成为学生学会学习和形成正确价值观的过程。"三维目标"强调过程重于内容、创造重于积累、个性重于共性，突出培养学生的创新精神、实践能力以及对社会和自然的责任感，为造就德智体美劳等全面发展的社会主义事业建设者和接班人奠定基础。

要使新课程的"三维目标"在实际的教育教学中得到真正的贯彻落实，我们必须做好与新课程同步的高考制度改革：考试内容的改革要求试题的着眼点是应放在考查能力上来，考知识也主要检测知识运用的能力；试题应强调理论和实践相结合，学以致用；注意学科之间的渗透和综合；体现现实生活的客观要求；考查学生的综合素质和能力，引导培养学生分析问题和解决问题的能力。从操作层面上来说，要防止对知识点的死记硬背，以及对知识点的简单再现，提倡对所规定的知识的灵活运用和综合运用；在内容选择上，增加应用型和能力型题目，让学生用所学的相关知识来分析解决现实中的某些简单的问题；在"综合能力测试"中，对基本知识和概念、基本技能、思维能力、科学与社会协调发展的意识等提出要求考核的内容，重点并不在于以往单一学科的"综合能力要求"，而在于学科之间的渗透与综合，强调理论与实际相结合、学以致用，强调人与自然、社会协调发展的现代意识（丁笑梅和刘朋，2001）。改变将纸笔测验作为唯一或主要的评价手段的现象，运用多种的评价考试方法对学生进行评价，除了纸

笔测验以外，还有访谈评价、问卷评价、运用核查表进行观察、小论文、成长记录袋评价和表现性评价等（张敏强和李晓瑜，2003）。

七、加强对新课程实用性的分析研究

课程的实用性是指新课程的内容与教师的知识、技能、信念和学校的实际教学资源以及学生的实际状况的吻合情况。有研究者（Dover and Ponder，1977）指出，教师是否实施革新有赖于实用性伦理，即该革新方案必须符合"实用原则"。实用性包括以下三方面内容：①工具性。改革的原则和建议必须能够转化为可操作的程序或知识，否则就不可能真正影响教师的教学。②和谐性。改革的理念、建议和做法必须配合教师的处境和通常的做法，否则教师会认为改革不切实际而不愿实施。③成本。这是教师对代价和回报之间关系的权衡。教师所关注的并非只是物质性回报，更多的是社会、学校的认同和学生的积极反应等。

调查结果显示，部分教师认为新课程的要求与教师和学校的实际状况有一定的反差：新课程要求教师不仅会处理本学科的知识，还能处理一些跨学科的知识，教师难以满足；新课程要求教师具有驾驭多种教学方式的能力，教师们难以胜任；新课程要求教师能利用包括网络在内的多媒体技术进行教学，学校的教学条件和教师自身能力无法满足；新课程的要求与当前的班级规模、学生的学习能力等不相符合，要求过高（尤其是对农村学校）；新教材内容的安排跨度太大，教师和学生难以适应。因此，应该组织专家学者对新课程的实用性进行分析和研究，从而提高新课程的实施程度。

八、关注教师在新课程改革中的投入与回报问题

教师参与课程改革，并不是只要让教师执行命令和遵循程序那么简单，在改革中，也会付出代价，因而要求能够有一定的报偿。回报不限于经济上的，更多的是社会的承认、学生的热情等。有关教师代

价和回报的关系，布朗（Brown，1980）曾经有过归纳：教师参与新课程改革必然要投入大量的时间，需要获得新的技能，需要准备新的材料，必须采用不熟悉的教学方式，可能威胁自主，被迫与自己不太愿意的教师合作，导致教师之间、师生之间权力结构的改变。与此同时教师可能感到教学更加刺激、更加有趣，有更多的时间备课，可以获得更多的资源，教师有更高的地位和认同，有更多机会参与决策，有更多的经费、更多晋升的机会。

调查结果显示，课程研讨、参加培训、研究教材、学生评价等确实增加了教师时间和精力的投入。通过与教师访谈，我们知道："使用新教材以来，教师上课需要准备的东西多，要不怎么把课堂还给学生，怎么吸引学生呢？这些都是老师在备课的时候要做的，不仅备教材也要备学生，提问的时候看学生怎么反应，工作量肯定增加了。"但是，教师很难体会到课程改革带来的乐趣，很少得到社会、学生家长的认同和学生的积极反应等。因此，在新课程实施过程中，应该尽量减少教师付出的代价，增加教师的回报，对积极参与新课程改革并且取得一定成绩的教师要给予适当的物质奖励、精神鼓励，使他们感觉到社会、学校对其工作的肯定，从而更好地发挥教师新课实施的积极性和主动性。

九、校长要更新观念、转变角色，切实成为课程改革的促进者和实施者

影响新课程实施的因素很多，既有政府部门、社会团体、社区和家长等校外因素，又有校长、教师和学生等校内因素。其中，校长在课程实施中起着至关重要的作用，扮演着课程改革的促进者和实施者的角色。由问卷调查和访谈结果可知，教师认同感中的"学校支持"、学校文化中的"投入改革"等维度对于新课程实施有着极大的影响和制约作用；一个学校对于课程改革的支持程度和投入改革的热情在很大程度上取决于校长观念的转变。校长观念的转变往往比教师观念的

转变要难，因为校长要顾及学校的发展和各方面工作有序地进行，要承担各种改革可能带来的风险。基础教育课程改革纲要和各学科课程标准都体现了诸多新理念，诸如课程管理分权化、课程结构实践、综合化、课程目标生成化、课程内容自主权、课程实施开放化、课程评价多元化，以及教学民主、多元文化、回归生活、关爱自然、个性发展、以人为本、终身学习等理念。因此，校长要更新观念，转变角色：由学校管理者变为学习者；由课程的管理者变为课程改革的领导者；由课程改革的被动执行者变为新课程改革的探索者；由国家课程忠实执行者变为校本课程创造者、开发者；由共性化课程规范者变为个性化课程的激励者、开拓者；由教师教学水平的考评者变为课程评价的改革者、促进者；由教师的评价裁判者变为教师成就师生的促进者；由教师物质利益的刺激者变为人文关怀的激励者；由学校领导者变为教师、学生，和家长的合作者、服务者。校长角色的深层次转换，必定促使新课程改革和教学走向民主、开放、富有活力的创新境界。

在当前条件下，校长应成为新课程实施的支持者和促进者。随着课程改革工作的全面实施和不断深入，给学校提出了许多新的课题。面对这些问题，校长应该积极地研讨、探究、试验或实践，寻求积极的对策；而不是回避、畏惧、退缩，消极地应付，甚至按老一套方法去做。在政策、经费、器材、人员、资料、培训等方面，校长都应对课程改革给予大力支持，保证课程改革的顺利实施。校长应该致力于营造民主、开放和合作的氛围，鼓励教师参与课程设计和决策，通过多种集体活动，促进教师间的交流与沟通，建立教师的学习共同体，与全校教师一起努力，共同发现问题和解决问题。

十、重建新课程需要并追求的学校文化

一方面，学校文化是课程改革的载体，课程改革的根本依托在于学校文化重建，重建学校文化是新课程成功实施的前提条件；另一方面，学校文化重建是新课程最深层次的改革，课程改革对学校文化提

出挑战，为学校文化重建提供契机，建设具有新理念、新精神、新制度的新型学校文化，是新一轮课程改革的必然诉求。新一轮基础教育课程改革的重要任务是构建符合素质教育要求的新的基础教育课程体系，这次改革从调整课程结构、课程内容、教学、评价、课程管理等多个侧面同时展开，并努力建立一种强有力的课程改革支持系统。总体而言，这绝不是一次小小的革新，而是一次系统的改革。正如富兰所言："重大的改革不是在实施单项的革新，它是在变革学校的文化和结构。"这次课程改革从根本上来说，其成功实施将带来学校文化乃至教育文化的深刻变革，因为新课程的理念中已经蕴涵了全新的文化要素，而它的顺利实施也需要学校形成新的学校文化作为保障。

那么，什么样的学校文化是新课程改革需要和追求的呢？多数学者都把合作文化作为学校文化的理想目标。亨利·杰·贝克和玛格丽特·M. 耐尔对合作文化进行了考察，并从以下几个维度描述理想的学校文化：①目标一致，多数教师对学校的核心目标有共同的信念，常在教师会议上讨论学校的发展目标，校长的教育价值观和哲学观与学校个体成员的理想相接近；②学习机会，尊重教师的整体发展，表现为跨时间的整合安排，为教师的信息输入提供机会，关注实施过程；③对教师成就进行公开认可，即公开承认和表彰改革成功的教师；④教师伙伴之间互相提出建设性的批评意见，友好相助；⑤教师感觉到处于不断自学的专业人员组成的合作性的集体之中。教师在确定团体发展活动中起着重要的作用；教师集体发展的目的在于促进教师实施理念的更新；教师发展是整合性的而不是片面性的。斯腾圣斯通过对9所小学的研究，发现了支持学校改革的三项标准：内省；共同分权；形成了支持改革的共同的愿景和目的。琼·莎菲尔和玛修·金则列出了12项促进学校改革的学校文化的指标：鼓励高期望；鼓励进行试验；鼓励使用知识基础；鼓励参与共同决策；对重要的事情优先考虑；权力分享；彼此信任，充满信心；实质性的支持；欣赏和认同；相互关心、彼此赞赏并且富有幽默感；传统；开诚布公地交流等（谢翌，

2006)。

我们通过对学校文化与新课程实施程度的研究证明：学校文化和新课程实施有着内在的必然联系。在研究和分析的六个学校文化要素中，对于新课程实施程度的影响居第一位的是投入改革，居第二位的是学校愿景，居第三位的是专业协作和专业价值观。其实，学校文化是一个自组织系统，重建新课程需要并追求的学校文化必须遵循自组织的发展规律。

第一，倡导开放与交流。

自组织理论认为，一个系统的自组织过程，是不断地与外界进行物质、能量和信息的交换，使系统发生突变的过程（张新海和王嘉毅，2005）。学校文化要适应不断发展的社会政治、经济、文化、科学技术和学生身心的需求，就要不断地开放，不断地从外部汲取变动的信息，不断地吐故纳新，不断变革。只有这样才能对已有学校文化中不符合价值理想的方面进行调整、修订，或提出新的建构，从而达成学校文化内部的转型和更新，促进学校文化的不断发展。因此，开放是学校文化发展的首要条件，一个故步自封、对外封闭的学校文化最终会被历史所抛弃。

随着全球化的不断推进，开放已经成为一个无法回避的文化现象。面对文化多元化，我们应该在交流中理解，在对话中融合，在沟通中互补。费孝通先生曾说，对待世界上的不同文化应该采取的态度是："各美其美，美人之美，美美与共，天下大同。"新课程所倡导的注重培养学生的实践能力、分析问题与解决问题的能力，课程内容与学生生活实际和现实社会的联系，教材开发的多样性，教师创造性地使用教材，并主动开发、合理利用校内外各种课程资源，评价方式的多样化与评价主体的多元化。这些理念的实现需要确立一种开放的学校文化。因此，学校内部成员，需要形成一种开放的意识和心态，愿意接受新事物，愿意尝试新的教与学的方式。只有这样，才能形成一个人人支持课程改革、人人投入课程改革的学校文化氛围。

第二，鼓励竞争与协作。

自组织理论认为竞争和协同是自组织系统演化的动力。所谓"竞争"，就是系统内各要素或子系统之间相互较量，力图取得支配和主导地位的活动与过程。竞争有利于调动学校成员的积极性，有利于形成一种"百花齐放、百家争鸣"的学校文化氛围。在新课程实施过程中，学校应该鼓励教师之间的竞争。所谓"协同"系统内部各要素协调一致的集体运动。协同有利于学校成员步调一致。一个学校的新课程实施程度取决于教师之间的观念的协同与否，即基础教育课程改革的宗旨、目标、内涵，是否得到校长、教师和学生等各方面的认同和肯定。同时，教师之间的专业协作是新课程实施成功的主要保证。为此，学校必须采取措施，鼓励教师之间的专业协作，为新课程改革的成功实施创造条件。

第三，创建共同愿景。

愿景是指我们想要达成或关心的未来境界。学校共同愿景是全校师生对学校发展共同持有的愿望和设想，也就是学校成员所憧憬的学校理想未来的整体图像，它产生于成员间的沟通、学习、实验等过程中（郑燕祥，2005）。

学校共同愿景是学校所追求的理想，能体现学校中大多数人的价值观。它源于学校的办学理念和教育哲学，建立在校长、教师和学生广泛认同的价值观、信仰和观念上的观点，然后通过师生真诚的沟通而形成。事实上，人们寻求建立共同愿景的理由之一，就是他们内心渴望能够归属于一项重要的任务、事业或使命。共同愿景来自于组织成员内在的需要，即是组织成员自愿达到的目标或实现的理想，而不是外部强制实行的组织目标。学校共同愿景形成以后，就具有一股强大的感召众人的力量，是学校生命力的真正源泉。

因此，要构建新课程需要并追求的学校文化，我们必须把"一切为了学生，为学生的一切"等新课程改革的理念和目标作为学校的共同愿景。

参考文献

艾伦·C.奥恩斯坦,费郎西斯·P.汉金斯.2002.课程——基础、原理和问题.柯森译.南京:江苏教育出版社

奥古斯特·孔德.1996.论实证精神.黄建华译.北京:商务印书馆

白月桥.1996.课程变革概论.石家庄:河北教育出版社

保罗·克拉克.2004.学习型学校与学习型系统.铁俊,李航敏等译.北京:中国轻工业出版社

北京大学哲学系.1981.西方哲学原著选读(上卷).北京:商务印书馆

本杰明·莱文.2004.教育改革——从启动到成果.项贤明,洪成文译.北京:教育科学出版社

彼得·圣吉.1998.第五项修炼.郭进隆译.上海:上海三联书店

彼沃瓦洛娃.1999.中国经济改革的经验.吴育群译.国外理论动态,4:50-55

不列颠百科全书公司.1985.简明不列颠百科全书(二卷).北京:中国大百科全书出版社

蔡宝来,晋银峰.2007.课程改革中教育理论创新问题.课程·教材·教法,(10):3-7

操太圣,卢乃桂.2003.抗拒与合作:课程改革情境下的教师改变.课程·教材·教法,(1):71-75

操太圣,卢乃桂.2005.论学校组织变革中的教师认同.华东师范大学学报(教育科学版),(9):43-48

昌家立.2004.关于知识的本体论研究.成都:巴蜀书社

陈秉璋.1995.社会学知识论.台北:唐山出版社

陈国泰.2000.国小初任教师实际知识的发展研究.高雄师范大学教学研究所博士学位论文

陈露.2001.中国经济改革的经验.国外理论动态,(9):20

陈侠.1989.课程论.北京:人民教育出版社

陈向明.2000.质的研究方法与社会科学研究.北京:教育科学出版社

陈向明.2003.实践性知识:教师专业发展的知识基础.北京大学教育评论,(1):

106-112

陈振华.2003.论教师成为教育知识的建构者.华东师范大学博士学位论文

辞海编辑委员会.1989.辞海.上海：上海辞书出版社：34-57

丁钢.2004.中国教育——研究与评论.北京：教育科学出版社

丁笑梅，刘朋.2001.考试评价制度改革必须与课程改革同步.教育理论与实践，
2：32-36

董纯才.1985.中国大百科全书（教育卷）.北京：中国大百科全书出版社

范良火.2003.教师教学知识发展研究.上海：华东师范大学出版社

费孝通.1997.反思·对话·文化自觉.北京大学学报，（3）：15-22

冯生尧，李子建.2002.从目标为本课程看香港教育变革的误区和转型.华南师范
大学学报（社会科学版），（1）：82-86

高强华.1993.论信念的意义、结构与特性.现代教育，78（2）：74-89

顾明远.1990.教育大辞典（第一卷）.上海：上海教育出版社

顾明远.2001.课程改革的世纪回顾与瞻望.教育研究，（7）：15-19

国际21世纪教育委员会.1996.教育——财富蕴藏其中.联合国教科文组织总部中
文科译.北京：教育科学出版社

汉森 E M.2004.教育管理与组织行为.冯大鸣译.上海：上海教育出版社

郝德永.2002.课程与文化—— 一个后现代的检视.北京：教育科学出版社

胡定荣.2005.课程改革的文化研究.北京：教育科学出版社

黄甫全.2000.大课程论初探：兼论课程（论）与教学（论）的关系.课程·教
材·教法，（5）：1-7

吉纳·E.霍尔，雪莱·M.霍德.2004.实施变革——模式、原则与困难.吴晓铃
译.杭州：浙江教育出版社

简红珠.2002.教师知识的不同诠释与研究方法.课程与教学季刊，5（3）：1-16

姜得胜.2006.从当前"台湾教改"论证"教改核心本质".台湾教育，（6）：10-18

姜美玲.2006.教师实践性知识研究.华东师范大学博士学位论文

靳玉乐.2001.课程实施：现状、问题与展望.山东教育科研，（11）：3-7

靳玉乐.2003.新课程改革的理念与创新.北京：人民教育出版社

经济合作与发展组织.1997.以知识为基础的经济.北京：机械工业出版社

李秉德，李定仁.1991.教学论.人民教育出版社

李臣之．2001．课程实施：意义与本质．课程·教材·教法，(9)：13-17

李定仁，罗儒国．2005．西北民族地区校本课程开发的伦理思考．西北师范大学学报，(1)：98-104

李定仁，马正学．2006．甘南藏族中小学校本课程开发研究．西北师范大学学报，(2)：98-104

李定仁，肖正德．2007．新课改中农村教学边缘化问题及对策．陕西教育，(Z1)：30-31

李定仁，徐继存．2004．课程论研究二十年．北京：人民教育出版社

李二庆，马云鹏．2005．教师素质是成功实施新课程的关键．教育探索，(11)：100-101

李丽君．2002．职前教师教学信念及其改变研究．中等教学学报（台湾），(9)：1-26

李志厚．2005．关于教师学习三个问题的思考．教育纵横，(11)：4-6

李子建．2002．课程·教学与学校改革．香港：香港中文大学出版社

李子建，黄显华．1996．课程——范式、取向与设计．香港：香港中文大学出版社

李子建，尹弘飚．2003．后现代视野中的课程实施．华东师范大学学报（教育科学版），(1)：21-33

林清财．1990．我国国民小学教师教育信念之相关研究．台湾政治大学教育研究所博士学位论文

林一钢．2005．西方教师信念研究述评．"中国教育改革高层论坛——多元视角中的教育质量问题"论文集．内部资料．231-238

刘和然．2006．台湾十年教改之回顾、省思与再出击．台湾教育，(637)：16-23

刘清华．2004．教师知识的模型建构研究．西南师范大学博士学位论文

刘思峰，郭天榜，党耀国．1999．灰色系统理论及其应用．第二版．北京：科学出版社

陆有铨．1997．骚动的百年——20世纪的教育历程．济南：山东教育出版社

吕达．1999．课程史论．北京：人民教育出版社

吕国光．2004．教师信念及其影响因素研究．西北师范大学博士学位论文

马克思 K．1985．1844 年经济学哲学手稿．中共中央马恩列斯著作编译局译．北京：人民出版社

马云鹏．2001．课程实施及其在课程改革中的作用．课程·教材·教法，(9)：

18-23

马云鹏，唐丽芳．2002．课程实施策略的选择——课程改革中一个不可忽视的问题．比较教育研究，(1)：16-20

马云鹏．1999．中国城乡小学数学课程实施的个案研究．香港中文大学教育学院哲学博士学位论文

马延伟，马云鹏．2004．课程改革与学校文化重建．教育研究，(3)：62-66

迈克尔·W．阿普尔．2001．意识形态与课程．黄忠敬译．上海：华东师范大学出版社

迈克尔·富兰．2000．变革的力量（续集）．中央教育科学研究所，加拿大多伦多国际学院译．北京：教育科学出版社

迈克尔·富兰．2004a．变革的力量——透视教育改革．中央教育科学研究所，加拿大多伦多国际学院译．北京：教育科学出版社

迈克尔·富兰．2004b．变革的力量——深度变革．中央教育科学研究所，加拿大多伦多国际学院译．北京：教育科学出版社

迈克尔·富兰．2005．教育变革新意义．赵中建，陈霞，李敏译．北京：教育科学出版社

迈克尔·富兰，安地·哈格里斯．2000．学校与变革——人本主义的倾向．黄锦樟，叶建源译．台北：稻田出版有限公司

迈克尔·F．康纳利，琼·D．克兰迪宁．2004．教师成为课程研究者——经验叙事．刘良华，邝红军等译．南京：江苏教育出版社

秦刚．2006．中国社会主义改革的基本经验．科学社会主义，(3)：18-22

单文经．1990．教学专业知能的性质初探．见："中华民国"师范教育学会．师范教育政策与问题．台北：师大书苑

单文经．2000．析论抗拒课程改革的原因及其对策——以国民中小学九年一贯课程为例．教育研究集刊，40：15-34

单文经．2004．论革新课程实验之难成．教育研究集刊，(3)：1-31

沈翰．2004．课程实施影响因素之分析．株洲师范高等专科学校学报，(1)：112-114

施良方．1996．课程理论：课程的基础、原理与问题．北京：教育科学出版社

石鸥．2005．关于基础教育课程改革的几点认识．教育研究，(9)：28-30

石中英. 2002. 知识转型与教育改革. 北京：教育科学出版社

斯蒂芬·J. 鲍尔. 2002. 教育改革——批判和后结构主义的视角. 侯定凯译. 上海：华东师范大学出版社

斯顿·胡森，纳维尔·波斯特尔斯威特. 1991. 简明国际教育百科全书·课程. 江山野译. 北京：教育科学出版社

孙广勇. 2006. 课程环境因素及其对课程改革的影响. 教育探索，(1)：20-22

孙耀永. 2001. 教师知识之概念分析. 教师之友，39(4)：29-38

汤仁燕. 1992. 国民小学教师教学信念与教学行为关系之研究. 台湾师范大学教育研究所硕士学位论文

唐丽芳. 2005. 课程改革中的学校文化. 东北师范大学博士学位论文

唐丽芳，马云鹏. 2002. 新课程实施情况调查：问题与障碍. 教育理论与实践，(7)：52-55

托马斯·罗斯基. 2001. 中国经济改革的经验与教训. 郄继红译. 马克思主义与现实，(4)：38-42

万明钢，王平. 2005. 教学改革中的文化冲击与文化适应问题. 教育研究，(10)：41-48

王斌华. 1998. 课程规划导论. 外国教育资料，(1)：53-58

王嘉毅. 1997. 教学研究方法论. 兰州：甘肃教育出版社

王嘉毅. 2006. 农村中小学实施素质教育的困难与对策. 教育研究，(11)：41-46

王嘉毅. 2007. 课程与教学设计. 北京：高等教育出版社

王嘉毅，梁永平. 2007. 西北贫困地区农村基础教育发展现状调查与政策建议. 北京大学教育评论，(2)：147-152

王嘉毅，王利. 2007. 西部地区农村基础教育课程改革面临的问题与对策. 西北师范大学学报，(2)：77-82

王鉴. 2002. 实践教学论. 兰州：甘肃教育出版社

王鉴，栾小芳. 2007. 关于我国民族地区基础教育课程改革问题的思考. 西北师范大学学报，(1)：63-67

王少非. 2005. 新课程背景下的教师专业发展. 上海：华东师范大学出版社

小威廉斯·E. 多尔. 2000. 后现代课程观. 王红宇译. 北京：教育科学出版社

小威廉姆·E. 多尔，诺尔高夫. 2004. 课程愿景. 张文军译. 北京：教育科学出

版社

谢翌.2006.教师信念：学校教育中的"幽灵"———所普通中学的个案研究.东
　　北师范大学博士学位论文

辛涛，申继亮，林崇德.1996.从教师的知识结构看师范教育的改革.高等教育研
　　究，（6）：12-17

徐冰鸥，王嘉毅.2001.西北贫困地区农村小学社会课程实施状况的个案调查.基
　　础教育学报，（2）：33-46

雪莉·霍德.2004.学习型学校的变革.张智，孙晨，胡咏梅译.北京：中国轻工
　　业出版社

亚里士多德.1959.形而上学.吴寿彭译.北京：商务印书馆

亚瑟·K.埃利斯.2005.课程理论及其实践范例.张文军译.北京：教育科学出
　　版社

颜明仁，李子建.2002.教师对资讯科技教育的改革认同感与学校文化.优质学校
　　教育学报，（2）：1-16

颜晓峰.2004.知识创新———实践的诠释.北京：国防大学出版社

杨名声.1999.我国经济体制改革历程及其历史经验.当代中国史研究，（2）：
　　33-41

杨明全.2003.革新的课程实践者.上海：上海科技教育出版社

叶澜等.2004.全球化、信息化背景下的中国基础教育改革研究报告集.上海：华
　　东师范大学出版社

殷海光.2002.中国文化的展望.上海：上海三联书店

尹弘飚，靳玉乐.2003.课程实施的策略与模式.比较教育研究，（2）：11-15

尹弘飚，李子建.2004.基础教育新课程实施的影响因素分析.南京师大学报（社
　　会科学版），（2）：62-70

尹弘飚，李子建.2005.再论课程实施取向.高等教育研究，（1）：67-73

尹弘飚，李子建，靳玉乐.2003.中小学教师对新课程改革认同感的个案分析.比
　　较教育研究，（10）：24-29

于泽元.2006.课程变革与学校课程领导.重庆：重庆大学出版社

余文森.2003.国家级课程改革实验区教学改革调研报告.教育研究，（11）：39-43

俞国良.1999.学校文化新论.长沙：湖南教育出版社

俞国良，辛自强．2000．教师信念及其对教师培养的意义．教育研究，（5）：16-20

袁方．1997．社会研究方法教程．北京：北京大学出版社

詹姆士·G. 亨德森，理查德·D. 霍索恩．2005．革新的课程领导．志平，李静
　　译．南京：江苏教育出版社

张华．2000．课程与教学论．上海：上海教育出版社

张华．2001．课程与教学论．上海：上海教育出版社

张华，石伟平，马庆发等．2000．课程流派研究．济南：山东教育出版社

张立昌．2005．论基础教育课程改革的学校文化适应性及其改造的目标——基于
　　中、美课程改革历史与现实的比较分析．比较教育研究，（4）：68-72

张敏强，李晓瑜．2003．中小学课程的改革与评价考试体系的完善．教育研究，
　　（12）：62-65

张善培．1998．课程实施程度的测量．基础教育学报，26（1）：149-170

张廷凯．1991．国外课程研究的现状及主要理论．浙江教育科学，（9）：48-52

张新海．2007．论课程发展的自组织机制．西北师范大学学报，（3）：32-36

张新海，王嘉毅．2005．论课程文化的自组织．中国教育学刊，（5）：47-50

赵昌木．2004．论教师信念．当代教育科学，（9）：11-14

赵中建．2004．学校文化．上海：华东师范大学出版社

郑金洲．2000．教育文化学．北京：人民教育出版社

郑燕祥．2002．学校效能与校本管理．上海：上海教育出版社

郑燕祥．2005．教育领导与改革新范式．上海：上海教育出版社

中国社会科学院语言研究所词典编辑室．2005..现代汉语词典（增补版）．北京：
　　商务印书馆：126

钟启泉．2001．教师"专业化"：理念、制度、课题．教育研究，（12）：12-16

钟启泉．2003a. 课程与教学概论．上海：华东师范大学出版社

钟启泉．2003b. 现代课程论．上海：上海教育出版社

钟启泉．2005．中国课程改革：挑战与反思．教育发展研究，（12）：18-23

钟启泉，张华．2000．世界课程改革趋势（上册）．北京：北京师范大学出版社

周福盛．2006．教师个体知识的构成及发展研究．西北师范大学博士学位论文

周雪梅，俞国良．2003．教师心理健康问题：类型、成因和对策．教育科学研究，
　　（3）：51-54

朱苑瑜 . 2001. 国中实习教师之教师信念改变与其影响因素之关系 . 台湾中山大学教育研究所硕士学位论文

朱苑瑜, 叶玉珠 . 2003. 实习教师信念改变的影响因素之探讨 . 台湾师大学报, 48 (1): 41-66

佐藤学 . 2003. 课程与教师 . 钟启泉译 . 北京: 教育科学出版社

Williams M, Burden R L. 2000. 语言教师心理学初探 . 刘学惠导读 . 北京: 外语教学与研究出版社

Alexander P A, Schallert D L, Hare V C. 1991. How researchers in learning and literacy talk about knowledge. Review of Educational Research, 61 (3): 332, 333

Borg M. 2001. Teachers' beliefs. ELT Journal, 55 (2): 186-188

Brown S. 1980. Key issues in the implementation of innovations. School Curriculum, 1 (1): 32-39

Bussis A M, Chittenden E A. 1976. Beyond Surface Curriculum: An Interview Study of Teacher's Understanding. Boulder, Co: Westview

Calderhead J. 1996. Teachers: Beliefs and Knowledge. Handbook of Educational Psychology. NY: Macmillan: 175-191

Cavanaugh R F. 1997. The cultural and improvement of western australian senior secondary schools. PhD. Dissertation, Australia: Curtin University of Technology

Cochran K F, DeRuiter J A, King R A. 1993. Pedagogical content knowledge: an integrate model for teacher preparation. Journal of Teacher Education, 44 (4): 263-272

Dewey J. Bentley A F. 1949. Knowing and Know. Boston: The Bacon Press

Doyle W, Ponder G. 1977. The practicality ethic in teacher decision-making. Interchanne, 8 (3): 1-12

Elbaz F. 1983. Teacher Thinking: A Study of Practical Knowledge. London: Croom Helm

Fullan M. 1991. Curriculum implementation. In: Lewy A. The International Encyclopedia of Curriculum: 378-384

Fullan M, Pomfret A. 1977. A research on curriculum and instruction implementation. Review of Education Research Winter, 47 (1): 335-397

Green T. 1971. The Activities of Teaching. New York: Mcgraw-Hill

Grossman P L. 1994 . Teachers' knowledge. *In*: Husen T, Postlethwaite T N. The International Encyclopedia of Educational. 2nd ed. New York: Pergamon

Hall G E. 1991. Local education change process an policy implementation. The Annual Meeting of the American Education Research Association. Chicago, Ilinois, April 1-7, ED334700

Hall G E, Hord S M. 2001. Implementing Change: Patterns, Principles, and Potholes. Boston: Allyn & Bacon

Hargreaves A, Earl L, Schmidt M. 2002. Perspectives on alternative assessment reform. American Educational Research Journal, 39 (1): 69-95

Jackson P W. 1992. Handbook of Research on Curriculum. New York: Macmillan Publishing Company

Janas M. 1988. The dragon is asleep and its name is resistance. Journal of Staff Development, 19 (3): 13-15

Johnson K E 1989. The theoretical orientations of English as a second language teachers: the relationship between beliefs and practices. Unpublished doctoral dissertation. University of Syracuse

Kagan D M. 1992. Implications of research on teacher belief. Educational Psychologist, 27 (1): 45-90

Mclaughlin M. 1976. Implementation of ESEA, Title 1: a problem of compliance. Teachers College Record, 80 (1): 69-94

Neapor J. 1985. The role of beliefs in the practice of teaching. Final Report of the Teacher Beliefs Study. ERIC Document Reproduction Service No. ED. 270-446

Nespor J. 1987 . The role of beliefs in the practice of teaching . Journal of Curriculum Studies, 18: 197-206

Nias J, Southworth G, Campbell P. 1992. Whole School Curriculum Development in the Primary School. London: The Fulmer Press

Pajares M F. 1992. Teachers'beliefs and education research: cleaning up a messy construct. Review of Education Research, 62 (3): 307-332

Rokeach M. 1968. A theory of organization and change. Review of Education Research, 62 (3): 202-205

Russel B. 1992. Theory of knowledge: The 1913 Mannscript. London: Routledge

Scheirer M A, Rezmovic E L. 1983. Measuring the degree of program implementation: a methodological review. Evaluation Review, 7 (5): 599-633

Shulman L. 1987. Knowledge and teaching: foundation of the new reform. Harvard Education Review, 57 (1): 1-22

Snyder J, Bolin F, Zumwalt K. 1992. Curriculum implementation. *In*: Jackson P W. Handbook of Research on Curriculum. New York: Macmillan Pub. Co. 402-435

Thompson A. 1992. Teachers' beliefs and conceptions: a synthesis of the research. *In*: Grows A D. Handbook of Research on Mathematics Learning and Teaching. New York. 127-146

Waugh R F, Godfrey J. 1993. Teacher receptivity to system-wide change in the implementation stage. British Educational Research Journal, 19 (5): 565-578

Waugh R F, Punch K F. 1987. Teacher receptivity to the system-wide change in the implementation stage. Review of Education Research , 57 (3): 237-254

附 录

附录 A　新课程实施程度及影响因素调查问卷

新课程实施程度及影响因素调查问卷

亲爱的老师：您好！

　　这份问卷的目的在于了解新课程的实施程度和影响因素，为政府加快新课程的推行提供参考。请您详细阅读填答说明，根据您自己对每一题叙述的看法，逐题填写或选择。本问卷各项答案无所谓好坏对错，且问卷所得的结果只做团体性的分析，不做任何个别呈现，对外绝对保密，所以请您根据自己的情况或看法，放心地填答。真诚谢谢您的合作与协助。

第一部分　个人基本资料

【填答说明】请您根据自己的情况在适当选项内画"√"，或在_____中填写有关资料。每题请务必填答。

1. 性别：男 □　　女 □

2. 年龄：(1) 20 岁以下 □ (2) 20～30 岁 □ (3) 31～40 岁 □
　　　　(4) 41～50 岁 □ (5) 51～60 岁 □ (6) 61 岁以上 □

3. 教龄：(1) 5 年以下 □ (2) 6～10 年 □ (3) 11～20 年 □
　　　　(4) 21～30 年 □ (5) 31 年（含）以上 □

4. 职称：(1) 中教高级及以上 □　　(2) 中教一级 □
　　　　(3) 中教二级 □　　　　　(4) 中教三级 □
　　　　(5) 小教高级及以上 □　　(6) 小教一级 □
　　　　(7) 小教二级 □　　　　　(8) 小教三级 □
　　　　(9) 无职称 □

5. 担任职务：(1) 校长 □　(2) 教导主任 □　(3) 年级组长 □
　　　　　　(4) 教研组长 □　　　　　(5) 科任教师 □

6. 受教育层次：(1) 中专（中师、高中）及以下 □
　　　　　　　(2) 大专 □　(3) 本科 □　(4) 研究生 □

7. 学校位置：(1) 城市 □　　　　(2) 县城 □
　　　　　　(3) 乡镇 □　　　　(4) 农村 □

8. 学校层次：(1) 小学 □　　　　(2) 初中 □

9. 学校类型：(1) 省级重点 □　　(2) 市级重点 □
　　　　　　(3) 县（区）级重点 □ (4) 一般学校 □

10. 地区：(1) 河南 □　　　　　　(2) 甘肃 □

（3）山西 □   （4）内蒙古 □

第二部分　新课程实施情况调查

【填答说明】下面是对新课程实施情况的一些描述，请您根据自己的教学或工作实际在适当选项内画"√"。①完全符合　②符合　③基本符合　④少数符合　⑤完全不符合

①②③④⑤

1. 所教学科完全采用新教材进行上课。　　　　□□□□□

2. 学校开设了具有地方特色的校本课程。　　　□□□□□

3. 教研组成员定期在一起学习和分析新课程的理念。□□□□□

4. 教研组成员就新课程定期在一起备课，制订统一的教学计划。

□□□□□

5. 根据课程内容组织学生进行小组讨论或专题研究。□□□□□

6. 能根据所教内容选择适当的现代化教学手段。　□□□□□

7. 把学生看作是科学文化知识的建构者。　　　□□□□□

8. 教学中体现"一切为了学生，为了学生的一切"新课程宗旨。

□□□□□

9. 不断探讨提高教学质量的方式和方法。　　　□□□□□

10. 教学中重视与学生的对话与交流。　　　　　□□□□□

11. 密切和其他任课教师的联系，共同做好教书育人工作。

□□□□□

12. 努力成为学生的朋友。　　　　　　　　　　□□□□□

13. 为了胜任教学工作不断学习提高。　　　　　□□□□□

14. 重视知识教学与学生日常生活的联系。　　　□□□□□

15. 鼓励学生从其他渠道获取知识。　　　　　　□□□□□

16. 结合学生实际情况适当调整课程内容。　　　□□□□□

17. 在教学中重视学生人格的培育。　　　　　　□□□□□

第三部分　教师对新课程改革的认同调查

【填答说明】下面是对新课程实施情况的一些描述，请您根据自己的情况在适当选项内画"√"。①完全符合　②符合　③基本符合　④少数符合　⑤完全不符合

①②③④⑤

1. 我们学校绝大多数老师都支持新课程。　□□□□□
2. 学校支持老师参加各种新课程培训。　□□□□□
3. 学校定期举办新课程实施的培训活动。　□□□□□
4. 在学校会议上，校长经常强调新课程的重要性。　□□□□□
5. 实施新课程碰到问题时，我可以寻求到更有经验的老师的建议。

□□□□□

6. 当我在实施新课程时总是能从学校获得足够的资源保障。

□□□□□

7. 教育局等教育部门为新课程实施提供了有力支持。　□□□□□
8. 家长支持我实施新课程。　□□□□□
9. 教师培训机构为新课程实施提供了有效的技术支持。

□□□□□

10. 充裕的书籍和资料，为实施新课程提供了有力的支持。

□□□□□

【填答说明】下面是对新课程实施情况的一些描述，请您根据自己的情况在适当选项内画"√"。①非常认同　②认同　③基本认同　④少数认同　⑤极不认同

①②③④⑤

11. 新课程的理念符合当前实际的教育思想。　□□□□□
12. 新课程的理念符合当前我班级的教学规模。　□□□□□
13. 新课程的内容符合我班学生的实际需要。　□□□□□
14. 新课程的理念能在我日常的教学工作中实现。　□□□□□

15. 新课程改革让学生对学习活动更感兴趣 。 □□□□□

16. 新课程建议的教学方法符合我的教学风格 。 □□□□□

17. 我有足够的知识、技能来发挥新课程的优点。 □□□□□

18. 我具备实施新课程的知识和技能。 □□□□□

19. 对学生能力的关注促使我实施新课程。 □□□□□

20. 实施新课程时，我有足够的时间备课。 □□□□□

21. 新课程改革照顾到了学生的个别差异。 □□□□□

22. 比较新课程增加的工作量和在教学中的满足感，是值得的。

□□□□□

23. 比较新课程增加的工作量和教师获得的新知识，是值得的。

□□□□□

24. 比较新课程增加的工作量和学生能力的发展，是值得的。

□□□□□

25. 比较新课程产生的问题和学生从新课程中的所得，是值得的。

□□□□□

26. 比较新课程增加的工作量和自己获得的表扬，是值得的。

□□□□□

27. 比较新课程增加的工作量和自己获得的专业发展，是值得的。

□□□□□

28. 新课程的内容是令人满意的。 □□□□□

29. 新课程的实施是有价值的。 □□□□□

30. 新课程的设计富有弹性。 □□□□□

31. 在我的实际教学中，我会真正实施新课程。 □□□□□

32. 在我和同事的交流中，我会表示新课程是适合学生的能力的。

□□□□□

33. 我有机会向上级提出我在实施新课程中碰到的担忧和疑惑，以求得帮助。 □□□□□

34. 教育专家为我实施新课程提供支持。 □□□□□

35. 我认识到了新课程的可行性。 □□□□□

36. 我积极而公开地支持本校实施新课程。 □□□□□

37. 我对新课程改革虽有疑虑，但不至于打击我对新课程改革的信心。 □□□□□

38. 无论何时出现实施新课程改革方面的问题，我总容易找到解决办法 。 □□□□□

第四部分　教师知识调查

【填答说明】下面是对新课程实施情况的一些描述，请您根据自己情况在适当选项内画"√"。①完全符合　②符合　③基本符合　④少数符合　⑤完全不符合

①②③④⑤

1. 了解所教学科的历史发展和前沿问题。 □□□□□

2. 熟悉所教学科的基本原理和理论发展 。 □□□□□

3. 精通所教学科的内容知识。 □□□□□

4. 熟悉所教学科的研究方法。 □□□□□

5. 了解所教学科与其他学科的联系与区别。 □□□□□

6. 知晓所教学科对社会、学生发展的作用。 □□□□□

7. 具有给学生进行心理辅导的能力。 □□□□□

8. 掌握观察、调查和实验等基本的教育研究方法。 □□□□□

9. 会运用幻灯、投影等现代化教学媒体。 □□□□□

10. 能用考试以外的方法了解学生的学习情况。 □□□□□

11. 给学生提供表达自己思想的机会。 □□□□□

12. 能用学生熟悉的例子解释学科的概念。 □□□□□

13. 能针对不同教学单元采用不同的教学方法。 □□□□□

14. 会运用不同的教学方式提高学生的学习兴趣。 □□□□□

15. 会使用适当的图解和图表来解释学科概念。 □□□□□

16. 教学目标既要关注结果又要关注过程。 □□□□□

17. 教师对学生的期望，会影响学生的学习成绩。 □□□□□

18. 教师应设法增进社交能力。 □□□□□

19. 教师是专业人员，应受到社会大众的尊重。 □□□□□

20. 教师的专业任务，应以增进学生的福祉为目标。 □□□□□

21. 教师应本着敬业乐业的精神，以教育工作为终生职业。

□□□□□

22. 教师应有多元文化的教育理念。 □□□□□

第五部分　教师信念调查

【填答说明】下面是对新课程实施情况的一些描述，请您根据自己情况在适当选项内画"√"。①非常认同　②认同　③基本认同　④少数认同　⑤极不认同

①②③④⑤

1. 当学生犯错时，善于使用协商与辅导的技巧，才能成为成功的教师。 □□□□□

2. 管理学生应从爱护学生的角度出发。 □□□□□

3. 教师应尊重学生不同的意见。 □□□□□

4. 教师应鼓励学生自我管理，培养其自主性。 □□□□□

5. 对学生友善，常会使得他们变得太随便。＊ □□□□□

6. 班级常规应该由老师与学生共同讨论后制定。 □□□□□

7. 教师与学生之间应保持距离，以维持教师威严。＊ □□□□□

8. 教师要常常提醒学生：在学校中学生的地位与老师不同。＊

□□□□□

9. 课程和教学的主要目标，应该是培养学生自尊、成就感和学习的主动性。 □□□□□

10. 教科书的内容是专家确认的知识，教师教学时不必质疑。＊

□□□□□

11. 教学应与学生的生活经验相联系，从生活中取材。□□□□□

12. 课程的设计与发展应配合学生的兴趣、需要与认知能力。

□□□□□

13. 学生能够自己理解所学的学习效果比依靠别人告诉的学习效果好。

□□□□□

14. 教师除了书本上的知识技能外，也应该强调情感、态度和价值观。

□□□□□

15. 教学主要应该增进学生的内在学习动机。

□□□□□

16. 教师应该鼓励学生依照本身的能力与兴趣，采取不同的方式来学习。

□□□□□

17. 对同一班级的学生，可以用相同的教学方式，教授相同的内容。＊

□□□□□

18. 进行学习评价时，应该用多种评价方式，而不是只依据学校定期考试的分数来评价学生的学习成绩。

□□□□□

19. 教师不应该使用同一标准来评价所有学生。

□□□□□

20. 教师应该将学生排名以了解学生的程度学习。＊

□□□□□

21. 进行学习评价时，除了知识的评价外，也需包含情意与技能的评价。

□□□□□

22. "纸笔测验"比"观察学生"更能了解学生的学习情形。＊

□□□□□

23. 教师最主要的工作是传授学科知识及技能。＊

□□□□□

24. 只要能够增进学生的学业成绩，就是"好老师"。＊

□□□□□

25. 学生都是依赖的，不会主动地学习。＊

□□□□□

26. 学生主要的任务就是把书念好，按时交作业。＊

□□□□□

27. 学生应该服从教师的管教。＊

□□□□□

28. 由教师讲述教学的效果会大于学生自己摸索知识。＊

□□□□□

29. 教师"怎么教"比学生"如何学"重要。＊

□□□□□

30. 学生通常没有能力运用逻辑推理来解决自己的问题。 *

□□□□□

第六部分　学校文化调查

【填答说明】下面是对你所在的学校的一些情况调查，请您根据实际情况在适当选项内画"√"。①非常属实　②属实　③基本属实④不属实　⑤极不属实

①②③④⑤

1. 教师之间懂得怎样互相支持。 □□□□□

2. 我们有明确的方法以配合学校已决定好的优先发展次序。

□□□□□

3. 教师们经常评估现行学校计划的成就。 □□□□□

4. 教师互相鼓励对方承担新方案的责任。 □□□□□

5. 教学方法和策略得到教师充分的讨论。 □□□□□

6. 我为达成学校的共同目标而工作。 □□□□□

7. 教师之间有公认的程序去决定新计划。 □□□□□

8. 校长让老师有足够的自主空间把工作做好。 □□□□□

9. 革新的持续成功取决于行政方面的不断支持。 □□□□□

10. 教师之间尽力维持良好的关系。 □□□□□

11. 教师互相进行学习。 □□□□□

12. 教师尊重同事的个人特质。 □□□□□

13. 同事普遍支持我下的专业决定。 □□□□□

14. 遇到困难，教师之间愿意互相帮助。 □□□□□

15. 教师之间经常鼓励对方做专业决定。 □□□□□

16. 教师愿意与人分享困难。 □□□□□

17. 教师之间看重同事间的友情。 □□□□□

18. 我为能成为一名教育工作者而感到自豪。 □□□□□

19. 我经常反思自己的工作。 □□□□□

20. 我承认自己需要得到同事的支持。 □□□□□

21. 我常对深造或参加专业发展的同事给予鼓励。 □□□□□

22. 我关心学校将来会变成什么样。 □□□□□

23. 我经常赞扬对学校做了好事的同事。 □□□□□

24. 我清楚地知道，为了达成共同目标，自己能够贡献些什么。

□□□□□

25. 课堂教学经验使我理解学生的学习。 □□□□□

26. 工作团队的内聚力影响教师之间的合作。 □□□□□

27. 教师会按照社会大众的决定去评估学生成就。 □□□□□

28. 教师按照学校决定的优先事项次序而工作。 □□□□□

29. 社会改变，我的教学也相应地改变。 □□□□□

30. 学校关心学生的个别差异。 □□□□□

31. 教师们相信每一个学生都能够学习。 □□□□□

32. 教师们同心协力，为了学校的共同目标而工作。 □□□□□

33. 校长对全体员工最有影响力。 □□□□□

34. 学校的行政人员关心我。 □□□□□

35. 校长鼓励教师的专业发展。 □□□□□

36. 教师共同落实会议中的决定。 □□□□□

37. 教师会为学校的发展建立一个共同的目标。 □□□□□

38. 学校发展目标能反映同事的共识。 □□□□□

39. 对学校的共同目标能否面对未来，教师之间是有讨论的。

□□□□□

注：带＊号的题目为反向记分。

问卷到此结束，谢谢您的合作！

附录 B 教师访谈提纲

教师访谈提纲

首先，感谢您（大家）抽出时间和我们座谈。我们正在做一项新课程实施情况的调查，主要想了解新课程的实施情况和影响新课程实施的因素。我们想请教教师们五个方面的问题：新课程的实施情况、教师知识状况、教师对新课程的认同、教学信念和学校文化，以便获得详细和有针对性的信息。因为这种信息对我们的研究很重要，我们想对这一谈话进行录音以便对您的答复有一准确的记录。

1. 学校是否全部采用了新教材？教学内容或教辅材料是否以新课标为依据？是否有校本课程的开发和使用？

2. 教师之间是否就新课程共同备课？是否组织学生进行小组讨论或专题研究？

3. 在实际教学中，是以传授知识为主或是以启发引导学生为主？采用什么样的教学策略？如何组织课程和教学材料？采用什么样的评估方法？是否采用现代化教学手段？

4. 您认为新课程的宗旨是什么？您如何理解师生角色？

5. 与新课程实施之前相比较，您的教学行为及教学信念有无变化？有哪些变化？

6. 您认为新课程有没有价值、意义，合理与否？对于提高学生素质有用吗？是否必要？

7. 您对新课程是持支持、赞许、接受的态度，或是持反对、拒绝、观望的态度？为什么？

8. 学校对于新课程实施的支持情况如何？

9. 校外机构对新课程实施的支持情况如何？存在哪些问题？

10. 新课程的理念、内容等与实际的教学状况是否符合？为什么？

11. 在新课程实施过程中，您最担心的问题是什么？

12. 实施新课程增加了教师的工作量，您认为值得不值得？为什么？

13. 您认为教师现有的知识能否适应新课程的需求？有哪些方面需要提高？

14. 您认为应该如何对待学生和管理学生？

15. 您认为课程和教学的主要目标是什么？如何进行课程与教学设计？

16. 教学应该注意哪些问题？应该如何进行教学评价？

17. 如何看待学生和学生学习？

18. 学校对新课程改革的投入程度如何？

19. 在教学中，教师之间的协作情况如何？

20. 校长对教师的影响力如何？

21. 学校的共同目标如何？教师们如何看待学校目标？

后 记

21 世纪之初，第八次基础教育课程改革以迅猛之势在全国全面推进，成为中国基础教育改革的主旋律。这次改革，国家重视程度之高，改革步伐之大，推进速度之快，实施难度之大，都是前七次改革无法比拟的。课程改革是一项复杂的系统工程，受到众多因素的影响和制约。加拿大教育改革专家富兰认为："教育变革的成功取决于教师的所思所想，事实上就是如此简单，也是如此复杂。"教师是课程实施的主体，是课程付诸实践的关键所在，而教师阻抗是影响和制约新课程实施和推进的重要因素，最终决定着新课程的实施程度。因此，研究新课程实施中的教师阻抗，无论对于课程实施理论的发展，还是促进我国新一轮基础教育课程改革的健康发展都具有重要意义。

作为一名从事"教育研究方法"课程教学和科研的高校教师，把科学研究方法运用于教育研究中，始终是我的学术追求。教师阻抗是教育变革过程中自然出现的伴生物，由主、客观因素引起的，是知识和实践、理想与现实之间差距的集中体现。教师阻抗既有外显的行为表现，又有内隐的态度、价值观的变化；导致教师阻抗既有课程改革本身的属性、资源和技术支持、学校组织结构和学校文化等外部因素，又有教师知识、教师认同、教师信念等内部因素，是教师个人的知识、信念与学校、社会的价值信念系统和结构互相运作协调的过程。因此，把量的研究方法（问卷调查）与质的研究方法（深度访谈）结合起来，在研究中就可以把宏观与微观、外显与内隐等方面较好地结合起来，有利于规律的探讨。

"谁言寸草心，报得三春晖。"衷心感谢我的导师李秉德先生和王嘉毅先生，没有他们的谆谆教诲和悉心培育，本书不可能付梓。李秉德先生融通东西、敏锐务实的学术风范和为人师表的人格魅力将影响我一生。王嘉毅先生在我三年的求学生涯中，始终给我无限的关怀和悉心的指导，每一次与先生的晤谈交流都促我深刻反思，先生每一次的指点提示都令我豁然开朗。本书从选题立意、布局谋篇、写作修改到定稿成文，无不倾注着导师大量的心血，没有他的悉心指导，我不会取得今天的点滴成绩。从王先生那里，我学到了治学精神、科学态度和教师应有的责任感。

在西北师范大学三年的学习、研究过程中，我还得到了胡德海教授、李定仁教授、万明钢教授、蔡宝来教授、王鉴教授的指教和帮助。诸位导师在授课中所表现出的渊博的学识、阔远的胸怀、独到的见解、求真的精神，将永远激励我不断进步。感谢许洁英教授对我的学习、工作和生活等方面的关心和帮助。感谢西北师范大学教育学院的领导、老师和工作人员对我学业上的关照和帮助，在此谨致谢忱。

感谢尹弘飚博士在资料方面所给予的慷慨帮助。感谢师姐王利、师妹杨晓、吕晓娟在调查问卷的发放和回收过程中对我的无私帮助，感谢师弟魏士军、陈福、丁克贤、赵志纯在数据录入过程中所提供的帮助。感谢参与问卷调查和访谈调查的校长和老师们，没有他们的大力支持和热心帮助，本书不可能顺利完成。

感谢河南大学教育科学学院的党政领导为我读博深造提供的方便和支持。感谢同事们在我离校期间给了我许多实际的帮助，分担了我的部分工作。

要特别感谢家人的厚爱和关怀、支持与理解。我的父母及岳父岳母多年来一直对我的工作和学习给予默默的支持和理解，他们虽已年过八旬，时常打电话问询我学习和生活的情况，这博大的父母之爱令我终生难忘，激励我更加努力，以报答他们的期望。我的妻子李婕女士对于我的学习和研究给予充分的理解和有力的支持，主动承担家务，认真而坚强地面对工作、生活和学习，使我得以全身心地投入学习和写作中。我的女儿张瑞颖在学校常常拿出优异的学习成绩，让我免去担心并引为自豪。只要一想起他们，暖暖的亲情就会充满我的身心。

在本书写作过程中，我曾参阅并引用了许多研究者的成果和资料，我力图一一注明，但仍恐有所遗漏，请求同仁们的谅解。在此谨向对我的研究有所帮助的学界朋友一并表示诚挚的感谢。

最后，感谢科学出版社的付艳编辑对本书的修改和为本书的出版付出的辛勤劳动。

张新海

2011 年 1 月 10 日